ullstein

LEA ADAM

AGONIE

Thriller

Ullstein

Besuchen Sie uns im Internet:
www.ullstein.de

Wir verpflichten uns zu Nachhaltigkeit
- Papiere aus nachhaltiger Waldwirtschaft und anderen kontrollierten Quellen
- ullstein.de/nachhaltigkeit

FSC
www.fsc.org
MIX
Papier | Fördert gute Waldnutzung
FSC® C021394

Originalausgabe im Ullstein Taschenbuch
1. Auflage Januar 2024

Umschlaggestaltung: zero-media.net, München
Titelabbildung: © FinePic®, München
Gesetzt aus der Albertina Pro powered by *pepyrus*
Druck und Bindearbeiten: ScandBook, Litauen
ISBN 978-3-548-06721-6

Prolog

Nur die wenigsten Menschen wissen, wie es sich anfühlt, das Leben eines anderen Geschöpfes zu beenden. Welch erschreckendes und doch erhabenes Gefühl es ist, einen Organismus zum Stillstand zu bringen und ein Dasein damit auszulöschen. Vielleicht erinnert sich so mancher noch daran, wie es leise knallt, wenn ein Spatz gegen die Fensterscheibe fliegt. Oder wie das Auto kurz rumpelt, wenn es einen Hasen überfährt. Wie das Haus der Schnecke knirscht, wenn der Schuh es aus Versehen unter sich begräbt.

Doch kaum einer hat schon einmal ein Messer in die Hand genommen und damit in das Fleisch eines lebendigen Wesens gestochen, ihm die Kehle durchtrennt, das noch warme Herz in der Hand gehalten und das heiße Blut über seine eigenen Finger fließen gespürt. Kaum jemand hat gesehen, wie alles Lebendige ein letztes Mal in den Pupillen des Opfers aufflackert, wenn es so weit ist, wie sich der Körper einmal noch aufbäumt und dann in sich zusammenfällt. Dort, wo gerade ein perfekt aufeinander abgestimmtes System war, ein Atemapparat, Verdauung, Hormone, Muskeln, ist dann nur noch ein Haufen Fleisch, Sehnen und Knochen. Eine leere, sterbliche Hülle, deren Seele, so es die denn gibt, davongeflogen ist. Biomasse, wenn man so will, die zerfällt und wieder zu Kohlen-, Sauer- und Wasserstoff wird, aus denen jedes Leben auf diesem Planeten besteht.

Ist man gnädig, betäubt man das Wesen, dessen Leben man beenden will. Um Schmerzen zu lindern oder den Schrecken im Anblick des unvermeidlichen Todes zu nehmen. Aber die meisten der Menschen, die morden, sind nicht so gnädig. Entweder weil sie die Lust am Töten in sich verspüren, es gerade auf dieses Gefühl der ultimativen Überlegenheit absehen. Oder weil sie schon so verroht, so entmenschlicht sind, schon so oft getötet und gemordet haben, dass sie überhaupt gar kein Gefühl mehr für ihre Opfer haben.

Sie selbst war noch nicht gefühlskalt geworden, wenngleich sie nicht zum ersten Mal tötete. Das Bolzenschussgerät wog schwer in ihrer Hand, fast ein Kilo Munition, die sie vorhin noch einmal kontrolliert hatte.

Sie streckte den Arm aus, drückte das kalte Metall auf die Stirn ihres Opfers, dessen Augen sich vor Entsetzen weiteten, das keuchte, den Kopf herumzureißen versuchte, wohl wissend, dass sein eigenes Leben in wenigen Sekunden vorbei sein würde.

Dabei war es doch so ein gnädiger Tod. Vom Aufhängen an den Fesseln, dem Schnitt durch die Kehle und dem Ausbluten würde es gar nichts mitbekommen. Auch nicht davon, wie sie die Haut von den Muskeln ziehen würde, mithilfe von scharfkantigen Messern und Haken. Und erst recht nicht vom Zerlegen des Kadavers in seine Einzelteile, dem Ausbeinen, wie man es nannte, wenn sie den toten Leib zerschneiden, die Innereien entnehmen und die besten Stücke aus Rücken, Lende und Hinterbein herauslösen würde.

Nichts davon würde die junge Frau noch mitbekommen.

Einzig und allein dank ihrer Gnade.

I

3. April 2023, 9:30 Uhr, HafenCity

»Und wie, denkst du, soll ich da hochkommen?«, knurrte Vince wie ein wütender Schäferhund, dem man gerade das Drogendummy weggenommen hatte.

Stumm fragte sich Milo, wie lange die Freude über die Rückkehr ihres Kollegen noch anhalten würde, und schämte sich im selben Atemzug dafür. Auch weil sie sich für seine Misere verantwortlich fühlte. Immerhin war sie es gewesen, die zugelassen hatte, dass er dem Täter in ihrem letzten Fall direkt in die Arme gelaufen war. Rational betrachtet, konnte natürlich weder sie noch irgendjemand anderes im Team etwas für Vince' Verletzung. Und ihr war ebenso bewusst, dass es auch jeden anderen der Mordkommission hätte treffen können. Bis auf Horst vielleicht, der mit seinem Stuhl verwachsen schien und den Schreibtisch wirklich nur verließ, wenn er von Serpil, der Kommissionschefin, dazu verdonnert wurde. Theoretisch hätte jeder von ihnen an Vince' Stelle sein können: Philipp, Gioia, sie selbst. Vor allem sie selbst.

Sie lebte nur deswegen noch, weil sich Vince der Kugel in den Weg geworfen hatte, die eigentlich für sie bestimmt gewesen war. Und auch, wenn sie den Schuss überlebt hätte: Wie wäre sie damit umgegangen, wenn die Kugel nicht die Lunge ihres Partners, sondern ihre eigene durchbohrt und sie für Monate in die Reha befördert hätte? Die Ärzte hatten gesagt, Vince sei dem Tod in letzter Sekunde von der Schippe gesprungen. Also egal, wie mies er seit dem Zwischenfall in der Waldhütte drauf war: Milo war unendlich froh, dass er bei dem Schusswechsel nur verletzt worden war. Selbst wenn dieses »nur« an manchen Tagen einen sehr bitteren Beigeschmack hatte.

Die Tatsache, dass ihr Partner dank des Lungenschusses mit dem Rauchen aufgehört hatte, machte die Sache nicht besser. Eigentlich ein Grund zur Freude, war es Milo in der Vergangenheit doch regelmäßig auf den Keks gegangen, dass Vince wie ein Aschenbecher stank und seine Kippenstummel überall in der Botanik und Stadt verteilte. Aber nun war er seit Wochen gereizt und hatte, seitdem er das Krankenhaus verlassen hatte, eine unglaublich kurze Zündschnur. Wie lange dauerte so ein Nikotinentzug eigentlich? Hätte er nicht schon längst über den Berg sein müssen?

Seufzend drückte sie ihren Partner in den Rollstuhl, den sie mühsam aus dem Kofferraum seiner alten Schrottkarre gehievt und dann vor der Beifahrertür aufgeklappt hatte. Noch weitere drei Wochen maximale Schonung und Rollstuhl, das war die Bedingung für seinen vorgezogenen Wiedereinstieg. Serpil, ihre Chefin, hatte kein Geheimnis daraus gemacht, was sie mit ihnen beiden anstellen würde, wenn sie die Auflage missachteten. Gleichzeitig konnte sich Milo vorstellen, wie schwer es Vince fiel, auf den Rollstuhl angewiesen zu sein. Und sie konnte es ihm nicht verdenken.

»Erstens, du wolltest unbedingt mitkommen und endlich wieder ›Einsatzluft schnuppern‹«, antwortete Milo und gab sich Mühe, freundlich zu klingen. »Und zweitens, schau dir den Protzbunker doch mal an. Die werden doch wohl einen Fahrstuhl haben.«

Ihr Blick wanderte über die makellose Glasfassade am Gebäude nach oben. Die Hamburger Morgensonne und die glitzernde Elbe spiegelten sich darin um die Wette. Milo versuchte sich vorzustellen, was Wohnungen in so einem schicken Bau in der HafenCity im Monat kosten mussten. Die Tote, wegen der man sie gerufen hatte, musste also was auf der hohen Kante gehabt haben. Schade, dass sie von dem vielen Geld jetzt nichts mehr hat, dachte Milo und zuckte im selben Moment innerlich zusammen.

Sie erinnerte sich an die Worte ihrer Mentorin Angela Kaltenbach: »Irgendwann wirst du hart werden. Das ist der Moment, in dem dich die Schicksale nicht mehr berühren. In dem du dein Mitgefühl für andere verlierst. Oder für dich selbst. Beides ist gleich schlimm.«

War sie an diesem Punkt angekommen? War ihr das Schicksal der anderen gleichgültig … oder ihr eigenes?

»Möchtest du vielleicht lieber in den Rollstuhl? Dann kommen wir schneller voran!« Unbemerkt war Vince an ihr vorbei Richtung Eingang gerollt. Vorwurfsvoll blickte er erst auf Milo, dann auf die schweren Glastüren, die er offensichtlich nicht ohne ihre Hilfe öffnen konnte.

Milo atmete tief durch. »Ich komm ja schon.« Sie warf die Autotür ins Schloss und war mit ein paar langen Schritten bei Vince. Sie hatte die Tür noch nicht berührt, da schwang sie wie von Zauberhand nach innen auf. Milo warf einen Blick an die Decke, wo ein kleiner, kaum sichtbarer Sensor angebracht war. »Bewegungsmelder«, erklärte sie unnötigerweise.

»Danke, Blitzmerkerin.« Vince' Stimmung wurde nicht besser, und kurz war sie versucht, ihm eine Zigarette aufzuzwingen, um wenigstens für ein paar Minuten seine Laune soweit aufzuhellen, dass es erträglich wurde.

»Du bist nicht *behindert*«, antwortete sie bemüht ruhig.

»Warum muss ich dann in diesem verfickten Stuhl sitzen?«

Ruhig. Bleib ruhig, mahnte sich Milo im Stillen.

»Weil Serpil sonst dafür sorgt, dass du ihn für den Rest deines Lebens brauchst und außerdem keinen Job mehr hast. Die paar

Wochen wirst du noch aushalten. Das ist gut für deine Gesundheit.«

»Lieg du mal ein halbes Jahr im Bett herum, lass dir beim Pissen und Scheißen helfen und mach Reha-Übungen auf Kindergarten-Niveau, und dann sag mir, was gut für die Gesundheit ist!«, fauchte ihr Partner. »Das würde ich gern mal sehen. Jagoda Milosevic in der Wiedereingliederung. Du würdest nach fünf Tagen alle umbringen.«

Milo konnte nicht anders, sie musste lachen. Vince hatte recht. Sie hätte das alles nicht annähernd so gut gemeistert wie er. Versöhnlich legte sie ihm die Hand auf die Schulter, und für einen kurzen Moment verzog sich sein Gesicht tatsächlich zu einem kleinen Lächeln. Ein seltener Anblick, der Milo gleichermaßen freute wie ihr den Atem nahm. Plötzlich waren die Schrecken der alten Waldhütte, in der sich Vince seine, nein, *ihre* Kugel eingefangen hatte, wieder sehr präsent.

Er schien zu wissen, woran sie gerade dachte, denn er fragte unvermittelt: »Weißt du, was Rollstuhlfahrer und Mörder gemeinsam haben?«

Sie seufzte anstelle einer Antwort.

»Sie sitzen lebenslänglich.«

Milo rollte die Augen, aber lächelte. Ihr Partner war einfach unmöglich. »Hast du schon was über die Tote erfahren?«, fragte sie, um nicht noch mehr politisch inkorrekte Witze hören zu müssen.

Er schüttelte den Kopf. »Vermutlich weiß ich nicht mehr als du. Tote Frau im Penthouse, heute Morgen von ihrer Assistentin gefunden, die immer noch unter Schock steht. Muss ein ziemlich übler Anblick gewesen sein.«

Das Innere des Gebäudes stand der eleganten Außenfassade in nichts nach: Marmor, indirekte Beleuchtung und leise Musik aus unsichtbaren Lautsprechern. Zwei Fahrstühle warteten an der dem Eingang gegenüberliegenden Wand auf bewegungsmüde Bewohner.

»Guck. Natürlich gibt es Aufzüge.« Milo drückte den kleinen Pfeil, der nach oben zeigte, und nur wenige Augenblicke später öffneten sich die beiden Türen mit einem leisen *Pling*.

»Bestimmt ernennen sie dich zum Superhirn des Jahres«, feixte Vince und rollte an ihr vorbei in die voll verspiegelte, luxuriös anmutende Liftkabine. Es lief die gleiche beunruhigend beruhigende Musik wie im Foyer.

Der Blick ihres Partners wanderte auf dem Tastenfeld nach oben bis zum Knopf für die oberste Etage. »22 / P« stand in schwarzen Lettern auf das glänzende Gold geschrieben – für Vince unerreichbar. »Mach du das«, stöhnte er, als hätte er ihre Gedanken gelesen.

»Was meinst du, woher hatte das Opfer das nötige Kleingeld für diese bescheidene Unterkunft?«, wollte Milo wissen und drückte den Knopf.

Während sich die Türen hinter ihnen schlossen, dachte sie für einen Moment über die vielen Menschen nach, die ihren Alltag mit einem körperlichen Handicap meistern mussten. Gerade in der Großstadt kein leichtes Leben. Zwar waren mittlerweile fast neunzig Prozent aller U- und S-Bahn-Haltestellen in Hamburg barrierefrei, aber wichtige Ziele wie die Reeperbahn oder das Berliner Tor eben noch nicht. Und wenn bei den anderen Stationen mal ein Lift ausfiel, saß man richtig in der Tinte. Aber Milo würde sich hüten, das Gespräch mit Vince in diese Richtung zu lenken. Sie war ja nicht lebensmüde.

»Was könnte die Dame gewesen sein … Reederei-Besitzerin? Bankerin? Irgendwas mit Investment-Fonds, Immobilien?«, überlegte Vince laut und kaute auf seiner Unterlippe herum. »Escort? Geliebte? Kryptoqueen?«

Bevor seine Fantasie weitere wilde Auswüchse hervorbringen konnte, kündigte ein erneutes *Pling* ihre Ankunft an. Nacheinander verließen sie den Fahrstuhl. Die Wände rechts, links, unter und über ihnen bestanden aus demselben spiegelglatten Marmor wie im Erdgeschoss. Eine schwere, dunkle Holztür, mit auf alt gemachtem Stuck verziert, stand weit offen und führte in die einzige Wohnung der obersten Etage, das Penthouse. Ein elektrisches Schloss mit numerischem Display und Fingerscan machte das Bild von modernem Luxus perfekt. Darunter, deutlich weniger auffällig, ein Messingschild mit der Aufschrift »M. M.«. Milo zog die Augenbrauen hoch und warf Vince einen vielsagenden Blick zu. Die Bewohnerin war entweder berühmter gewesen, als sie dachten, oder hatte guten Grund gehabt, ihren Wohnort nicht für jedermann sichtbar zu kennzeichnen.

»Wer auch immer herkam, um das Opfer zu töten, muss gewusst haben, dass sie hier wohnt«, murmelte Milo. Bestimmt gab es Kameras in der Lobby, vermutlich auch versteckte in den Aufzügen. Und es sah nicht so aus, als könnte man die Wohnungstür mit einem Stemmeisen aufhebeln. Doch all die Sicherheitsmaßnahmen hatten der Frau nicht geholfen.

Aus dem Inneren der Wohnung war bereits das Stimmengewirr von Polizei und Spurensicherung zu vernehmen.

»Na, dann wollen wir mal.« Milo griff in eine der am Eingang platzierten Schachteln mit Einweghandschuhen und zog sich ein Paar über die Hände. In der Box daneben befanden sich Plastiküberzieher für die Schuhe. Milo nahm sich welche, schlüpfte hinein und hielt dann inne. Zögernd sah sie ihren Partner an, der verkniffen grinste.

»Ich glaube nicht, dass ich die brauche.« Mit der Hand deutete er auf seine Füße, die regungslos auf den Trittbrettern des Rollstuhls standen. »Aber dass es keine Reifenüberzieher gibt, ist eine

Schweinerei. Ich werde mich gleich mal beim Betriebsrat beschweren. Und bei der Gleichstellungsbeauftragten, um sicherzugehen. Apropos, weißt du, wie man es nennt, wenn ein Rollstuhlfahrer wütend wird? Er dreht am Rad.«

Milo wusste nicht, ob sie lachen oder weinen sollte. Auch wenn Vince' Humor schwärzer als ihre Seele war: Immerhin machte er wieder Witze.

Sie hielt ihm ein Paar Einweghandschuhe hin, dann ging sie voran in die Wohnung. Der breite, offene Flur gab den Blick auf ein Loft-artiges Wohnzimmer mit bodentiefer Fensterfront frei. Der Blick auf die Elbe und den Containerhafen auf der anderen Seite war so atemberaubend schön, dass Milo sich zusammenreißen musste, um sich auf das Innere der Wohnung zu konzentrieren. Sie machte sich vom Panorama los und begann, die Garderobe routiniert auf persönliche Gegenstände abzuscannen: ein Paar einfache, abgenutzte Boots, Laufschuhe, Sneaker einer Milo unbekannten Marke. Nichts, was auf besonderen Wohlstand schließen ließ. Für die Jacken und Taschen galt dasselbe. Ein dunkelgrauer Parka, eine Lederjacke, die genau Milos Geschmack traf, und ein paar Kapuzensweater mit verschiedenen Labels von Natur- und Umweltschutz-Organisationen, etliche Jute-Beutel sowie ein Regencape.

»Sieht nicht gerade nach Luxus-Callgirl aus«, kommentierte sie die schnelle Bestandsaufnahme.

Vince schüttelte zustimmend den Kopf. »Mehr nach …« Doch er kam nicht dazu, seine Überlegungen auszusprechen.

»Vincent Frey? Das glaub ich ja nicht. Was machst du denn hier? Ich wusste gar nicht, dass du wieder im Dienst bist! Du hättest ruhig Bescheid geben können … oder deine liebe Kollegin.« Die Rechtsmedizinerin Dr. Susanne Süß warf Milo einen vorwurfsvollen Blick zu. Erfreut, aber mit sorgenvollem Ausdruck musterte die kleine, zierliche Frau anschließend Milos Partner. Obwohl Vincent saß, war er fast so groß wie sie.

»Endlich begegnen wir uns mal auf Augenhöhe«, frotzelte er und breitete die Arme aus.

Dr. Süß drückte ihn kurz an sich, dann hielt sie inne. »Weiß die Özdemir, dass du hier bist? Ich habe keine Lust auf Ärger. Ist alles schon schrecklich genug da drin.«

»Klar weiß sie davon.« Unschuldig grinste er sie an, und für einen Moment sah er aus wie der alte Vince; der, dem man nicht in die Brust geschossen hatte; der, der nicht eine Kugel abgefangen hatte, die eigentlich für Milo bestimmt gewesen war; der, der sich nicht monatelang zurück ins Leben gekämpft hatte.

Dr. Süß verzog das Gesicht zu einer Grimasse. »Bei euch beiden weiß man nie so genau.« Dann strahlte sie Vince an. »Mensch, aber großartig, dass du hier bist! Gut siehst du aus. Erzähl, wie geht es dir? Was macht die Reha? Und wann wirst du das Ding wieder los? Du wirst es doch wieder los, oder?« Ein Anflug von peinlicher Betroffenheit huschte über das mädchenhafte Gesicht.

Bevor Vince die Rechtsmedizinerin beruhigen konnte, ging Milo dazwischen. »Ich will keine Spielverderberin sein, aber könntet ihr die Unterhaltung später fortsetzen? Ich bin mir sicher, mein Partner wird gern und ausführlich über seine, wohlbemerkt völlig unnötigen, Auflagen mit Ihnen sprechen. Darüber hinaus hat er auch einige wirklich schlechte Rollstuhlfahrerwitze auf Lager, für die er noch Abnehmer sucht. Aber gibt es hier nicht irgendwo eine Tote, die wir uns ansehen sollten?«

Eine leichte Röte schoss der Ärztin ins Gesicht. Ob wegen Vince oder ihrer Nachlässigkeit war schwer zu sagen. Nach wie vor war Milo davon überzeugt, dass Dr. Süß eine Schwäche für ihren Partner hegte. Eigentlich hätte sie das nerven sollen, aber indirekt profitierte sie davon. Der gute Draht in den Leichenkeller hatte sich in der Vergangenheit bereits das ein oder andere Mal als nützlich erwiesen.

»Selbstverständlich, bitte entschuldigt.« Schuldbewusst schüttelte die Ärztin den Kopf, schnalzte mit der Zunge und setzte eine professionelle Miene auf. »Hier entlang. Sie ist noch im Schlafzimmer. Ich dachte, ihr solltet sie unbedingt sehen, wie man sie gefunden hat. Auch wenn das ein …« Sie zögerte kurz. „… ein Anblick ist, den man so schnell nicht mehr vergisst.«

Als Erstes drang ihnen der Geruch in die Nase. Es roch … metallisch. Milo wusste, was das bedeutete: Blut. Viel Blut.

Mit einem unguten Gefühl im Magen folgte sie den schnellen Schritten von Dr. Süß. Ihr Interesse am atemberaubenden Ausblick auf die Elbe hatte sich in Luft aufgelöst. Nur am Rande registrierte der professionelle Teil ihres Gehirns die luxuriöse Grundausstattung der Wohnung: Kücheninsel aus Marmor (was sonst), poliertes Eichenparkett, indirekte Spotbeleuchtung. Alles vom Feinsten. Die Besitztümer der toten Bewohnerin standen dazu in einem geradezu absurden Gegensatz: Bücher über Umwelt, Grünes Leben, bedrohte Tiere und veganes Kochen. PETA-Plakate, dazwischen ein gerahmtes und signiertes Porträt von Jane Goodall. Auf einer überdimensionalen Couch standen ein paar Kartons voll mit Flyern. Instinktiv nahm Milo einen heraus. Abbilder von Schweinen, Hühnern und Kühen mit weit aufgerissenen Augen in dunklen, engen Stallungen blickten ihr entgegen, darunter in knallroter Schrift der Aufruf, das Tierelend endlich zu stoppen.

Milo hob den Kopf, sah sich langsam um. Die Wohnung und die persönlichen Gegenstände darin schienen in einem massiven Widerspruch zueinander zu stehen.

»Darf ich mal?« Mit zwei kräftigen Armstößen rollte Vince an Milo vorbei und beinahe über ihre Füße.

»Hast du eigentlich einen Führerschein für das Ding?«, wollte sie wissen, aber alles, was sie sonst noch sagen wollte, blieb ihr im Halse stecken, als sie sah, dass Vince wie vom Donner gerührt ein paar Meter weiter stehen geblieben war. Er starrte durch die Tür ins Schlafzimmer. »Oh fuck«, war alles, was über seine Lippen kam.

Mit zwei schnellen Schritten war Milo bei ihm. Und jetzt sah auch sie, was ihren Kollegen hatte versteinern lassen. Die Tote. Sie hing nackt und kopfüber über dem breiten Kingsize-Bett von der Decke. Meterhoch über ihnen führten dicke Stahlträger durch den Raum, von denen eine schwere Eisenkette baumelte. An deren Ende befand sich ein silbrig blitzender Fleischerhaken, der an Fesseln um die Knöchel der Frau befestigt war. Deren Beine und Arme wirkten blass, beinahe weiß – und unversehrt. Aber der Torso … Er glänzte rot im Licht der hereinstrahlenden Sonne. Rot, nicht etwa weiß. Denn die Haut des Oberkörpers war der Leiche abgezogen worden, von der Hüfte bis zu den Schultern, wo sie wie bizarre Flügel über den Kopf der von der Decke hängenden Toten hingen.

Milo musste sauer aufstoßen und schlug sich instinktiv die Hand vor den Mund. Sie wandte sich ab, atmete tief in den Bauch, versuchte, die Nerven zu beruhigen, und sah wieder hin. Selten hatte sie einen so übel zugerichteten Körper gesehen. Der Bauchraum war geöffnet, einige Organe schienen entnommen worden zu sein – auf jeden Fall konnte Milo die Wirbelsäule sehen. Von innen. Sie sah aus wie eine weiß glänzende Perlenkette, die in einem roten Futteral lag.

»Ach du Scheiße«, murmelte sie fassungslos und ging ein paar Schritte, um die Tote von hinten betrachten zu können. Auch am Rücken und am Gesäß erkannte sie tiefe Schnitte. Es sah aus … Milo stockte der Atem. Es sah aus, als hätte man der Frau ganze Fleischstücke aus dem Körper geschnitten.

Milo spürte, wie sich eine Gänsehaut über ihren Rücken ausbreitete. Ihr Magen zog sich unsanft zusammen, und sie schmeckte Galle im Mund. *Nicht kotzen!*, maßregelte sie sich selbst, dann zwang sie sich, den Blick abzuwenden und sich wieder vor die Leiche zu stellen. Nicht, dass der Anblick schöner gewesen wäre. Auch hier war die Haut mit einem tiefen, kreuzartigen Schnitt durchtrennt und aufgeklappt worden. Das Gesicht der Toten war unter einer dicken, eingetrockneten Kruste aus schwarzem Blut nicht mehr zu erkennen. Am Hals befand sich ein langer, tiefer Schnitt, direkt unter dem Kinn. Decke und Laken, ja das ganze Bett war vollgesogen mit dem Blut der Toten. Nur an einzelnen Stellen konnte man den hellen Leinenstoff der Bettwäsche noch erkennen. Beinahe wie ein abstraktes Gemälde, dachte Milo, eine bizarre Kunstinstallation.

Ihr Blick wanderte wieder nach oben zu dem grausamen menschlichen Pendel. Milo schätzte die junge Frau auf Mitte zwanzig, maximal dreißig Jahre.

»Man … man hat sie ausbluten lassen.« Fassungslos starrte Vince die Tote an. »Und sie ist …« Er zögerte und rang sichtlich mit Worten. »Sie wurde gehäutet. Zumindest teilweise. Oh Gott, das ist … furchtbar. Sie sieht aus, als wäre sie geschlachtet worden. Wie ein Schwein.«

Nur schwer konnte Milo den Blick von dem schrecklichen Anblick abwenden. In all den Jahren, in denen sie nun schon bei der Mordkommission Hamburg war, hatte sie nicht ansatzweise so etwas Grausames gesehen. Noch bin ich nicht hart geworden, dachte sie, in Gedanken plötzlich wieder bei ihrer alten Mentorin.

»Ich kann es noch nicht sicher sagen, aber ich gehe davon aus, dass der Täter sie vor der Häutung und Entnahme der Organe mit einem Bolzenschussgerät getötet hat«, sagte Dr. Süß leise und zeigte auf ein kleines Einschussloch in der Stirn der Toten, kaum sichtbar unter dem schwarzen, eingetrockneten Blut. »Zumindest hoffe ich, dass es so war.«

2

3. April 2023, 13:00 Uhr, in der Nähe des LKA Hamburg

Vince schüttelte den Kopf und starrte auf den Dönerteller vor seiner Nase. »Ich krieg keinen Bissen runter.«

Milo sah von ihren unangetasteten Falafeln auf. Auch wenn ihr Magen knurrte, fühlte sie sich wie ihr Partner. Die Bilder der Toten schienen sich in ihre Netzhaut eingebrannt zu haben, und Vince ging es sicher nicht anders. Gleichwohl war es das erste Mal in ihrer gemeinsamen Zeit, dass ihm der Appetit verging. Vince konnte eigentlich immer essen, zu jeder Tages- und Nachtzeit, zu jedem Anlass und sogar ohne. Demonstrativ schob sie die Teller weg. Sie konnte einfach nicht vergessen, was man der Frau angetan hatte. Der Täter hatte sie ausbluten lassen. Ihr die Haut vom Torso abgetrennt. Und ihre Innereien entnommen. Sie hatten sie im eleganten Badezimmer der Toten gefunden, in der Badewanne. Herz, Milz, Leber, Nieren. Dazu die besten Stücke aus Lende, Rücken und Schenkel. Herausgelöst wie Steaks. Die Reminiszenz an die Schlachtung eines Tiers war nicht von der Hand zu weisen.

»Hat es nicht geschmeckt?«, wollte Esme wissen, die den türkischen Imbiss nur wenige Straßen vom LKA entfernt betrieb, in dem sie regelmäßig ihre Mittagspause verbrachten.

»Doch, doch«, beeilte Milo sich zu sagen. »Wir sind nur einfach nicht besonders hungrig.« Dann wandte sie sich an Vince. »Lass uns mit der Arbeit loslegen. Vielleicht lenkt uns die von dem grauenhaften Anblick im Loft ab.« Sie legte den Flyer auf den Tisch, den sie vom Tatort mitgenommen hatte. »STOPPT DAS MORDEN«, stand auf dem Papier, darunter in kleineren Buchstaben das Logo von Instagram und der Name eines Social-Media-Accounts: @MirasMission.

»M.M.«, murmelte Milo und erinnerte sich an das Schild neben der Eingangstür des Lofts. Mira Mönchshagen. Der Name der Toten.

An Vince gewandt, sagte Milo: »Du bist doch bei Instagram, oder? Such mal das Profil, bitte.«

Er nickte und holte sein Handy aus der Tasche, tippte auf das Display, kniff die Augen zusammen, schaute noch genauer hin und warf das Telefon dann schwungvoll auf den Tisch. »Ich sag es nicht gern, Milo, aber das ist fast genauso ekelhaft.«

»Bitte?« Sie griff nach dem Gerät. »Was meinst du?« Sie tippte eines der Bilder im oberen Drittel des Feeds von »Miras Mission« an, auf denen ihr Opfer, damals noch sehr lebendig, im roten Licht der Nachtbeleuchtung zwischen schier endlosen Reihen von winzigen Hühnerkäfigen stand. Anklagend blickte ihr hübsches Gesicht in die Kamera. Swipte man die Bilder weiter, konnte man sehen, was Mira sah. Zerrupfte, abgemagerte Hühner, fünf bis sechs von ihnen zusammengepfercht auf nur wenigen Quadratzentimetern. Blutiger Schorf auf nackter Haut, wo eigentlich Federn sein sollten. Gebrochene Flügel, Kadaver, Kot. Ein weiterer Ekelschauer schüttelte Milos Schultern.

Vince stocherte lustlos im Dönerfleisch herum. Ob ihm bewusst war, dass das Fleisch darin mit an Sicherheit grenzender Wahrscheinlichkeit nicht von glücklichen Kühen auf grünen Weiden kam, sondern von Nutztieren, die nie in ihrem Leben den blauen Himmel gesehen hatten? Mal sehen, wie lange seine Appetitlosigkeit auf Tierisches anhalten würde. Bestimmt nur bis zum nächsten Magenknurren, wie bei den meisten, die ja durchaus wussten, wie man hierzulande mit Tieren umging, die man verzehren wollte.

Er nickte in Richtung seines Handys. »Hast du gesehen, was die Leute unter den Posts für Kommentare schreiben? Ich sag mal so, das könnte eine ziemlich ausgedehnte Suche nach dem Mörder werden. Hater hatte die Frau zu Tausenden.«

Seufzend blickte Milo wieder auf den Bildschirm. Unter dem Foto mit den Hühnerkäfigen entdeckte sie mehrere Zehntausend Likes, rote Herzen, weinende Emoji-Gesichter und viele, viele Kommentare. Aber bei Weitem nicht nur positive.

»Danke, dass du hinsiehst«, stand da ganz weit oben und: »Mehr Menschen wie dich braucht diese Welt.« Es gab aber auch etliche Bemerkungen aus der militanten Tierschutzecke: »Tod allen Fleischfressern!«, »Wer quält, soll selbst gequält werden!!!« und dazwischen immer wieder wirklich widerliche Kommentare, die sich gegen die junge Frau selbst richteten: »Pass auf, dass du nicht auch im Käfig landest, Schlampe«, »Friss doch deine vegane Scheiße und lass uns mit dem Dreck in Ruhe! Der Mensch ist ein Fleischesser, du dumme Kuh!«, und: »Stirb, du Tierschutz-Nutte!«

Angewidert legte Milo das Handy mit dem Display nach unten auf den Tisch. Fürs Erste hatte sie genug gesehen.

»Mira Mönchshagen.« Der Name der Toten klang wie eine Beschwörung aus ihrem Mund, für einen Moment waberte er zwischen Milo und Vince in der Luft. »Was für einen grausamen Tod musstest du sterben?«

»Willkommen im Club 27«, murmelte Vince.

»Club was?«

»Ach, komm schon!« Er rollte die Augen. »Gibt es in deinem Leben irgendetwas außer Arbeit?«

Milo zuckte zusammen. Unabsichtlich hatte Vince mitten in

die Wunde getroffen, die sie seit Monaten vergeblich zu schließen versuchte.

»Gibt es in deinem Leben eigentlich irgendetwas außer Arbeit?« Es war keine achtundvierzig Stunden her, da hatte sie exakt diesen Satz, aber mit deutlich vorwurfsvollerem Unterton, aus Valeries Mund gehört, und das nicht zum ersten Mal. Ebenfalls nicht zum ersten Mal nagten die Zweifel an Milo. Wo waren sie falsch abgebogen? Wann waren sie dieses Paar geworden, das sich in haltlosen, verletzenden Anschuldigungen verlor? Das die gemeinsame Zeit mit Vorwürfen statt mit schönen Momenten füllte? Und warum war selbst Valerie als Therapeutin eigentlich nicht davor gefeit, in ihrer eigenen Partnerschaft Fehler zu machen? War es nicht irgendwie ihre Aufgabe, dafür zu sorgen, dass die Beziehung besser lief als die normaler Leute? Oder machte es sich Milo damit zu leicht? Weil das Problem in Wirklichkeit sie selbst war, nicht Valerie?

»Zum Club 27 gehörst du, wenn du im Alter von 27 den Löffel abgegeben hast«, erklärte Vince und unterbrach ihren inneren Monolog. »Brian Jones, Jimi Hendrix, Kurt Cobain, Amy Winehouse …«

»Das waren doch alles Musiker.«

Er stöhnte. »Kennst du eigentlich irgendjemanden, der Klugscheißer mag?«

Milo zuckte mit den Schultern. »Ich bin kein Klugscheißer, ich habe einfach recht. Du solltest dich langsam daran gewöhnt haben.« Sie grinste – erntete aber nur eine griesgrämige Miene. Früher hätte Vince gelacht und vermutlich einen blöden Spruch gemacht. Seit dem letzten Fall aber war vieles nicht mehr so wie früher. Mit Vince, mit Valerie … Aber es konnte ja auch nicht immer nur an den anderen liegen, oder?

»Mira Mönchshagen war kein Popstar, doch berühmt war sie

allemal.« Vince schnappte sich sein Telefon und entsperrte das Display. Sein Finger scrollte, und seine Augen huschten über den Feed, den Milo eben selbst betrachtet hatte.

»Was sagt das über unsere Gesellschaft aus?«, fragte er, ohne den Blick zu heben. »Eine junge Frau, die sich engagiert, die versucht, die Welt etwas besser zu machen, dafür so viel Häme und Hass erntet … und am Ende auch noch dafür abgeschlachtet wird.«

»Dafür? Das weißt du doch gar nicht. Das ist viel zu voreilig geschlussfolgert. Woher willst du wissen, dass der Mord mit dem Tierschutz in Verbindung steht?«

Milo bereute die Worte, kaum dass sie ihren Mund verlassen hatten. Wie erwartet warf ihr Vince einen gekränkten Blick zu. Sie seufzte innerlich. Noch hatte sie den Dreh nicht raus, wie sie sich mit ihrem Partner verständigen konnte, ohne ihn alle naselang zu verärgern. Das war doch früher nicht so schwer gewesen, Herrgott noch mal.

Und war es wirklich von der Hand zu weisen? Dass die Art des Todes und das Engagement des Opfers in Verbindung stehen mussten? Du kannst so eine dumme Gans sein, Milosevic, dachte sie und wollte gerade zu einer Entschuldigung ansetzen, doch Vince kam ihr zuvor.

»Körperlich bin ich vielleicht nicht in Bestform, aber das Hirn funktioniert gut, danke«, knurrte er und schob ihr das Telefon über den Tisch.

Auf dem Screen lief ein Video, in dem eine Gruppe von mehreren Dutzend Umweltaktivisten, allen voran Mira Mönchshagen, auf einer Demo in der Hamburger Innenstadt von maskierten Männern angepöbelt wurde. Einer der Vermummten schubste die junge Frau brutal zu Boden, in der Sekunde danach brach das Video ab.

Milo seufzte. Wo sollten sie mit der Suche nach dem Mörder

bloß anfangen? Das Opfer war von so vielen Menschen gehasst worden. Es würde Monate dauern, an die IP-Adressen der User zu kommen, die unter ihren Beiträgen kommentiert hatten. Oder gar die Videos auszuwerten, in denen sie ihren Hatern von Angesicht zu Angesicht gegenübertrat. Milo schloss die Augen und versuchte, nicht den Kopf auf die klebrige Tischplatte sinken zu lassen.

»Also dann lass mal hören«, stichelte Vince weiter, der offenbar noch nicht genug von ihren Reibereien hatte. »Eine militante Tierschützerin, abgeschlachtet, gehäutet und ausgenommen wie Vieh. Wen vermutet Hauptkommissarin Milosevic hinter der Tat? Eine alte Jugendliebe? Einen verschmähten Liebhaber? Das Blutbad im Loft war meiner Meinung nach eine sehr deutliche Botschaft, die es spätestens morgen in alle Tageszeitungen geschafft haben wird.«

Vermutlich hatte er recht. Milos Ohren begannen bereits zu klingeln, wenn sie an Serpils unweigerlichen Wutanfall dachte. Trotzdem sagte sie: »Ich weiß nicht.« Sie schob das Telefon zurück über den Tisch. Ja, sie hielt etwas Ähnliches für möglich. Und doch hatte sie Zweifel. »Findest du das nicht etwas krass? Mord? Wegen unterschiedlicher Meinungen zum Tierwohl?«

Nun war es Vince, der skeptisch das Gesicht verzog. »Hast du in letzter Zeit mal die Debatten zu diesem Thema verfolgt? Zufälligerweise hatte ich in den letzten Monaten sehr viel Zeit, um Zeitung zu lesen, Late-Night-Talk zu glotzen und«, er tippte auf sein Handy, »im digitalen Wurmloch zu verschwinden. Wenn du heute öffentlich über Umweltschutz sprichst, Tierwohl oder auch bloß deine Ernährung, kannst du dir sicher sein, dass du dir innerhalb von Sekunden auf mindestens einer Seite Feinde machst.«

Mit etwas schlechtem Gewissen musste Milo eingestehen, dass Vince recht haben könnte. Leider hatte sie in der jüngsten Vergangenheit kaum mitbekommen, was in der deutschen Gesellschaft so passiert war. Denn die nächtlichen Live-Debatten in ihrem Wohn- und Schlafzimmer zu Hause hatten alle Aufmerksamkeit für sich beansprucht.

Der Fall »Schneider«, der Vince und sie Ende des Jahres beinahe das Leben gekostet hätte, hatte Milo in jedem Fall um den Hausfrieden gebracht. »Es hätte auch dich treffen können«, hatte Valerie ihr vorgeworfen. »Und dann wäre ich nichts weiter als deine Mitbewohnerin? Ich könnte nichts für dich tun. Ich dürfte nicht mal zu dir ins Krankenhaus, verdammt noch mal! Und was würden deine Eltern sagen, wenn ich plötzlich vor ihrer Tür stehe und ihnen sagen muss, dass ihre Tochter schwer verletzt ist, oder schlimmer?«

Milo hatte kein Ass im Ärmel gehabt, das sie hatte dagegenhalten können – weder damals noch heute. Valerie hatte recht. Milo war eine erwachsene Frau, eine Mordkommissarin, harte Fälle und noch härtere Typen waren ihr täglich Brot. Sie sollte dazu in der Lage sein, sich zu ihrer Beziehung, vor allem aber zu ihrer sexuellen Neigung zu bekennen. Warum um alles in der Welt schaffte sie es nicht, ihrer Familie die Wahrheit über Valerie zu erzählen? Andererseits, warum, verdammt, war das alles für Valerie so wichtig? Zwei moderne Frauen sollten doch in der Lage sein, ohne Etikett und öffentliche Erklärung eine Liebesbeziehung zu führen.

Milo schüttelte die dunklen Gedanken ab und versuchte sich zu konzentrieren. Sie würde sich wenigstens während der Arbeitszeit auf ihre Fälle fokussieren und nicht über ihre angeschlagene Beziehung grübeln. »Was wissen wir über Mira Mönchshagen, außer dass sie Tiere liebte und von sehr vielen Menschen gehasst wurde?«

»Ich les mal vor, was da steht.«

»Wo?«

»Na, hier.« Vince hielt ihr das Handydisplay mit der Webseite von Miras Mission unter die Nase. Unter »about me« war ein professionelles Bild zu sehen, das die hübsche Frau mit eindringlichem Blick zeigte.

»Also ... 27 Jahre alt, in Osnabrück geboren. Nach dem Abitur zog sie nach Hamburg, um Medienwissenschaften zu studieren. Bis vor drei Jahren arbeitete Mira für eine Marketing-Agentur, die sich auf Firmen mit grünem Background spezialisiert hat.« Vince verstummte, las lautlos weiter und fasste anschließend zusammen: »Dann ist ihr eigener Kanal so erfolgreich geworden, dass sie die Festanstellung gekündigt und sich als Influencerin selbstständig gemacht hat. Sie dachte offenbar, mit gutem Marketing könnte man die Menschen zum Umdenken bewegen, doch dann musste sie feststellen, dass es in der Wirtschaft nur um Geld und Gewinne geht. Das war der Moment, in dem sie beschlossen hat, ihr eigenes Ding zu machen und aus dem System auszubrechen.«

Milo verdrehte die Augen, aber Vince erwiderte trocken: »Das steht hier, das kommt nicht von mir. Ihr ›Ausbruch‹«, er malte Gänsefüßchen in die Luft, »war jedenfalls die Geburtsstunde von Miras Mission e. V., einem Verein, der sich für das Tierwohl und den Planeten einsetzt, mit allen Mitteln, die es braucht, damit es auch morgen noch eine Erde gibt, auf der es sich lohnt zu leben ...«

Milo seufzte. »Wow.«

»Wenn du noch mehr wissen willst oder eine Kooperation anfragen möchtest, dann kontaktierst du am besten ihre Assistentin Cleo.« Sein Finger tippte auf eine E-Mail-Adresse.

»Oh, ja, wir sollten eine Kooperation in Betracht ziehen«, scherzte Milo und hoffte, Vince würde diesmal in ihr übliches Hin und Her einsteigen.

Aber er steckte nur sein Telefon in die Tasche und schlüpfte etwas umständlich und sichtlich genervt von seinem Rollstuhl in die Jacke. »Ich würde dir ja gern beim Ermitteln helfen, aber ich muss los. Ergotherapie und dann ...«, er klopfte mit dem Zeigefinger gegen die Schläfe, „… hier drin aufräumen. Vorschrift ist Vorschrift. Fährst du mich?«

»Klar.« Milo nickte und gab sich Mühe, das ungute Gefühl zu ignorieren, das sich beim Gedanken an Vince' therapeutische Sitzungen in ihrer Magengegend breitmachte. Warum er sich ausgerechnet Valerie als Gutachterin ausgesucht hatte, war ihr ein Rätsel – davon abgesehen, dass sie eigentlich als Paar- und Sexualtherapeutin arbeitete. Doch sie hatte vor Jahren diese blöde Ausbildung zur Traumatherapeutin gemacht, und irgendwie hatte Vince davon Wind bekommen und war sofort zu ihr marschiert. Oder eher: gerollt. Sosehr es ihr missfiel, Milo konnte nichts gegen seine Wahl ausrichten. Vor allem das Argument, dass seine Psychologin ihre Lebensgefährtin war und es deshalb einen gewissen Interessenkonflikt gab, zog nicht. Immerhin war er der Einzige aus dem LKA, der von der Beziehung zwischen Valerie und ihr wusste. Dass es bei den Gesprächen nicht um sie, sondern um Vince ging, um seine Aufarbeitung des schrecklichen Dramas aus dem letzten Jahr, beruhigte Milo auch nur bedingt. Valerie war professionell in ihrem Job, sie trennte strikt zwischen beruflich und privat. Eigentlich immer … und dennoch.

Sowohl Vince als auch Valerie hatten Milo gefragt, ob diese Konstellation für sie in Ordnung sei, und das war sie ja auch, in der Theorie. In der Praxis hätte Milo aber die Wahrheit sagen müssen. Nämlich, dass sie sich unwohl fühlte bei dem Gedanken daran, dass die beiden Menschen, denen sie am nächsten stand, zweimal die Woche eine Stunde über all das sprachen, was da im letzten Jahr vorgefallen war, über die misshandelten Frauen, das mörderische Mutter-Sohn-Gespann, über die Beziehung zwischen Vince und Milo, warum er ihr so selbstlos das Leben gerettet hatte, und über die anderen Kollegen, vielleicht sogar über Gioia …

Milo wollte genau darüber *nicht* nachdenken. Sie wollte nach vorn blicken. Und Vince und Valerie sollten das gefälligst auch tun, am besten getrennt voneinander. Für Milo in jedem Fall konnte Vince' Gesundschreibung nicht schnell genug erfolgen. Sie wollte ihren alten Kollegen zurück, auf zwei Beinen, ohne die nervigen Rollstuhlfahrerwitze. Dafür würde sie sogar seine restlichen blöden Sprüche und von ihr aus sogar seine stinkenden Zigaretten ertragen.

Es sollte einfach wieder alles so sein wie vorher.

3

3. April 2023, 14:00 Uhr, LKA Hamburg

Als Milo wenig später die Büroräume der Mordkommission im LKA betrat, war es still – viel zu still. Sie hatte erwartet, Serpil bereits herumtoben zu hören. Doch stattdessen war es so leise, dass man eine Stecknadel hätte fallen hören.

Behutsam lugte Milo um die Ecke und erblickte die Chefin mit vor der Brust verschränkten Armen vor einem Tisch, auf dem ein Beamer aufgebaut war. Links und rechts von ihr waren auf jeder Seite zwei Tische so angeordnet, dass das Ganze wie ein U aussah. Hinter den Tischen saßen die restlichen Mitglieder der Kommission. Philipp, der IT-Fachmann, um nicht zu sagen: Nerd der Kompanie. Er war hager, groß gewachsen und besaß keinen Funken Humor im Körper. Vermutlich war er genetisch bedingt gar nicht in der Lage zu lachen. Horst, der Älteste in der Runde, der seine Tage bei der Polizei mit einem Abreißkalender zählte. Etwas mehr als 270 Tage musste er noch ausharren, bis er Ende des Jahres endlich in die Rente entlassen wurde und seinen Ruhestand im Landesbund der Gartenfreunde in Hamburg e. V. genießen durfte. Nadja, die möglicherweise auch Nadine hieß, die Büroassistentin, deren Namen sich Milo ums Verrecken nicht merken konnte, die bei den Recherchen aber ein richtiges Trüffelschwein sein konnte und von Serpil wie eine Ziehtochter behandelt wurde. Und …

Milo musste schlucken, als sie von hinten die schlanke Silhouette von Gioia Tripodi erkannte. Die Kollegin aus dem Dezernat für Organisierte Kriminalität und Rauschgiftkriminalität, der Milo seit dem letzten Fall versucht hatte aus dem Weg zu gehen, weil sie ihr viel zu lange, unmissverständliche Blicke zuwarf. In diesem Moment drehte Gioia sich um. Der schnurgerade Pony war noch länger geworden und berührte beinahe die dunklen, wunderschön geschwungenen Augenbrauen. Ihren Mundwinkel umspielte ein Lächeln, das man als Außenstehende als süffisant hätte bezeichnen können. Doch Milo wusste es besser.

Sie wandte ruckartig den Blick ab. Gioia war brandgefährlich für sie, vor allem momentan, wo es mit Valerie so schlecht lief. Dass die Kollegin ihr so völlig schamlos Avancen machte und vor versammelter Mannschaft mit ihr flirtete, war so ziemlich das Letzte, was sie gerade brauchen konnte.

Sie nickte Gioia knapp zu und ignorierte den freien Stuhl neben ihr. Stattdessen ging sie mit langen Schritten um das U aus Tischen herum und ließ sich neben Philipp nieder. Was sie direkt bereute, denn nun saß sie Gioia gegenüber, die sie mit blitzenden grünen Augen und einem angedeuteten Lächeln musterte. Super.

»Frey ist bei der Therapie?« Serpil hielt sich selten mit Begrüßungen auf und kam wie immer direkt zur Sache.

Milo nickte. »Ergo, danach zum Psychologen.«

Serpil legte den Kopf schief. »Psychologin, soweit ich weiß.«

Milo räusperte sich. Das Zweitletzte, was sie heute brauchte, war eine Erklärung, woher Vince ihre Lebensgefährtin Valerie Hustemann kannte. »Er nimmt es auf jeden Fall ernst mit seiner Wiedereingliederung. Er will so schnell wie möglich wieder fit werden.«

»Schön. Dafür bekommt er ein Bienchen im Muttiheft«, knurrte Serpil kurz, bevor sie eine Fernbedienung in die Hand nahm und den Beamer aktivierte.

Als das Bild der kopfüber hängenden Toten auf der gegenüberliegenden Wand erschien, reagierte das Team so, wie man es hätte erwarten können. Nadja schlug sich die Hand vor den Mund und schrie kurz auf, Horst kniff die Augen ergeben zusammen, Philipp beugte sich nach vorn, um besser sehen zu können, und Gioia verzog das Gesicht.

»Das ist, oder besser, *war* Mira Mönchshagen. 27 Jahre alt, von Beruf Influencerin und Tierschützerin. Sie wurde heute Morgen in diesem Zustand in ihrem Loft in der HafenCity gefunden. Die Rechtsmedizin geht davon aus, dass sie zu diesem Zeitpunkt seit mindestens achtzehn Stunden tot war.«

»Wer hat sie gefunden?«, wollte Gioia mit ruhiger Stimme wissen.

Milo fragte sich, was die Kollegin eigentlich hier sollte. Mit Bandenkriminalität oder Drogengeschäften hatte der Mord an Mönchshagen sicher nichts zu tun.

»Ihre Assistentin, eine gewisse Cleo Petersen, hat sich heute früh mit ihrem Ersatzschlüssel Zutritt zur Wohnung verschafft, nachdem sie seit Samstagnachmittag nichts mehr von Mira Mönchshagen gehört hat.«

Milo fing einen Blick von Gioia auf. Sie dachten beide sicher dasselbe: Wie ertrug man es, einen Menschen, den man gut gekannt, mit dem man zusammengearbeitet hatte, vielleicht sogar seit Jahren, derart zugerichtet vorzufinden? Für einen winzigen Moment stellte sie sich vor, sie würde eines Tages Vince … nein, daran wollte sie nicht denken. Sie schüttelte den Gedanken ab.

»Wo ist die Assistentin jetzt? Kann sie befragt werden?«, wollte Philipp wissen.

»Nein. Noch nicht. Sie ist im Krankenhaus, weil sie einen Nervenzusammenbruch erlitten hat«, erklärte Serpil. »Aber sobald sie entlassen wird, befragen wir sie.«

Serpil klickte weiter durch zahlreiche Fotografien des Leichnams, die die Spurensicherung gemacht hatte, bevor Dr. Süß die Tote mit in die Rechtsmedizin genommen hatte. Auch die Organe und Fleischstücke in der Badewanne waren abgelichtet worden. Bei denen hielt sich Serpil aber nicht lange auf, sondern sprang weiter zu den Detailaufnahmen.

Milo schluckte, als die teilweise abgezogene Haut, die sie immer noch an blutige Flügel erinnerte, in Übergröße auf der gegenüberliegenden Wand erschien. Neben ihr atmete Philipp tief durch.

»Auf der Vorderseite des Torsos wurde allem Anschein nach ein Kreuzschnitt vorgenommen, die vier Hautlappen konnte der Täter dann einfach zur Seite klappen. Wir gehen davon aus, dass dies nach dem Ausbluten geschehen ist, aber an der hängenden Leiche. Die Rechtsmedizin wird uns da hoffentlich bald mehr sagen können.« Serpil klickte weiter. »Auf dem Rücken wurde auf Hüfthöhe ein horizontaler Schnitt durchgeführt, darüber hinaus drei vertikale Schnitte an den Seiten und über der Wirbelsäule.« Mit dem Laserpointer zeigte die Chefin die Schnittführung an. »Da der Täter die Tote an den Füßen aufgehängt hat, hingen die …«, Serpil zögerte kurz, „… Hautlappen über den Kopf der Leiche. Der Täter muss für dieses Zerteilen von Haut und Muskeln ein spezielles Werkzeug verwendet haben, das man …«

Weiter kam sie nicht, denn in diesem Augenblick erhob sich Nadja, die mittlerweile grün im Gesicht geworden war, machte ein Würggeräusch und rannte in den hinteren Teil des Raums, wo sie einen Mülleimer zu fassen bekam, in den sie sich schwallartig erbrach.

Serpil sah die anderen mit festem Blick an. »Genau. Zum Kotzen! Ich hab so eine Sauerei noch nie gesehen, und ich bin schon einigen Widerlingen in meiner Karriere über den Weg gelaufen. Aber das …« Sie holte tief Luft, blies die Backen auf und ließ den

Atem dann langsam entweichen. »Die gute Nachricht ist, dass wir einen Schuhabdruck gefunden haben. Die schlechte Nachricht ist, dass er auf dem Teppich gefunden wurde. Heißt, wir können nur etwas über die Größe des Fußes sagen, die Spusi schätzt, dass es Schuhgröße 42 oder 43 sein könnte.«

»Profil? Schuhmarke? Irgendwas?« Milo machte sich wenig Hoffnung.

Serpil schüttelte bedauernd den Kopf. »Nichts.«

»Weiß die Presse schon Bescheid?«, wollte Philipp wissen, während er aufstand und ein Fenster öffnete. Für die Hansestadt typisch kühle Aprilluft drang in den Raum herein, vermochte den Schrecken jedoch nicht zu vertreiben.

»Nein. Ich muss in einer Stunde zur PK.« Serpil betrachtete nachdenklich ihre Hände. »Aber wir müssen alles in unserer Macht Stehende tun, dass diese Bilder niemals das LKA verlassen. Das können wir den Menschen nicht antun. Das erträgt keiner.«

Die Angehörigen der Mordkommission nickten. Und bestimmt dachte jeder von ihnen in diesem Augenblick an den Kollegen, der beim vergangenen Fall ermittlungsrelevante Informationen an die Presse verkauft hatte. Die Journaille hatte in genüsslicher Intensität über den Fall der ermordeten Sexualstraftäter berichtet – und sich nicht nur einmal das Maul über die unfähigen Kommissare zerrissen, allen voran Jagoda Milosevic.

Serpil straffte die Schultern. »Also gut, ihr wisst jetzt so viel, wie ich weiß. Milo, willst du irgendwas ergänzen?«

Sie nickte. »Mira Mönchshagen hatte unglaublich viele Hater. Es müssen Hunderte sein, die ihr allein auf Instagram nach jedem Post die Pest an den Hals gewünscht haben, und das sind nur die, deren Kommentare wir mitlesen können. Ich will gar nicht wissen, was auf uns zukommt, wenn wir ihre Mailkonten durchforsten.«

Serpil stöhnte. »Das Internet hat einige wunderbare Dinge hervorgebracht, aber leider verleiht es auch einigen sehr schäbigen Individuen zu viel Aufmerksamkeit.«

Milo musste ihr zustimmen. Normalerweise war es eine der ersten Fragen bei den Ermittlungen: Wer hätte dem Opfer schaden wollen? Hatte es Feinde? Im Fall von Mira Mönchshagen würden sie sich diese Frage vermutlich sparen können.

»Philipp, du schaust dir bitte die Kanäle an, auf denen sie aktiv war. Nimm dir auch Handy und Laptop vor«, wies die Chefin ihn an, und der Kollege nickte knapp.

»Nadine, wir beide bereiten die Pressekonferenz vor und überlegen, welche Informationen wir den Geiern zum Fraß vorwerfen.«

Aus dem hinteren Bereich hob die Assistentin kurz die Hand, immer noch über den Mülleimer gebeugt.

»Horst, ich möchte, dass du mit der Spusi Kontakt aufnimmst und sie löcherst. Sie sollen alles rausrücken, was sie haben – Fußabdrücke, Staubpartikel, Fingerabdrücke, mit welcher Waffe gemordet wurde, wie der Täter in das Gebäude eindringen konnte, was das für eine Kette ist, an der die Tote hing, die Fesseln um die Knöchel … Alles. Tritt denen richtig auf die Füße. Es eilt.«

Milo hob den Kopf. »Denkst du etwa, dass es kein Einzelmord bleiben könnte?«

Serpil verkniff den Mund. »Wer eine Leiche so zur Schau stellt, der tut das aus einem Grund. Für mich sieht das nicht so aus, als ob es sich um eine Beziehungstat handelt. Trotzdem hoffe ich inständig, dass es bei diesem einen Mord bleibt.« Sie warf einen flüchtigen Blick zur Wand, wo immer noch der misshandelte Oberkörper der toten Frau zu sehen war. »Ansonsten lass ich mich vorzeitig in den Ruhestand versetzen.«

»Was soll denn ich da sagen?«, maulte Horst, aber niemand ging darauf ein.

Der Blick der Chefin heftete sich auf Milo. »Heute Nachmittag werden hoffentlich erste Ergebnisse aus der Rechtsmedizin kommen. Fahrt dahin, sprecht mit der Süß. Und morgen nehmt ihr euch diese Cleo Petersen vor – sofern sie wieder ansprechbar ist.«

»Ich könnte ja heute Abend schon mal im Krankenhaus anrufen und fragen …«

»Nein. Die Ärzte waren sehr deutlich. Wir sprechen erst mit ihr, wenn wir grünes Licht haben. Kannst du bitte auch Frey ins Boot holen?«

Sie nickte anstelle einer Antwort.

»Wann darf er aus dem Rollstuhl raus?«

Milo zuckte mit den Schultern. »Keine Ahnung, ich bin nicht seine Krankenschwester.«

Serpil schnalzte mit der Zunge, sagte aber nichts zu dem frechen Kommentar. »Bis er wieder fit ist, wird Gioia die Kommission unterstützen. Milo, sie begleitet dich in die Rechtsmedizin.«

Milo klappte der Mund auf, sie wollte widersprechen. Zum Glück fiel ihr rechtzeitig ein, dass es eine saublöde Idee gewesen wäre, die Zusammenarbeit mit Gioia vor der ganzen Mannschaft abzulehnen. Also lächelte sie gezwungen und ignorierte den eindringlichen Blick, den die Kollegin ihr zuwarf.

Zu ihrer Überraschung sagt Gioia gleich darauf: »Wenn ihr nichts dagegen habt, würde ich die Rechtsmedizin lieber aussetzen. Mir haben die Fotos vom Tatort gereicht. Sorry.«

Serpil seufzte. Es war ihr anzusehen, was sie von Gioias Bitte hielt, andererseits konnte sie nicht noch mehr kotzende Team-Mitglieder brauchen. »Dann bleibst du hier und hilfst Philipp bei der Internet-Recherche.«

Gioia nickte, und Milo spürte, wie sich ein Gefühl der Erleichterung in ihr breitmachte.

Serpil blickte wieder in die Runde. »Eine Sache noch. Damit wir im Zweifelsfall noch mehr personelle und finanzielle Ressourcen zur Verfügung gestellt bekommen, habe ich entschieden, eine Soko zu gründen. Nur …« Sie rollte mit den Augen. »Nadine und ich haben schon die unterschiedlichsten Namen besprochen, aber keiner ist angemessen.«

»Was waren denn eure bisherigen Einfälle?«, fragte Gioia. »Schwein?« Sie grinste schief.

»So in etwa. Habt ihr einen Vorschlag?«

Milo dachte angestrengt nach. Doch egal, welcher Begriff ihr angesichts des Grauens im Loft in den Sinn kam, keiner schien zu passen. Sie mussten pietätvoll bleiben, auch da der Name der Soko unweigerlich von der Presse aufgegriffen werden würde. Soko Schlachthaus … ausgeschlossen. Es war sowieso nur eine Frage der Zeit, bis die einschlägigen Blätter einen reißerischen Namen für den Täter erfinden würden. Der Schlächter der HafenCity. Der Mönchshagen-Metzler. Oder der Öko-Killer. Milo war sich sicher, irgendeinen Scheiß würden sich die Blätter einfallen lassen, sobald sie auch nur einen Hauch vom Vorgehen des Täters erfuhren.

»Wie wäre es mit Soko ›Mira‹?«, fragte da eine leise Stimme aus dem Hintergrund. Die Assistentin hatte sich den Mund abgewischt und wieder etwas Farbe im Gesicht. »Sie wurde … Die Tote wurde so dermaßen entmenschlicht, dass ich es angemessen fände, wenn wir ihr ein bisschen Würde zurückgäben. Und so vergessen wir nicht, dass es eine echte Person war, die auf diese grausame Weise getötet wurde.«

Serpil sah Nadine lange an. Dann nickte sie. »Das ist eine gute Idee, danke. Erweisen wir der Toten die letzte Ehre.«

Zwei Monate vorher. Altes Land

»Komm. Komm!«

Sie brach einen weiteren Brocken von dem trockenen Brötchen ab und warf es der Sau vor die Füße. Das Schwein beugte den Kopf nach unten, schnüffelte mit dem Rüssel auf dem Boden, bis es den Brotkrumen gefunden hatte, und klaubte es mit dem Maul auf.

Währenddessen schob sie sich an dem rund zwei Zentner schweren Tier vorbei und verschloss so leise wie möglich die schwere Metalltür. Schweine waren unglaublich schlau, man musste sich Gedanken machen, wenn man sie überlisten wollte. Denn sie konnten den Tod geradezu riechen. Bestimmt hatten die Schweine ihrer Mastanlage längst begriffen, dass die Artgenossen, die durch den Gang weggeführt worden waren, nie zurückkamen. Sie rochen die Angst, die der Schlachtraum auch nach der gründlichsten Reinigung noch auszudünsten schien. Wenn ein Tier kapierte, dass sein letztes Stündlein geschlagen hatte, konnte es außerdem richtig gefährlich werden. So eine Hundert-Kilo-Sau war ein lebensbedrohliches Risiko, wenn man nicht wusste, wie man die Tiere behandeln musste.

Zum Glück war sie mit und in der Schweinezucht aufgewachsen. Sie kannte alles, jeden Handgriff, jeden Arbeitsschritt. Sie wusste, wie man die Sauen anpacken musste, wenn sie besamt wurden. Was man tat, wenn eines der Ferkel im Geburtskanal stecken blieb. Sie konnte mit einem Blick erkennen, welches Schwein einem nur Ärger machte und welches sich einfach seinem Schicksal ergab.

Vor allem aber wusste sie, wie man die Tiere tötete.

Mit fünf Jahren hatte ihr Vater sie zum ersten Mal mit zu einer Schlachtung genommen. Sie erinnerte sich noch gut daran, wie entsetzt sie über die lauten, verzweifelten Schreie des Tiers gewesen war. Die kleinen Hände hatte sie sich auf die Ohren gepresst, so fest sie konnte, und die Augen hatte sie zu-

sammengekniffen. Allein gegen den Geruch hatte sie nichts ausrichten können. Den Geruch von warmem, frischem Blut.

Beinahe vierzig Jahre war ihre erste Schlachtung nun her. Sie hatte aufgehört zu zählen, wie oft sie ihren Vater Rolf seitdem begleitet hatte. Noch viel weniger wusste sie, wie viele Tiere sie selbst bereits geschlachtet hatte. Sicher einige Tausend. Auch wenn ihr Hof mit den großen Betrieben der Umgebung nicht mithalten konnte, über viele Jahre hatten sie gut von den Schweinen leben können. Als sie mit der Ausbildung fertig war und nach dem Tod der Mutter die rechte Hand des Vaters wurde, waren es gerade einmal vierhundert Tiere gewesen, die sie im Schnitt gehalten hatten.

Zehn Jahr später hatte der Hof sich schon auf fünfhundertfünfzig Tiere vergrößert. Mittlerweile drängten sich knapp achthundert Tiere in den Stallungen, die aufgrund der hohen Kosten und der sinkenden Erträge aber nicht größer geworden waren. Das wiederum verursachte mehr Ausgaben – Antibiotikabehandlungen, Notschlachtungen nach Verletzungen, die ständigen Kontrollen des Veterinäramts. Und natürlich die wiederkehrenden Anklagen der Umwelt- und Tierschützer.

Als wenn sie oder ihr Vater es gern gesehen hätten, dass ihre Tiere auf so engem Raum vor sich hin vegetierten. Es war doch nicht ihre Schuld, dass die Bedingungen für Landwirte immer schlimmer wurden! Wie gern hätte sie jeder Sau ihre eigene große Box und täglich frisches Stroh gegönnt, oder, noch besser, einen Auslauf. Aber egal, wie sie es auch anstellten, wie sie jeden Pfennig dreimal umdrehten und sparten, wo es nur ging – am Ende des Jahres stand seit nunmehr acht Jahren ein fettes Minus auf dem Konto. Und das war nun nicht gerade das, was eine Bank sehen wollte, wenn man dort aufschlug, um einen neuen Kredit oder eine weitere Hypothek auf den Hof zu beantragen. Auch für Erklärungen waren diese Sesselfurzer taub, die zwar gern ein saftiges Kotelett auf den Grill warfen, sich aber offenbar keine Gedanken darüber machten, wo das Fleisch herkam.

Sie erinnerte sich noch genau an das letzte Mal vor einigen Wochen, als sie bei ihrer Bank zum Kundentermin erschienen war. Sogar eine Bluse hatte sie dafür angezogen. Als ob ein Schweinewirt nichts Besseres zu tun hatte, als für einen Banktermin ein Hemd oder eine Bluse zu bügeln.

Sehr lange und mit sehr ernstem Gesichtsausdruck hatte der Mann auf der anderen Seite des Schreibtischs die Unterlagen eingesehen, die sie ihm vorgelegt hatte. Dann hatte er den Kopf geschüttelt.

»Bei aller Liebe. Aber wir können Ihnen nicht helfen.«

Sie saß da, meinte, sich verhört zu haben. Langsam beugte sie sich nach vorn. »Wir brauchen das Geld. Der Hof muss umgebaut werden, um rentabel zu bleiben.«

»Rentabel, gute Frau«, sagte der Banker und lehnte sich in seiner vollen Arroganz in den fetten Ledersessel zurück, »ist der Hof schon seit einer Weile nicht mehr.«

Sie schnaufte, sammelte sich. »Das ist alles nicht so einfach. Die Kosten steigen andauernd, die Konkurrenz ist riesig, vor allem aus dem osteuropäischen Ausland, dazu die Nachfrage nach Bio-Fleisch …«

Der Banker nickte besonnen. »Ja. Das hätte man schon vor vielen Jahren angehen müssen, als es auch noch mehr Förderungen von der EU gab. Aber ich befürchte, den Anschluss hat Ihr Vater verpasst.«

Wieder atmete sie tief durch. Wie oft hatte sie dieses Gespräch mit ihrem Vater geführt? Wie oft? Hunderte Male? Und immer hatte er gesagt: zu teuer. Lohnt nicht. Schuster, bleib bei deinem Leisten.

»Er ist ein sturer, alter Mann, der sich von mir nicht reinreden lassen wollte. Aber jetzt tut er es, und jetzt brauche ich das Geld, denn ich will den Hof weiterführen. Und ich möchte auf nachhaltigere Landwirtschaft umstellen.« Sie riss die Augen auf, als der Banker nicht reagierte. »Der Hof ist alles, was ich habe!«

Der Mann breitete die Arme aus, als wollte er sagen: Tja.

Am schlimmsten für sie war, dass ihr Vater in allem, was er gesagt hatte, recht behalten hatte. Keine Bank wollte den Umbau des Hofes finanzieren. Die Behörden hielten sich ebenfalls bedeckt. Es sei günstiger, in eine neue Anlage zu investieren, als eine alte umzubauen, auch wegen der EU-Fördergelder. Aber da sie alleinstehend sei, der Vater alt, und der Hof bislang nichts abwerfe, sondern nur Schulden mache … also nein, da könne man nichts machen. Das sei unbezahlbar.

Unsere Vergangenheit. Meine Zukunft. Unbezahlbar.

Die Sau hob den Kopf und sah sie mit dunklen Knopfaugen an. Es war der Moment, in dem das Tier verstand, dass es nur noch Augenblicke zu leben hatte. Schon sah sie, wie sich die Ohren nach hinten legten, wie der ganze schwere, rosafarbene, schmutzige Körper sich verspannte. Wie die dünnen Beinchen sich langsam rückwärtsbewegten, weg von ihr und dem Bolzenschussgerät, das sie hinter dem Rücken verbarg. Mit der Linken hielt sie das letzte Stück Brötchen hin.

»Komm!«, lockte sie.

Aber das Tier wich noch weiter vor ihr zurück. Das war schlecht, denn sie musste so nah wie möglich an den Schweinekopf herankommen, wenn der Bolzen möglichst tief ins Hirn schießen sollte. Deswegen machte sie einen vorsichtigen Schritt nach vorn, hielt das alte Brötchen weit vor ihren Körper, dem Schwein direkt vor die Nase. Der Rüssel bebte. Das Tier schien abzuwägen.

Am liebsten hätte sie die Menschen, die es ihnen so unglaublich schwer machten, mal zu so einer Schlachtung eingeladen. Damit sie sahen, dass es Lebewesen waren, die, genau wie die Menschen, ein Recht auf ein angemessenes Leben hatten, wenn man sie schon eines Tages verspeisen wollte. Aber egal, wen sie eingeladen hatte, den Banker, die dumme Gans von der Landwirtschaftskammer, alle hatten mit einem fadenscheinigen Lächeln im Gesicht abgelehnt. Da saßen sie also, in ihrer ganzen Selbstgerechtigkeit, hinter ausladenden Schreibtischen auf ihren fetten Ärschen, kauften billiges Fleisch vom Discounter und wunderten sich, dass Landwirte wie sie und ihr Vater nicht mehr von ihrem Beruf leben konnten.

Sie spürte ein heißes Gefühl in sich aufsteigen. Es hatte seinen Ursprung tief in ihrem Bauch und fraß sich wie Säure über die Speiseröhre nach oben in ihren Mund, in dem sie plötzlich Bitterkeit schmeckte. Aus Hoffnung war

Verzweiflung geworden. Aus Unverständnis Wut. Und dann war der Hass gekommen. Auf die Politik, die Lobbyisten der Großkonzerne, die Banker, die Beamten, die Kunden und auch auf die einflussreichen Stimmen in den sozialen Medien, die immer mehr Menschen dazu aufforderten, endlich nachhaltig zu konsumieren, am besten sogar vegan zu werden.

»Warum macht ihr uns nicht gleich platt?«, hatte sie den Banker bei dem Termin zum Abschluss angeschrien.

Er hatte nicht geantwortet, sondern den Hörer seines Telefons abgehoben und leise gesagt: »Sie gehen jetzt besser. Oder ich lasse Sie aus dem Gebäude entfernen.«

Sie hatte ihm auf die Tischplatte gespuckt und war gegangen.

Zurück auf dem Hof hatte sie ihrem Vater davon erzählt, doch der hatte nichts als ein müdes Schulterzucken übrig gehabt. »Hab ich dir doch gesagt.« Dann war er in den Stall gegangen, um die Tiere auszusuchen, die sie als Nächstes schlachten würden.

Sie spürte, wie sich das Gefühl der Verzweiflung, der Wut, dieses unendlichen, großen Hasses in ihr aufbäumte. Wie es Besitz von ihr und ihren Gedanken ergriff, tief in ihre Muskeln eindrang. Ohne zu wissen, was sie tat, machte sie einen Ausfallschritt nach vorn, riss gleichzeitig die Hand mit dem Bolzenschussgerät hoch, drückte es dem Schwein auf die Stirn und drückte ab. Das Tier taumelte, blieb einen Wimpernschlag lang wie angewurzelt stehen, dann brachen die Vorderhufe ein, und es fiel zur Seite.

»Steh auf!«, brüllte sie und beugte sich über das tote Schwein. »Steh auf, verdammt noch mal! Wehr dich!«

Sie hob den Arm, holte aus, schlug zu. Mit dem Bolzenschussgerät prügelte sie so oft auf den Kopf des Tieres ein, dass sich das eben noch misstrauisch dreinblickende Gesicht in eine blutige, matschige Masse verwandelte. Die schwarzen Knopfaugen, der haarige Rüssel verschwammen vor ihren Augen, plötzlich blickte sie in das Gesicht des Bankers, blutend, weiße, gesplitterte Knochen zwischen roten Fleischfetzen. Wieder und wieder schlug sie zu. Erst nach Minuten konnte sie sich beruhigen. Atemlos, der Schweiß lief ihr übers

Gesicht, starrte sie auf den Kadaver zu ihren Füßen. Und zum ersten Mal fühlte sie eine tiefe, allumfassende Ruhe in sich.

4

3. April 2023, 16:00 Uhr, Rechtsmedizinisches Institut

»Ich habe mich schon gefragt, wann du endlich kommst!«

Milo, die die Tür zu den Sektionssälen im Rechtsmedizinischen Institut gerade aufgestoßen hatte, blieb abrupt stehen. Dass Susanne Süß und sie sich duzten, war ihr neu. Dass die Rechtsmedizinerin sich freute, sie zu sehen, ebenfalls.

Die Ärztin stand mit dem Rücken zur Tür auf einem Hocker und beugte sich über die Leiche von Mira Mönchshagen, die vor ihr auf dem Seziertisch lag. Als Milo sich räusperte, drehte Dr. Süß sich um. Auch wenn sie einen Mundschutz trug, konnte Milo sehen, wie sie errötete.

»Ach, Sie sind … Entschuldigen Sie bitte, Frau Milosevic. Ich dachte …«

»Dass ich Vincent Frey bin?«

Dr. Süß schwieg, offenkundig verlegen. Obwohl sie eine Haube auf dem blonden Haar trug, wollte sie sich im Affekt mit der Hand eine Haarsträhne aus dem Gesicht streichen. Im letzten Moment schien sie zu bemerken, dass der Gummihandschuh, in dem ihre Finger steckten, blutverschmiert war, und sie ließ ihren Arm rasch wieder sinken.

»Bei der Gelegenheit könnten wir ja vielleicht auch auf das Du umsteigen«, schlug die Rechtsmedizinerin zögernd vor, stieg von ihrem Hocker, machte einen Schritt auf Milo zu und streckte ihr dieselbe blutige Hand hin, mit der sie sich eben beinahe selbst ins Gesicht gefasst hätte. »Oh. Entschuldigung.«

Milo grinste und bot Dr. Süß den Ellenbogen an. »Kein Problem. Ich bin Milo. Eigentlich Jagoda, aber so nennt mich keiner.«

»Ich bin die Susi«, erwiderte Dr. Süß, und Milo fragte sich, wie sie die Rechtsmedizinerin in Zukunft ernst nehmen sollte.

»Kommt Vince noch?«, wollte Susi wissen und drehte sich wieder zum Seziertisch um.

»Nein. Der hat Ergo- und danach Psychotherapie.« Milo lief um den Tisch herum und blieb in angemessenem Abstand vor dem toten Körper stehen. Immerhin, wenn die Toten erst einmal in der Rechtsmedizin angekommen waren, wirkten sie nicht mehr ganz so unheimlich wie am Leichenfundort. Irgendwie waren sie dann zwar immer noch Menschen, aber so ganz ohne Kontext weniger … nun ja, menschlich.

»Dann ruf ich ihn später an, wenn du magst, und beantworte seine Fragen, falls er welche hat«, schlug Susi vor.

Sieh mal einer an, dachte Milo. Eine Rechtsmedizinerin, die einem Kriminalkommissar hinterhertelefonierte. Sicher rein beruflich.

»Also, wie sieht es aus?«, versuchte sie das Thema auf den eigentlichen Grund ihres Besuchs zu lenken.

Dr. Süß – Susi – stieg auf den Hocker und atmete tief durch. »Das ist eine ziemliche … Schweinerei, wenn ich das mal so sagen darf. Wie ich bereits vermutet hatte, wurde dem Opfer mit einem Bolzenschussgerät in die Stirn geschossen. Bei einem solchen Bolzenschussgerät, auch Schlachtschussapparat genannt, muss man seinem Opfer sehr nah kommen, aus der Distanz bewirkt man damit gar nichts.«

Milo erschauderte. »Wie genau funktioniert denn so ein … Schlachtschussapparat?«

»Stell dir einen zylindrischen Körper mit einem beweglichen Bolzen vor. Dahinter werden Platzpatronen eingelegt, je nach Größe des zu schlachtenden Tieres mit niedriger oder höherer Ladung. Zieht man den Abzug, explodiert eine der Platzpatronen und schiebt den Bolzen mittels einer Druckwelle in das Frontalhirn des Opfers, das in der Regel dadurch ohnmächtig wird oder stirbt.«

Milo schluckte trocken. Warum hatte sie auch gefragt?

»Deshalb muss man auch sehr nah ran an die Stirn. Das Bolzenschussgerät muss auf dem Schädel aufliegen.«

»Okay«, krächzte sie mühsam. »Also muss unser Opfer hier schon betäubt oder gefesselt gewesen sein.«

»Theoretisch könnte die Frau auch geschlafen haben, dann hätte sie aber einen ziemlich tiefen Schlaf haben müssen. Betäubt vielleicht. Gefesselt kann sein, ich habe leichte Abriebspuren an den Handgelenken gefunden. Vermutlich vom selben Seil, das die Füße zusammengebunden hat und an dem die Tote aufgehängt wurde.«

Für einen kurzen Moment hielt Milo inne und dachte an die Tote. Welches Martyrium hatte sie erleiden müssen? War es schnell gegangen? Hatte sie lange Angst haben müssen? Oder war der Täter gnädig gewesen, so absurd und pervers der Begriff ihr angesichts der restlichen Vorgehensweise auch vorkam?

»Hast du denn irgendwelche Beruhigungsmittel oder Substanzen im Blut gefunden?«

Sie schüttelte den Kopf. »Ich warte noch auf die Ergebnisse aus dem Labor. Ich habe etwas ziemlich Interessantes herausgefunden, da möchte ich aber wirklich die Blutuntersuchung abwarten, bevor ich es dir sage.« Sie zeigte auf den Bauchraum. »Da drin ist es zwar leerer als sonst, aber ich habe trotzdem jede Menge zu tun.«

»Kein Problem. Sag mir doch einfach, was du weißt.«

Dr. Süß nickte kurz. »Die Verstorbene war in einem sehr fitten Zustand. Idealgewicht, keine erkennbaren Krankheiten, der Blinddarm wurde entnommen, aber sicher schon vor zehn Jahren oder so. Sie war kerngesund. Sieht man vom Offensichtlichen ab, keine Anzeigen von Gewalteinwirkung, keine alten Wunden oder Narben. Ein paar verblasste Hämatome an den Armen, aber die waren definitiv älter, mindestens eine Woche, würde ich vermuten.«

Milo musste an die Videos denken, die sie im Feed von Mira Mönchshagen gesehen hatte, die Auseinandersetzung mit dem vermummten Typen während einer Demonstration. Das wäre zumindest eine naheliegende Erklärung für die blauen Flecken.

»Es gab keinen sexuellen Übergriff, ich konnte keine Abriebspuren in der Vagina, Sperma oder sonstige Anzeichen von Penetration finden.«

»Hey, endlich mal eine gute Nachricht«, sagte Milo mit bemühter Begeisterung in der Stimme.

Dr. Süß gelang es, gleichzeitig den Kopf zu schütteln und zu nicken. »Ja, wobei die Liste der schlechten Nachrichten wirklich lang ist.« Sie atmete tief durch. »Der Bolzenschuss in den Frontallappen hat das Opfer aller Wahrscheinlichkeit nach sofort getötet. Direkt im Anschluss oder vielleicht auch schon vor dem Schuss wurde die Frau an den gefesselten Füßen aufgehängt. Dafür ist, auch wenn man stark ist, etwas Kraft vonnöten.«

»Es sei denn, man hat im Physikunterricht aufgepasst und weiß, wie ein Flaschenzug funktioniert.«

»Genau. Der Täter könnte beispielsweise eine Seilrolle mitgebracht haben«, schlug Dr. Süß vor.

»Was ist das denn?«

»So ein Mini-Flaschenzug, braucht man auch beim Klettern.«

»Du kletterst?«, fragte Milo ungläubig, weil sie wie immer verblüfft war, wenn ihre Kollegen so etwas wie private Meinungen oder Hobbys hatten. Bei dieser Gelegenheit fiel ihr auf, dass sie selbst seit der Schulzeit kein Hobby mehr pflegte. Denn dafür hätte es einer Freizeit bedurft, die sie unglücklicherweise zugunsten ihres Jobs jedoch bereits mit zwanzig aufgegeben hatte. Augen auf bei der Berufswahl.

Dr. Süß nickte. »Ich hab in München studiert und war eigentlich jedes Wochenende in den Alpen.«

»Aha«, erwiderte Milo, weil sie nicht so recht wusste, wie man auf so eine Information ansonsten reagieren sollte. Manchmal waren ihre sozialen Fähigkeiten wirklich unterirdisch.

»Auf jeden Fall kann man in so eine Seilrolle ein Seil einlegen und so die Hebekraft für ein Objekt verringern. Je mehr Rollen man hat, desto weniger Kraft wird benötigt, allerdings verlängert sich die Länge des Zugwegs. Die goldene Regel lautet: Was man an Kraft spart, muss man an Weg zusetzen.«

Milo nickte unbestimmt und wedelte ungeduldig mit der Hand. »Ich bin bei Hebekraft ausgestiegen.« Schon im letzten Fall hatte Dr. Süß mit Experten-, um nicht zu sagen: Nerdwissen geglänzt. Milo wollte es auf keine weiteren Vertiefungen im Gebiet der Mechanik ankommen lassen.

»Okay, dann sage ich es anders«, erklärte die Ärztin geduldig weiter. »Auch mit der besten Seilrolle braucht es ein gewisses Maß an Kraft – allein schon, um das Opfer zu überwältigen. Ich würde von einem durchschnittlich starken Mann oder einer sehr starken Frau als Täterin ausgehen.«

Milo nickte. Das half noch nicht wirklich, die Suche nach dem Täter einzugrenzen, war aber immerhin ein Anfang.

»Weiter geht's«, fuhr Dr. Süß fort. »Die Schnitte wurden mit einem sehr scharfen Messer, möglicherweise sogar einem Skalpell ausgeführt. Es gibt keine ausgefransten Kanten, keine Probeschnitte … Da wusste jemand, was er tut.«

Milo wurde kurz flau im Magen. »Und was heißt das?«

»Das heißt, dass die Tat von jemandem begangen wurde, der sich darauf versteht, in die Haut und das Gewebe eines Lebewesens zu schneiden. Jäger. Metzger. Chirurgen. Oder …«

»Oder ein erfahrener Mörder.«

Dr. Süß nickte knapp. »Denkbar.«

»Ich merke schon, du hast wirklich nicht viel Gutes zu berichten«, seufzte Milo. »Was gibt es noch?«

»Ich gehe von folgendem Vorgehen aus: Das Opfer wurde überwältigt, im Schlaf, eventuell betäubt oder gefesselt, dann mit dem Bolzenschuss getötet. Anschließend aufgehängt und …«, sie zeigte auf die tiefe, dünne Linie unter der Kehle, »mittels eines gezielten Schnittes zum Ausbluten gebracht. Anschließend wurden Bauchraum und Rücken mit exakt den Schnitten geöffnet, wie ich es bereits am Leichenfundort vermutet hatte. Der Täter entfernte die Haut fachkundig, schnitt sie aber nicht ab. Dann entnahm er die Organe, reinigte sie und deponierte sie in der Badewanne.«

»Okidoki.« Milo verzog das Gesicht. »Braucht man für solche Arbeiten spezielles Werkzeug?«

Dr. Süß nickte. »Absolut. Mit einem Küchenmesser kriegt man das nicht so ordentlich hin.«

»Also sprechen wir auch hier von einem … Profi?«

Die Rechtsmedizinerin zuckte mit den Schultern und wiederholte: »Jäger. Metzger. Chirurg.«

»Das macht die Suche ja viel einfacher«, bemerkte Milo ironisch. Dann lächelte sie Dr. Süß an. »Danke. Du machst hier einen tollen Job.«

»Ich … äh … danke.«

»Ich meine, alles, was du mir gerade gesagt hast, hast du im Prinzip schon am Tatort gewusst. Das sagt viel über dich aus.«

Dr. Süß wirkte verlegen. »Ich weiß gar nicht, was ich sagen

soll.« Dann schien ihr etwas einzufallen. Sie verließ den Seziertisch, zog sich im Gehen die Handschuhe aus und marschierte zu einem Computer, der im hinteren Bereich des Raumes auf einem Tisch stand. Kurz tippte sie die Maus an, der Bildschirm erwachte zum Leben, und Dr. Süß beugte sich näher an den Monitor heran. Für eine Weile blieb es still, dann hörte Milo einen Triumphschrei. »Ich wusste es!«

Der Drucker ratterte, die Rechtsmedizinerin holte einen Stapel Papiere aus dem Ausgabefach und kam zurück zu Milo. »Wie ich es vermutet habe, fanden sich keine Rückschlüsse auf Betäubungsmittel im Blut. Das heißt aber nicht, dass die Tote nicht betäubt wurde. K.-o.-Tropfen sind beispielsweise im Körper nicht nachweisbar.«

»Okay.« Milo nickte.

»Aber das Beste habe ich mir bis zum Schluss aufgehoben«, frohlockte Dr. Süß. »Komm mal näher ran.« Sie marschierte auf einen Beistelltisch zu, auf dem die entnommenen Organe lagen, und winkte Milo zu sich.

Widerwillig trat die näher.

»Ich hatte mich ein wenig darüber gewundert, dass der Uterus der Toten ein wenig vergrößert schien, deswegen habe ich ihn entnommen. Fällt dir an diesem Uterus irgendetwas auf?« Sie schaute Milo abwartend an.

»Äh … ne. Ich sehe so was aber auch nicht allzu oft. Ist das eine Gebärmutter?«

»Korrekt. Sie ist größer als normalerweise.«

»Aha.«

»Was siehst du, wenn wir sie aufklappen?«

Vor Milos zusammengekniffenen Augen öffnete Dr. Süß das Organ und präsentierte das Innere. Milo zwang sich, hinzuschauen. Sie konnte nichts erkennen.

»Ich sehe da gar nichts.«

»Und genau das ist das Interessante.« Dr. Süß blickte Milo ins Gesicht. »Ein leerer, vergrößerter Uterus. Aber es ist genau, wie ich es vermutet habe, das haben die Blutwerte bestätigt. Der Beta-hCG-Wert der Toten war noch erhöht.«

»Keine Chemie!«, entschied Milo knapp und hob abwehrend die Arme.

Die Rechtsmedizinerin seufzte ergeben. »Mira Mönchshagen war schwanger. Erstes Trimester.«

»Schwanger?« Diesmal schaute sich Milo den Uterus genauer an. »Müsste dann da nicht ein Embryo drin sein?«

»Und ein Mutterkuchen. Beides war nicht mehr da, übrigens genau wie die Schleimhaut.«

»Du glaubst doch nicht etwa, dass der Täter …«

»Nein«, unterbrach Dr. Süß sie mit einem Lächeln. »War alles an Ort und Stelle, da, wo es sein soll, das Organ war intakt, völlig unverletzt.« Sie wartete einen Augenblick, dann erklärte sie geduldig: »Mira Mönchshagen war schwanger. Betonung auf: *war*. Sie hatte vor weniger als einer Woche eine Abtreibung.«

Und plötzlich war die Beziehungstat doch nicht mehr so weit hergeholt, wie Milo gedacht hatte.

5

3. April 2023, 20:30 Uhr, Eimsbüttel

Als Milo nach Hause kam, war die Wohnung leer. Keine Spur von Valerie. Wie so häufig in letzter Zeit gingen sie sich aus dem Weg. Versteckten sich beide hinter ihrer Arbeit. Gut war das nicht, das wusste selbst Milo, die Nicht-Psychologin, aber solange die Psychologin selbst nichts dagegen unternahm, würde sie das auch nicht tun.

Milo vermisste die gemeinsamen Abendessen. Es war noch gar nicht lange her, da hatte sie bereits im Hausflur Valeries Liebe zu ihr in der Luft schmecken können. Stundenlang geschmurgelte Tomatensaucen, geröstetes Knoblauchbrot, Minze, Basilikum. Das gemeinsame Essen am Abend war ein Ritual, das ihrer Freundin immer heilig gewesen war. Nicht selten hatte sich Milo wegen Verspätung oder Abwesenheit einen Vortrag über Partnerschaft und Prioritäten im Privatleben anhören müssen. Nur eine Leiche hatte die Zweisamkeit stören dürfen.

Doch heute war die Küche kalt, genau wie der Rest der Wohnung. Ihr Vermieter hatte die Heizung wegen der Energiekrise bereits im Februar gedrosselt. Fröstelnd starrte Milo im kalten Licht des geöffneten Smegs auf die traurige Auswahl: zwei alte Bananen, mehr braun als gelb, ein Stück Käse, Quark, die grüngrauen Reste von Valeries Smoothie, zu denen sie nicht einmal der schlimmste Hunger treiben könnte. Sie warf die Tür wieder zu. Hinter einem bunten Sombrero-Magneten, Mitbringsel vom Mexiko-Trip vor einigen Jahren, lockte der Flyer ihres Stamm-Italieners. Kurz entschlossen orderte sie eine Pizza mit Artischocken und eine Flasche Hauswein.

Um sich während der Wartezeit vom knurrenden Magen abzulenken, öffnete Milo auf ihrem Notebook die Website von Miras Mission. Sah alles hoch professionell und stylish aus. Was vor allem an der hübschen Protagonistin lag. Wären da nicht die vielen Bilder von toten und gequälten Tieren, man hätte die Seite durchaus als Model-Set-Card verwenden können: Mönchshagen in dunkler Lederklamotte vor einer Fabrikhalle, in Oversize-Strick mit Straßenhunden, zwischen anderen, deutlich unattraktiveren Tierschützern auf einer Straße, ein Tierwohl-Demo-Schild in der Hand.

»about me«, war der erste Reiter, den Milo öffnete.

Hey, ich bin Mira, und gemeinsam können wir die Welt zu einem besseren Ort machen …

So lautete der erste Satz unter dem Foto, das Milo bereits zum Mittagessen auf Vince' Telefon serviert bekommen hatte.

Sie öffnete den Reiter »our mission« und las:

Der Mensch – das gefährlichste Raubtier auf diesem Planeten. Schädling, Parasit, Umweltkatastrophe. Aber es ist noch nicht zu spät, noch kannst auch du deinen Teil beitragen und zum Retter werden. Wie? Mehr zu Miras Mission und allen Projekten findest du hier.

Geordnet nach Aktualität konnte man sich durch eine lange Liste an Projekten scrollen. Wobei Milos dienstliche Hirnhälfte die Projekte eher als Straftaten deklarieren wollte. Unbefugtes Betreten, Einbruch, Diebstahl, Sachbeschädigung … in ihrem Kopf wurde die Liste der Delikte länger und länger. Ihre Pizza und selbst den Rotwein hätte sie darauf verwettet, dass die Tote den Kollegen im Strafdezernat bekannt war.

Es klingelte an der Tür, der Wetteinsatz wurde geliefert. Es war zehn nach neun, und noch immer keine Spur von Valerie. Milo verabschiedete den Lieferjungen mit einem großzügigen Trinkgeld, öffnete die Flasche und goss sich einen der letzten sauberen Kaffeebecher voll Wein. Niemand hatte den Geschirrspüler angestellt. Mit dem Küchenmesser viertelte sie die Pizza, klappte eines der Stücke in der Mitte zusammen und biss hinein. Einen Vorteil hatte die Einsamkeit, sie musste keine Rücksicht auf Valeries Hang zu Tischmanieren nehmen. Ihr Tag war lang gewesen, der Hunger dementsprechend groß.

Um sich nicht wieder den Appetit zu verderben, verzichtete sie auf weitere Bilder von abgemagerten, schlimm zugerichteten Tieren in Massenhaltung, stattdessen klickte sie den Reiter »let's get in touch« an. Wer mit Mira Kontakt aufnehmen wollte, hatte die Wahl zwischen einem Formular auf der Homepage und zwei E-Mail-Adressen, eine für Kooperations-Anfragen und eine für alles andere.

Mein Team und ich freuen uns über all eure Nachrichten, bitten aber um Verständnis, wenn wir nicht immer zeitnah antworten können – die Tiere brauchen uns täglich, rund um die Uhr.

Schon klar, dachte Milo, und das exklusive Loft erschien erneut vor ihrem inneren Auge. Das hatten vermutlich nicht die Tiere finanziert. Aber wer dann? Konnte man durch Influencing wirklich so reich werden, dass eine Luxusbude in der HafenCity möglich war?

Sie klickte aufs Impressum und fand eine Handynummer. Milo konnte es kaum glauben. Ob sie … an einem Montagabend? Ach, was soll's. Sie war bei der Kripo. Kein Mensch erwartete von ihr, dass sie sich an Bürozeiten hielt.

Sie gab die Nummer ein und drückte auf den grünen Hörer. Milo ging nicht davon aus, dass jemand abnehmen würde, und stopfte sich noch einen Bissen Pizza in den Mund. Vermutlich war es nicht die Nummer von Mira Mönchshagen, ansonsten hätte sie gleich Philipp in der Leitung, aber vielleicht jemand anderes aus dem Team. Es klingelte zweimal.

»Ja?«, hauchte plötzlich eine schwache Stimme.

»Hallo?«, brachte Milo trotz vollem Mund heraus.

»Wer ist da?«, fragte eine Frau zögerlich in ihrem Ohr.

Milo schluckte den viel zu großen Brocken an einem Stück herunter. »Kripo Hamburg, Jagoda Milosevic«, sagte sie und spülte die Pizza mit einem Schluck Wein in den Magen.

»Milosevic? Wie der Kriegsverbrecher?«

Milo kannte die Reaktion. Deswegen hatte sie auch eine schlagfertige Antwort parat: »Nicht verwandt, nicht verschwägert. Und wer sind Sie?«

»Cleo.«

Es folgte eine ungewöhnlich lange Pause, als müsste man sofort wissen, um welche Cleo es sich handelte, als wäre damit alles gesagt, wie bei Prince, Sting oder Bono. Natürlich wusste Milo, um welche Cleo es sich handelte, immerhin hatte sie den Namen in den letzten Stunden schon ein paarmal gehört und gelesen. Doch nun hatte Milo ein Problem. Serpil hatte ausdrücklich gesagt, dass sie Cleo Petersen frühestens morgen kontaktieren sollten, weil die ja noch im Krankenhaus war. Und nun hatte sie die Assistentin an der Strippe. Unfreiwillig. Was die Chefin ihr niemals glauben würde.

»Sie sind die Assistentin von Mira Mönchshagen«, sagte Milo, die in diesem Moment entschied, dass sie jetzt auch mit der jungen Frau reden konnte.

»Ich bin … ich war ihre Assistentin und Geschäftspartnerin. Genau.«

»Es tut mir sehr leid, Frau Petersen. Ich wusste nicht, dass die

Nummer auf der Website zu Ihnen führt. Sind Sie noch im Krankenhaus?«

»Ja.« Cleo Petersen klang völlig tonlos.

»Es tut mir wirklich sehr leid, was Sie erleben mussten«, sagte Milo, obwohl sie wusste, wie wenig der Trost einer völlig fremden Beamtin am Telefon wert war.

»Danke.«

Einen Augenblick lang hing die Stille zwischen ihnen, dann räusperte sich Milo und versuchte, nicht an die Frau am Schlachterhaken zu denken. »Haben Sie etwas dagegen, wenn ich Ihnen ein, zwei Fragen stelle, Frau Petersen?«

»Cleo«, kam es leise vom anderen Ende. »Bitte nennen Sie mich Cleo. Ihre Position erlaubt vermutlich kein ›Du‹, das ist auch okay, aber Frau Petersen nennt mich wirklich niemand.« Sie schniefte, schnäuzte sich.

»In Ordnung, Cleo. Vielen Dank, dass Sie den Anruf entgegengenommen haben.«

»Selbstverständlich«, erwiderte die andere. »Erreichbarkeit ist bei Miras Mission das A und O. Wir sind sozusagen Tag und Nacht auf Abruf, falls sich Follower oder Mitglieder mit Sightings melden.«

»Sie liegen im Krankenhaus«, gab Milo zu bedenken. »Weil Ihre Chefin ermordet wurde.«

»Chefin und beste Freundin. Was ist denn eigentlich passiert?«, wollte Cleo plötzlich wissen. Ihre Stimme klang zittrig. »Wie konnte … wieso … ich verstehe nicht …«

»Cleo, ich weiß, dass Sie viele Fragen haben, und wir haben noch keine Antworten«, sagte Milo langsam. »Aber wenn Sie uns helfen, unsere Fragen zu beantworten, finden wir den Täter und hoffentlich auch eine Erklärung für das alles.«

Wieder wurde es still. Dann erklang ein leises »Okay«.

»Wann haben Sie Mira zuletzt gesehen?«

»Freitagnachmittag. Da haben wir unseren wöchentlichen Video-Call mit dem Team. Die meisten von uns sind nicht in Hamburg, sondern arbeiten remote oder sind irgendwo auf Mission unterwegs.« Cleo sprach langsam und machte immer wieder Pausen, was sicherlich an den Beruhigungsmitteln lag, die man ihr verabreicht hatte. »Am Samstag hab ich nichts von ihr gehört, das war untypisch. Ich wollte die Woche mit ihr durchsprechen, wir haben so viel auf der Agenda gerade: Koop-Anfragen, Interviews, Stellungnahmen, Storys, die gedreht werden müssen … O Gott.«

Die Stimme der jungen Frau brach mitten im Satz ab. Vielleicht begriff sie erst in diesem Moment, dass es nun niemanden mehr gab, mit dem sich der Content produzieren ließ. Hektischer Atem aus dem Handy bestätigte Milos Verdacht. Cleo fing an zu hyperventilieren.

»Ruhig einatmen und wieder ausatmen«, erklärte Milo mit langsamer und geübter Stimme. »Konzentrieren Sie sich auf meine Stimme. Atmen Sie weiter.«

Sie konnte hören, wie ihre Gesprächspartnerin am anderen Ende die Luft scharf in die Nase einsog, und bemerkte, wie auch sie selbst wieder entspannte. Die Situation war brenzlig, aber zu viel Rücksicht auf Cleos Gefühle durfte Milo nicht nehmen. Je frischer die Informationen einer Zeugin, vor allem einer Zeugin, die dem Opfer so nahegestanden hatte, umso besser. Auch wenn Serpil das garantiert anders sah.

»Es geht wieder«, murmelte Cleo nach einer Weile. »Danke. Haben Sie noch eine Frage?«

»Ja. Sie haben also vorgestern versucht, Ihre Geschäftspartnerin zu erreichen? Wann war das ungefähr?«

Für einen kurzen Moment blieb es still, dann antwortete Cleo Petersen gefasst: »12:23 Uhr, mein erster Anruf auf Miras Handy, kann man in meiner Anrufliste sehen. Sie ist nicht drangegangen. Ich habe ihr eine Nachricht hinterhergeschickt, dass sie sich melden soll. Die wurde zwar zugestellt, aber Mira hat sie nicht gelesen. Ich hab dann noch dreimal im Laufe des Nachmittags geschrieben, später noch ein paarmal angerufen und ihr Nachrichten auf der Mailbox hinterlassen. Eigentlich immer dasselbe. Sie soll sich dringend melden, Montag wäre volles Programm, wir müssten einiges besprechen.«

»Und es kam nie eine Antwort?«, wollte Milo wissen.

»Nein, keine der Nachrichten wurde gelesen, zurückgerufen hat sie auch nicht. Ich hab kurz überlegt, ob ich zu ihr fahre, dachte dann aber, es wird vermutlich einen Grund geben, dass sie sich nicht meldet. Vielleicht war sie beschäftigt oder so.«

»Beschäftigt?«

»Ja, hätte ja sein können, dass sie …« Sie zögerte. »Dass sie etwas anderes vorhatte.«

»Geht es um einen Mann?«

Cleo schwieg.

»Hatte Mira eine feste Partnerschaft?«, fragte Milo direkt.

»Nein, schon länger nicht mehr. Sie hatte eigentlich überhaupt keine Zeit dafür.«

Milo dachte an die beendete Schwangerschaft und wollte gerade noch eine Frage stellen, doch in diesem Moment hörte sie einen Schlüssel in der Tür. Valerie. Ausgerechnet jetzt.

»Allerdings war sie in letzter Zeit immer wieder schwer zu erreichen und hatte diese seltsamen Blocker in ihrem Kalender, die als ›privat‹ gekennzeichnet waren«, fuhr Cleo fort. »Ich hab nix gesagt, aber …«

»Sie werden morgen wieder entlassen, oder?«

»Ich glaube schon, ja.«

Milo schluckte all ihr schlechtes Gewissen hinunter, das sie bekam, wenn sie an die psychische Gesundheit von Cleo Petersen dachte – und wie ihre eigene Chefin wohl reagieren würde, wenn sie erfuhr, was Milo mit der Zeugin vorhatte, die vor weniger als vierundzwanzig Stunden die zerstückelte Leiche ihrer Vorgesetzten und Freundin gefunden hatte. »Wäre es in Ordnung, wenn wir das Gespräch im LKA weiterführen? Wir müssen Sie ohnehin als Zeugin einbestellen, und dann können wir auch gleich alles ordentlich dokumentieren?«

Cleo zögerte einen Moment.

»Wir brauchen Ihre Hilfe, Cleo. Sie standen Mira Mönchshagen am nächsten.«

»Natürlich. Ich komme direkt vom Krankenhaus zu Ihnen.«

»Vielen Dank für Ihr Entgegenkommen, wir sehen uns morgen.« Sie legte auf und ahnte, wie ihr Einfall in der Soko ankommen würde. Dabei hielt man sie doch schon zuweilen für ein herzloses Biest. Und auch von Vince erwartete sie denselben Blick, mit dem Valerie sie, in der Küchentüre stehend, in diesem Moment musterte.

»Ist das die Art, wie du leben willst, oder ist es deine Art von stillem Protest?« Valeries graublaue Augen wanderten von dem halb leeren Pizza-Karton über die Bröselei auf dem Tisch zur angetrunkenen Weinflasche und der Kaffeetasse. »Make every day your day«, stand darauf, und Milo fragte sich, wie es dieses Gefäß in ihr Zuhause geschafft hatte.

»Ich versuche einfach nur zu überleben«, antwortete Milo und versuchte es mit einem schelmischen Grinsen. Vielleicht könnten sie sich heute die Streiterei einfach sparen und zum angenehmen Teil des Abends übergehen. »Pizza?«

Valerie schüttelte den Kopf. »Danke, ich habe schon gegessen.«

Mit wem?, hätte Milo am liebsten gefragt. Und: Warum nicht mit mir? Hast du eine andere Frau getroffen? Sind wir schon an diesem Punkt angelangt? Aber nein, das würde Valerie niemals tun. Das war vermutlich sogar Therapeuten-Gesetz, so wie Anwälte keine Straftaten begehen durften, durften Paartherapeuten auch keine Beziehungsregeln brechen, oder? Aber dann dürften Ärzte auch nicht rauchen.

»Ich war mit Vince essen«, beantwortete Valerie die Frage, die zwischen ihnen in der Luft hing.

»*Meinem* Vince?«, fragte Milo, ohne dass sie darüber nachdachte.

Valeries Augenbrauen wanderten beinahe bis zum Haaransatz. »Das Anspruchsrecht auf deinen Arbeitskollegen scheint deutlich ausgeprägter als das, das du auf deine Partnerin erhebst.«

Autsch.

»Ich erhebe keinen Anspruch, ich wundere mich einfach nur.«

»Warum?«

Mist. Wenn Valerie so kurz angebunden war, dann hatte sie wirklich schlechte Laune und wollte entweder Streit provozieren oder vermeiden, so genau konnte man das vorher nie sagen.

»Ihr hattet bisher einfach nicht viel miteinander zu tun …«

»Und *wer* hat das zu verantworten?« Valerie warf Milo einen strengen Blick zu, und ihr Mund wurde zu einem kerzengeraden, schmalen Strich. Nicht gut. »Vielleicht hätten die beiden wichtigsten Menschen in deinem Leben gern schon früher voneinander gewusst und sich die Chance gewünscht, Gemeinsamkeiten festzustellen?«

»Gemeinsamkeiten? Du und Vince? Entschuldigung, aber … Das ist doch absurd.« Milo versuchte sich einen Abend zwischen ihrem bis vor Kurzem noch rauchenden, schlechte-Witze-erzählenden Allesfresser-Kollegen und ihrer gesundheitsfanatischen, belesenen, klassische-Musik-hörenden Freundin vorzustellen. Es gelang nicht. »Wo wart ihr denn essen? Im Dönerladen?«

»Beim Italiener.«

»Okay, das ist vermutlich der kleinste gemeinsame Nenner, den ihr beiden finden könnt.« Milo lachte humorlos auf.

»Falsch.«

»Wie, falsch?«

»Falsch, der kleinste gemeinsame Nenner zwischen Vince und mir bist du, Milo.«

Sie schwieg betroffen. »Ich?«

»Ja, du. Ob du es glaubst oder nicht, uns beiden liegt sehr viel an dir. Schade nur, dass das anscheinend nicht auf Gegenseitigkeit beruht.«

Für einen Moment war Milo von den eigenen Gefühlen überrumpelt. Sie war tatsächlich gerührt, dass beide sie für abendfüllend wichtig hielten, und gleichzeitig wütend über den Vorwurf, sie würde dies nicht umgekehrt ebenfalls tun.

»Das ist doch Blödsinn, Valerie, du weißt genau, was ich für dich empfinde.«

»Ach ja, tu ich das? Was empfindest du denn für mich, Jagoda?«

»Na ... ich liebe dich.«

»Liebe ist aber kein Gefühl, das man nur empfindet. Liebe ist ein Gefühl, das man auch zeigt und teilt!«, donnerte Valerie so laut, dass nun sicher auch die Nachbarn von ihren Beziehungsproblemen wussten.

»Das tue ich doch!« Milo wusste selbst, dass sie wie ein unreifer Teenager klang. Auch diese Diskussion führten sie nicht zum ersten Mal, nur leichter wurde es nicht.

»Niemand weiß von mir«, zischte Valerie scharf.

Womit wir wieder beim Thema wären, dachte Milo genervt, schwieg aber. Nur zweieinhalb Minuten hatte es diesmal gedauert. Das war neuer Rekord.

»Vince weiß von dir, ihr wart gerade gemeinsam beim Italiener«, verteidigte sie sich, obwohl ihr bewusst war, wie erbärmlich ihr Einwand war.

Ihre Freundin stemmte die Hände herausfordernd in die Hüften. »Dass Vince von unserer Beziehung weiß, ist einzig und allein deiner riskanten Arbeitsweise zu verdanken und nicht deinem Wunsch, offen über uns, über mich zu sprechen. Und das, liebe Milo, das ist genau dein Problem. Das ist *euer* Problem. Dass ihr nie und mit niemandem offen über die Dinge redet, die euch wirklich belasten. Vielleicht ist das eine Berufskrankheit, vielleicht werden aber auch nur Menschen wie Vince und du in solche Berufe gezogen. Vermutlich ein Henne-Ei-Problem.«

»Und was für Menschen sind wir deiner Meinung nach?« Milo kratzte sich irritiert am Kopf. Sprachen Sie immer noch über ihre Beziehung?

»Ihr seid beide klassische Verdränger-Typen! Ihr glaubt, wenn ihr ein Problem nur lange genug vor euch herschiebt, wird es sich irgendwann von selbst lösen, dabei wächst es immer weiter, bis es euch irgendwann um die Ohren fliegt. Aber sogar *das* ist euch am Ende lieber, als über Gefühle zu sprechen oder über Wünsche, Sorgen oder darüber, wie ihr euch den Rest eures Lebens vorstellt. Vielleicht sind es die vielen Toten, mit denen ihr andauernd zu tun habt. Vielleicht vergisst man darüber, dass das Leben nicht immer in einer Sackgasse enden muss. Für uns Normalos macht es allerdings durchaus Sinn, die Zukunft zu planen, uns ein Morgen zu erträumen, Nähe zuzulassen und an den Beziehungen in unserem Umfeld zu arbeiten. Denk mal drüber nach! Wenn du bereit für die nächste Abzweigung bist, sag gern Bescheid. Bis dahin: gute Nacht!«

Mit offenem Mund starrte Milo ihrer Freundin hinterher, die erhobenen Hauptes an ihr vorbei durch die Küche Richtung Schlafzimmer marschierte. »Valerie. Jetzt warte doch mal!«, rief sie, doch anstelle einer Antwort hörte sie nur noch die Tür ins Schloss fallen.

Ihre Worte hatten sie erschüttert. So dachte Valerie über sie? Dass sie eine Verdrängerin war? Nicht über Gefühle sprechen konnte? Und sogar unfähig war, eine Beziehung zu führen? Sie spürte, dass Wut in ihr hochstieg. Wut auf Valerie, die in einer Friede-Freude-Eierkuchen-Welt aufgewachsen war. Milos Leben war grundlegend anders verlaufen! Bei den Milosevics gab es keine Homosexualität. Da gab es klassische Rollenverteilung und Ende. Dass Milo mit Mitte dreißig noch unverheiratet und kinderlos war, sorgte schon für genug Gesprächsstoff bei den, zum Glück seltenen, Familienzusammenkünften.

Sie ließ sich sauer auf ihren Stuhl fallen und griff nach der Kaffeetasse. Der Appetit auf kalte Pizza war ihr vergangen, den Wein leerte sie mit gierigen Schlucken. Wie stellte Valerie sich das eigentlich vor? Milo konnte ihre Freundin ja schlecht einpacken, nach Billstedt fahren und kurzen Prozess machen. »Mama, Papa, das ist Valerie, meine Freundin, mit der ich auch das Bett teile, die gern ein Kind mit mir haben möchte, eine Familie gründen, ein unnormales normales Leben führen will. Ich weiß, das ist schwer zu verstehen, aber die Zeiten haben sich geändert. Hier in Deutschland ist das völlig normal …«

Sie wusste nicht, ob es an der fettigen Pizza, dem billigen Wein oder der Vorstellung einer Konfrontation ihrer Lebensumstände mit den in Stein gemeißelten, überholten Glaubenssätzen ihrer serbischen Eltern lag, aber plötzlich war ihr speiübel.

Die Frage, was für ihre Familie schlimmer war – eine glücklich liierte Lesbe oder eine alleinstehende End-Dreißigerin als Tochter zu haben –, nahm sie mit auf die Couch, die für diesen Abend ihr Schlafplatz sein sollte.

6

4. April 2023, 8:30 Uhr, LKA Hamburg

»Und, hattet ihr einen netten Abend?«

Nach etwa zehn Minuten Autofahrt von St. Pauli, wo Vince wohnte, zum LKA, hatte Milo das Schweigen zwischen ihr und ihm nicht länger ertragen, Morgenmuffel hin oder her. Seit einer grummeligen, knappen Begrüßung und einem halb verschluckten Dank für ihre Hilfe mit dem Rollstuhl beim Einsteigen, hatte ihr Kollege seine Lippen nur geöffnet, um sich nacheinander zwei Franzbrötchen zwischen die Kiemen zu schieben. Sie bemühte sich, locker und ungezwungen zu klingen, ihre Neugier, aber auch ein klein wenig Eifersucht, versuchte sie für sich zu behalten, während sie sich im Schneckentempo durch den morgendlichen Berufsverkehr schoben.

»War gut«, kaute Vince und bröselte dabei Zucker, Zimt und fettigen Teig auf seine Jacke und auf die Sitze ihres Passats.

Es vergingen ein, zwei Minuten beharrlichen Schweigens auf beiden Seiten, in denen Milo auf eine Ausführung von »war gut« wartete, Vince aber nur weiter sein vermutlich zweites oder drittes Frühstück verspeiste. Wie ihr Partner bei dem Kalorienkonsum trotz Bewegungseinschränkung sein Gewicht halten konnte, war Milo ein Rätsel. Interessierte sie aber auch nicht sonderlich. Viel lieber hätte sie von Vince etwas mehr über sein Abendessen mit Valerie erfahren.

»Gut, hm?«

»Ja, gut.«

»Und mehr gibt es dazu nicht zu sagen?« Es kostete Milo einiges an Überwindung, sich die Blöße zu geben. Sie war sich sicher, Vince genoss jede Sekunde, in der er die Oberhand behielt.

»Milosevic, muss ich dir das Vertrauensverhältnis zwischen einem Patienten und seiner Therapeutin *wirklich* erklären?«

Die Antwort, besser gesagt, den Fluch, der ihr auf der Zunge lag, behielt Milo für sich. »Das gilt nur für die Zeit der Sitzung«, antwortete sie stattdessen knapp. »Beim Italiener wart ihr ja eher privat.«

»Sie hat dir vom Italiener erzählt?«

Milo gefiel diese Unterhaltung immer weniger. Was sollte diese Heimlichtuerei, das war doch kein Verhör!

»Warum sollte sie nicht? Valerie mag keine Geheimnisse.«

»Ja, das unterscheidet sie von dir.«

Milo drehte für einen Moment den Kopf in Richtung Beifahrersitz. »Was soll das, Vince? Bist du neuerdings ihr Anwalt?«

Er schüttelte den Kopf und verstreute dabei noch mehr Krumen und Brösel über seiner Brust und in ihrem Auto.

»Ich meine ja nur. Sie ist ganz schön verletzt, dass du immer noch nicht mit der Wahrheit rausrücken willst. Sie denkt, eure Beziehung wäre dir nicht wichtig genug.«

Tatsächlich. Vince spielte sich auf, als ob sie vor Gericht stünden und er Valeries Interessen vertreten würde. Es war absurd.

»Außerdem glaubt sie, dass das alles im Grunde weniger mit deiner Familie zu tun hat, sondern mehr mit deiner eigenen Bindungsangst.«

»Bindungsangst?« Milo schnaubte laut. »Was soll das? Wir wohnen seit beinahe zwei Jahren zusammen. Wenn das nicht gebunden ist!«

»Aber Gott und die Welt denken, dass ihr nur Freunde seid, oder noch schlimmer: WG-Mitbewohnerinnen.«

»Gott und die Welt sind mir egal!«

»Valerie nicht. Mensch, Milo, sie will eine Familie, sie will Nägel mit Köpfen machen, und du gibst ihr langsam das Gefühl, dass du es nicht ernst mit ihr meinst.«

»Ich brauche mehr Zeit. Das geht mir …« Milo spürte diese vertraute Enge, die ihr immer dann in Brust und Hals aufstieg, wenn es um das Thema Familie ging. Die Familie, die schon da war, und die, die noch kommen sollte. Wenn es nach Valerie ging, dann lieber früher als später. Das Atmen fiel Milo plötzlich schwer, ihre Handflächen wurden nass vor Schweiß.

»Brauchst du wirklich mehr Zeit? Oder solltest du dir nicht lieber Gedanken machen, ob du das alles vielleicht gar nicht willst? Auch nicht mit *viel mehr* Zeit?«

Sie spürte Vince' Blick auf sich ruhen und wurde nervös. Auf Stunden gerechnet, war er vermutlich der Mensch, mit dem sie die meiste Zeit ihres Erwachsenenlebens verbrachte. Unterhaltungen dieser Tiefe gehörten dennoch nicht zu ihrem Alltag.

»Eine geteilte Pizza, und du klingst schon wie sie«, scherzte Milo, in der Hoffnung, damit die Spannung rauszunehmen.

»Vielleicht, weil sie recht hat«, antwortete Vince ernst. »Außerdem hatte Valerie nur einen Salat.«

»Klar hatte sie das«, seufzte Milo ergeben.

»Jetzt mal im Ernst. Du hast da eine tolle Frau am Start. Eine, um die dich viele beneiden würden. Also versau es nicht, nur weil du kalte Füße bekommst.«

»Das sagst gerade *du* mir? Deine Füße sind noch vor jeder ernsten Beziehung davongerannt!«

»Tja, zum Glück sind die Zeiten erst mal vorbei«, feixte er und deutete auf seine Beine. »Außerdem ist das eine bewusste Entscheidung von mir. Ich brauch das ganze Zeug nicht. Romantik, Nähe, Kuscheln, Kinder – das ist nix für mich. Damit gehe ich aber offen um. Ich sage dir nicht, dass du das so machen musst. Ich sage dir nur: Valerie hat verdient, dass du ehrlich zu ihr bist. Und zu dir. Du hast das auch verdient. Schieb nicht immer alles nach hinten, überleg dir, was du willst. Und dann … scheiß, oder geh vom Topf.«

»Schöner hätte man das nicht sagen können, Vince.« Milo verzog angewidert das Gesicht und bog rechts in eine Straße ab, in der Hoffnung, auf dem Schleichweg besser voranzukommen. Leider hatte sie die Rechnung ohne den DHL-Transporter gemacht, der mit blinkenden Lichtern mitten auf der einspurigen Fahrbahn stand und diese verstopfte.

»Getroffene Hunde bellen laut«, gab Vince trocken zurück, worauf Milo nicht mehr viel zu antworten hatte.

Als der DHL-Bote auch nach weiteren zwei Minuten noch nirgends zu sehen war, schaltete Milo den Motor aus.

»Du könntest rückwärts wieder raus«, schlug Vince vor.

»Einbahnstraße«, knurrte Milo und erntete ein Lachen.

»Ach ja, ich erinnere mich. Jagoda Milosevic, die deutscheste Deutsche in ganz Deutschland.«

Sie warf ihm einen langen Blick zu. Immerhin machte er sich wieder über sie lustig. Das war ein Anfang.

»Ich habe dir noch gar nicht vom Besuch bei Susi und dem Rest des Tages erzählt«, fiel ihr ein.

»Susi?! Was ist denn in dich gefahren? Seid ihr jetzt best buddies, oder was?« Vince kicherte.

»Quasi. Sie hat herausgefunden, dass im Prinzip alles, was sie bereits am Fundort vermutet hat, zutrifft. Sie vermutet einen Profi als Täter.«

»Einen Schlacht-Profi?«

»Im Prinzip ja. Oder zumindest jemanden mit Erfahrung in der

Schlachtung. Ein Jäger. Auch ein Arzt, genauer gesagt ein Chirurg käme in Betracht.«

Vince sah zum Fenster raus. »Na super.«

»Genau. Aber Susi hat noch mehr herausgefunden.«

»Es ist verstörend, ihren Vornamen aus deinem Mund zu hören. Ist das überhaupt gemäß der LKA-Compliance-Regeln?«

»Mira Mönchshagen war schwanger und hatte vor wenigen Tagen eine Abtreibung.«

Vince drehte langsam den Kopf in ihre Richtung. »Ooooohhhh«, sagte er gedehnt.

»Exakt.«

»Wer war wohl der glückliche Kindsvater? Ob er davon wusste? Ob er gegen das Kind war – oder gegen die Abtreibung? Spannend.«

»Sage ich ja. Deswegen habe ich gestern auch noch mit dieser Cleo Petersen telefoniert, der Assistentin, die die Tote gefunden hat.«

Vince sah sie mit unverhohlener Bewunderung an. »Milosevic! Du bist ja eine richtige Regelbrecherin.«

Sie schlug ihm auf den Arm. »Halt die Klappe.« Doch sie musste grinsen. Endlich, endlich!, konnte sie sich wieder mit ihrem Partner unterhalten, ohne das Gefühl zu haben, auf rohen Eiern zu laufen.

»Sie sagt, Mira hätte aktuell keinen Freund oder Partner gehabt, sich wohl aber geheimnisvoll verhalten. Geblockte Termine im Kalender, als ›privat‹ gekennzeichnet. Schlechte Erreichbarkeit …«

Vince machte ein übertrieben überraschtes Gesicht. »Ob da wohl jemand etwas verbergen wollte?«

»Scheint so. Diese Cleo hörte sich nicht so an, als hätte sie das gut gefunden. Es klang gestern, als wären die beiden mehr gewesen als nur Arbeitskolleginnen …«

»So wie wir?«

Milo hob überrascht den Blick. Vince grinste sie schief von der Seite an und klimperte mit den Wimpern, und sie konnte nicht mit Sicherheit sagen, ob Sarkasmus oder einfach nur Blödelei hinter seinem Blick steckte. Sie nickte. »Genau, so wie wir.«

»Sag mal, wo ist eigentlich die heiße Gioia?«, wechselte er plötzlich das Thema. »Sie könnte doch ruhig mit uns zusammen losziehen. Fände ich auf jeden Fall gut.« Er wackelte mit den Augenbrauen.

»Sie hilft Philipp bei der Online-Recherche«, brachte Milo hervor und räusperte sich dann.

»Ist dir aufgefallen, wie Gioia dich immer anschaut?«

Manchmal hätte sie Vince für seine unverblümte Art gern auf den Mond geschossen. »Nein«, log sie, weil sie keine Lust hatte, über die Blicke ihrer Kollegin zu sprechen, die jedem in der Mordkommission auffallen mussten, der nicht auf beiden Augen blind war.

»Ich würde die nicht von der Bettkante schubsen«, plapperte Vince weiter. »Aber sie steht ja auf Frauen. Genauer gesagt auf dich. Hast du Valerie eigentlich mal von ihr erzählt? Oder ist das auch so eine Sache, über die du nicht nachdenken willst?«

»Vince, kannst du vielleicht mal die Klappe halten?«, fauchte Milo ihren Partner gereizt an. »Raus aus meinem Privatleben, Mann.«

»Schon gut, schon gut«, sagte er beschwichtigend. Er wollte noch etwas hinzufügen, sein Mund öffnete sich bereits, aber zum Glück kam in diesem Moment der DHL-Bote aus dem Haus, riss die Fahrertür seines Wagens auf und raste einen Augenblick später mit sicher fünfzig Sachen durch die verkehrsberuhigte Zone davon.

»Eigentlich solltest du dir sein Kennzeichen aufschreiben«,

schlug Vince vor, aber Milo winkte nur ab und sah zu, dass sie auf schnellstem Weg zum LKA kamen.

Zehn Minuten später stellte sie den weißen Passat auf dem Parkplatz vor dem Landeskriminalamt ab. Direkt neben einem dunkelblauen Tesla, funkelnagelneu und mit einem verschlungenen roten Doppel-»M« an den Seiten sowie auf der Motorhaube.

»Miras Mission«, murmelte Milo, während sie sich abschnallte und Vince beeindruckt zwischen den Zähnen durchpfiff.

»So könnte ich mir Umweltschutz auch vorstellen«, kommentierte er anerkennend.

»Ach, hör doch auf. Du würdest deine alte Schrottkiste niemals gegen ein Elektroauto tauschen! Dass dieser fürchterliche Opel immer noch TÜV bekommt, ist echt ein Wunder.«

Vince verzog das Gesicht und imitierte ihr Gemecker stumm. Milo wusste, sein orangefarbener Kadett war ihm heilig. Und zwar, weil er gebürtig aus Rüsselsheim kam, wo seine Eltern sich kennengelernt hatten. Ausgerechnet am Band von Opel.

Sie stellte den Motor ab und stieg aus dem Wagen. Ein kalter Wind, begleitet von feinstem, stechendem Regen, schlug ihr ins Gesicht. Bestes Aprilwetter. Fröstelnd schloss sie den Reißverschluss ihrer Jacke und klappte den Kragen hoch. Sie hatte erst viel später am heutigen Tag mit Cleo Petersen gerechnet, frühstens um die Mittagszeit. Dass die Zeugin vor ihr im Büro auftauchte, würde Serpil hoffentlich nicht allzu sauer aufstoßen. Und für den fürchterlichen Berufsverkehr in Hamburg konnte Milo ja beim besten Willen nichts.

»Hast du mich vergessen?«, rief Vince aus der geöffneten Beifahrertür. »Ich könnte hier ein klein wenig Unterstützung brauchen. Hallo? Service!«

Milo stapfte zum Kofferraum und hievte den Rollstuhl heraus. Mittlerweile war sie geübt im Aufklappen und hatte das sperrige

Ding nur wenige Sekunden später einsatzbereit vor Vince abgestellt, der sich aus dem Wagen in den mobilen Sitz schwang.

»Herzlichsten Dank«, flötete Vince und rollte davon.

Milo seufzte, schlug die Beifahrertür heftiger als nötig zu und folgte ihrem Partner über die Rollstuhlfahrerrampe zum Haupteingang des LKA.

Als sie in den Besprechungsräumen der Soko »Mira« ankamen, sah Milo sofort, dass Serpil noch nicht da war. Glück gehabt. Dann erblickte sie eine junge Frau, etwa im gleichen Alter wie die Tote, mit schwarzem kurzem Pagenschnitt und zierlicher Figur, die auf einem Stuhl an der Wand saß und zu warten schien. Nervös fuhr sie sich mit einer Hand durch die Haare. Sie trug eine viel zu große Lederjacke, die ihre Figur noch zarter erscheinen ließ, schwarze, an den Knien aufgerissene Jeans und schwere Biker-Boots. Sie blickte auf, als Milo und Vince eintraten, und guckte mit weit aufgerissenen Augen in ihre Richtung. Ein angeschossenes Reh hätte nicht mitleiderregender aussehen können.

Milo wollte gerade einen Schritt auf die Frau zugehen, als sich der Rollstuhl an ihr vorbeischob, darin Vince, dessen Gesichtsausdruck selbst noch in der Seitenansicht völlige Verzückung ausstrahlte.

»Cleo Petersen? Wie schön, dass Sie es einrichten konnten.« Er hielt einen halben Meter vor ihr an, stemmte sich unter Milos völlig entgeistertem Blick aus dem Rollstuhl hoch und hielt Cleo auf wackligen Beinen die Hand hin. »Mein Name ist Vincent Frey. Sie können mich Vince nennen.«

Milo musste sich am Riemen reißen, ihren Kollegen nicht vor der Zeugin für sein unverantwortliches Verhalten zu rügen. Nur Vincent Frey würde seine Gesundheit für einen bedeutungslosen Flirt riskieren, dachte sie, war aber irgendwie auch beruhigt, einen weiteren der vertrauten alten Wesenszüge an ihm wiederzuerkennen. Sie wäre mit allem einverstanden, das ihn aus dem Rollstuhl wieder auf die Beine brachte.

»Jagoda Milosevic«, stellte Milo sich vor. »Wir haben gestern telefoniert.«

Die Frau nickte.

»Das ist mein Kollege.« Milo nickte in Richtung des verwaisten Rollstuhls. »Mein Kollege, der sich aufgrund eines Unfalls unbedingt schonen sollte.«

»Ein Unfall? Ich hoffe, nichts Schlimmes?« Cleo klang besorgt. Sie musterte Vince von Kopf bis Fuß.

»Nicht der Rede wert. Ich hab meiner Kollegin das Leben gerettet und wurde dabei angeschossen«, sagte er lässig und legte die Stirn in Falten wie James Dean.

Cleo riss die Augen noch weiter auf. »Wow. Das ist so …«

Dumm?, dachte Milo zynisch.

„… mutig!«, sagte Cleo, und ihre Augen wurden noch größer.

Vince und die Frau starrten sich an. Beide Gesichter schienen irgendwie zu leuchten. Als ob sie so etwas wie den anderen noch nie gesehen hätten. Milo fühlte sich wie das fünfte Rad am Wagen.

Also atmete sie tief durch und versuchte, das Gespräch zurück aufs Wesentliche zu lenken. »Wie bereits gestern Abend besprochen, hätten wir noch einige Fragen. Darf ich Sie zum Vernehmungszimmer bringen?«

»Natürlich«, sagte Cleo und hielt dann inne. »Soll ich Sie im Rollstuhl schieben?«, wollte sie von Vince wissen.

»Oh, das wäre … also, nein, das ist nicht nötig«, brachte dieser gerade so hervor und ließ sich etwas zu schwungvoll zurück in den Rollstuhl fallen.

Milo meinte, eine leichte Röte im Gesicht ihres Partners zu erkennen. Dass ich das noch erleben darf, dachte sie und lachte in sich hinein. Doch das Lachen verging ihr direkt wieder: *Ernsthaft?*

Wie sollten sie jetzt die Zeugin ordentlich befragen, wenn Vince in Gedanken schon mit ihr am Elbstrand entlangspazierte, -rollte oder was auch immer? Man musste keine so regeltreue Kommissarin sein, wie Milo es – meistens – war, um diese Situation völlig unangemessen zu finden. Sie hätte ihn am liebsten geschüttelt. Und er konnte von Glück reden, dass Serpil seinen kleinen Stehaufmännchen-Moment nicht mitbekommen hatte. Ihr Partner war sich für einen Flirt wirklich für rein gar nichts zu schade.

Milo warf Vince all diese Gedanken in Form eines glühenden Blickes zu. Und bevor er Cleo Petersen vorschlagen konnte, sich doch auf seinem Schoß zur Vernehmung fahren zu lassen, schnappte sie sich den Rollstuhl und fuhr ihren ausnahmsweise sprachlosen Kollegen davon. »Wenn Sie bitte mitkommen würden, Cleo.«

Als alle im Vernehmungsraum Platz genommen hatten, ergriff Milo erneut das Wort. »Noch einmal vielen Dank, dass Sie sich bereiterklärt haben, gleich heute zu uns zu kommen. Es ist wirklich wichtig, dass wir so viel wie möglich über Mira Mönchshagen von Ihnen erfahren.«

Cleo Petersens Augen füllten sich schlagartig mit Tränen. »Ich kann es immer noch nicht fassen«, murmelte sie und begann, die Hände zu kneten. »Und diese Bilder … die Bilder, wie ich sie … gefunden habe, die werde ich nie mehr vergessen.«

»Vielleicht fangen wir gleich damit an. Sie haben einen Schlüssel zur Wohnung Ihrer Vorgesetzten? Oder eher Code. Ich glaube, in dem Gebäude gibt es keine Schlüssel, oder?«

Cleo nickte. »Richtig. Ich hatte den Code für die Eingangstür unten und zur Wohnung. Wir waren eng befreundet. Das war kein normales Angestellten-Verhältnis, wissen Sie, wir waren Partnerinnen.«

»Ich verstehe. Dann hatten Sie auch Einblicke in die Finanzen?«

Cleo zog die Augenbrauen zusammen. »Ja?«

»Gut. Ich habe mich nämlich gefragt, wie es möglich ist, mit einer Tierschutzorganisation so viel Geld zu verdienen, dass ein Loft in der HafenCity und ein schicker Tesla dabei rausspringen.«

Cleo errötete. »Mira hat keine Spendengelder missbraucht, wenn Sie darauf anspielen.«

»Wie konnte sie dann so viel verdienen?«

»Kooperationen. Werbeverträge.«

»Aha. Und das Geld wollte sie nicht in den Tierschutz stecken?«

Die junge Frau setzte sich aufrechter hin. »Ich weiß nicht, woher Mira die Kohle für das Loft hatte. Sie hat es mir nicht gesagt.«

»Interessant«, erwiderte Milo und ließ zu, dass sich das Schweigen zwischen ihnen ausbreitete.

»Seit wann lebte Mira denn in der HafenCity? Hat sie gemietet oder gekauft?«

»Sie wohnte da zur Miete seit letztem Herbst. Oktober oder November.« Dann wechselte sie plötzlich das Thema. »Haben Sie denn schon einen Verdacht?«

Milo fing Vince' Blick auf, der sich wieder gefangen zu haben schien, und sagte routiniert: »Wir ermitteln in alle Richtungen.«

»Das heißt, Sie haben keine Spur«, stellte Cleo fest, und ihr ganzer Körper sackte vor Enttäuschung zusammen.

»Ganz so ist es nicht. Wir werten zum Beispiel eure Social-Media-Accounts aus. Mira hat viel von sich preisgegeben, heikle Themen angesprochen und viel Aufmerksamkeit auf sich gezogen.«

»Ohne Aufmerksamkeit kann man nichts verändern«, antwortete Cleo Petersen knapp.

»Wir haben die Hass-Kommentare auf Instagram gelesen«, überging Milo den Kommentar. »War das normal? Hatten Sie oft mit direkten Anfeindungen zu kämpfen?«

Sie nickte. »Man gewöhnt sich schneller dran, als man denkt. Irgendwann liest man das gar nicht mehr. Aber ja, Drohungen, Beschimpfungen waren an der Tagesordnung. Wir hätten trotzdem nie gedacht …«, ihre Stimme brach, sie wischte sich über die Augen, »… dass tatsächlich mal einer von diesen Verrückten ernst macht.«

»Du glaubst also, dass es ein Hater war?« Vince' Tonfall war mitfühlender als sonst, oder bildete sich Milo das nur ein? Und warum duzte er diese Cleo eigentlich?

»Gab es in letzter Zeit konkrete Drohungen, Anfeindungen? Irgendetwas, das Sie zur Anzeige gebracht haben?«

Das Gesicht der jungen Frau wurde noch abweisender, und ihr Blick bohrte sich direkt in Milo. »Das haben wir schon lange aufgegeben. Hilft uns ja doch niemand bei der Bullerei. Denken Sie, die Typen, die uns auf Demos mit ihren Plastikschilden gegen die Hauswand drücken, nehmen uns ernst, wenn wir anonyme Drohungen aus dem Internet melden?«, ätzte sie. »Miras Adresse ist topsecret, genau aus diesem Grund. Ihre Post läuft über das Büro und mich, kaum jemand weiß, wo sie wohnt.«

»Und Ihre Adresse ist nicht geheim?«, wollte Milo wissen. »Sie sind nicht gefährdet?«

Ein Schatten huschte über Cleo Petersens Gesicht. »Ich bin nicht wichtig. Nicht so wichtig wie Mira. Mira ist … war das Gesicht unserer Mission.«

»Und Sie?«

Cleo zuckte mit den Schultern. »Weiß nicht. Das Hirn, die Arme, die Beine? Die Person, die alles am Laufen hält?«

»Hat Sie das nie gestört? Wollten Sie nie ins Rampenlicht?«

Cleo schnaubte wütend durch die Nase, ihre Augen blitzten, und Milo ärgerte sich über ihre Frage. Das lief alles in die völlig falsche Richtung. Was war eigentlich mit ihrem Feingefühl los? Seit wann trampelte sie allen Menschen in ihrem Umfeld auf den Zehenspitzen herum? Und zwar nicht nur im Privaten, sondern mittlerweile auch im Job. Wunderbar.

»Ihr seid doch alle gleich, ihr Bullen!«, fuhr Cleo wenig überraschend hoch. »Kein Wunder, dass von euch nie Hilfe zu erwarten ist. Ihr seid genauso blind wie unsere Regierung! Wenn ihr wissen wollt, ob ich eifersüchtig war und meine beste Freundin abgeschlachtet habe, damit ich endlich fünf Minuten Fame erleben darf, dann: Nein, habe ich nicht. Und nein, ich habe kein Alibi für das ganze Wochenende. Das wäre doch die nächste Frage, oder? Wenn das alles ist, was ihr zur Aufklärung beitragen könnt, dann: Danke schön, ich habe Sinnvolleres zu tun.«

Sie erhob sich und wollte wutentbrannt den Raum verlassen, aber Vince stand ebenfalls auf und hielt sie am Arm fest. »Cleo. Warte«, sagte er sanft. »Ich weiß, wie frustrierend es sein muss, dass die Polizei euch vor den Kommentaren und den Übergriffen nicht schützen konnte. Aber das liegt nicht nur an uns, sondern auch an den Gesetzen in diesem Land. Wir dürfen nicht einfach IP-Adressen auswerten oder mit dem großen Rechen durchs Internet pflügen. Dafür muss erst etwas passiert sein. Und das finde ich genauso falsch wie du.«

Sie starrte ihn an, wieder füllten sich ihre Augen mit Tränen. »Wie gut, *dass* nun etwas passiert ist, nicht wahr?«

Vince sah sie lange an. Dann tat er etwas Erstaunliches. Er zog die kleine, zarte Cleo Petersen in ihrer viel zu großen Lederjacke an sich und umarmte sie fest. Zuerst stand sie da wie eine leblose Puppe, dann schlang sie einen Arm um seine Taille und fing an, hemmungslos zu weinen.

Milo fühlte sich unangenehm berührt. Sie hatte das Gefühl, nicht nur Zeugin einer völlig unprofessionellen Aktion von Vincent Frey zu werden – nein, es war mehr als das. Da war irgendetwas zwischen Cleo und Vince. Etwas, das Milo nicht greifen konnte, das ihr aber ein unbestimmtes Gefühl der Sorge im Bauch bescherte.

Nach einigen Momenten machte sich Cleo von Vince los, bedankte sich und schnäuzte in ein Taschentuch, das Milo ihr hinhielt. Als sie wieder saß, erhob Milo erneut das Wort.

»Sie können gleich nach Hause, Cleo, ich möchte Sie nicht länger hier festhalten als nötig.«

»Danke.«

»Bei unserem gestrigen Telefonat habe ich das Thema schon einmal angesprochen. Hatte Mira einen Freund, einen Partner oder einen Liebhaber?«

Cleo sah sie leicht genervt an. »Nein.«

»Sind Sie sich sicher?«

Die junge Frau beugte sich nach vorn. »Ich wusste, was Mira isst, wann sie wohin geht, mit wem sie redet und mit welchem Toilettenpapier sie sich den Hintern abwischt. Ich hätte mitbekommen, wenn sie jemanden kennengelernt hätte.«

Milo schürzte die Lippen. Das hatte während ihres Telefonats am Vorabend noch etwas anders geklungen. Darauf würden sie noch zu sprechen kommen, aber jetzt ging es ihr um etwas anderes. »Ich bezweifle nicht, dass Sie beide einander sehr nahestanden. Jedoch …« Sie zögerte. »Ich frage mich, warum Sie mir nichts von den Umständen erzählt haben, in denen Mira sich befand.«

»Was für Umstände?« Cleo zog die Augenbrauen zusammen.

»Die Schwangerschaft. Und die Abtreibung.«

Cleo Petersen blinzelte. Lachte ungläubig auf. Dann hielt sie inne. Und erblasste. »Wie bitte? Ich habe keine Ahnung, wovon Sie sprechen.«

»Mira war schwanger gewesen. Die rechtsmedizinische Untersuchung hat das eindeutig ergeben. Wenige Tage vor ihrem Tod hatte sie eine Ausschabung. Und da fragen wir uns natürlich: Wer hätte sie schwängern sollen, wenn Sie sich doch so sicher sind, dass es keinen Mann in Miras Leben gab? Und warum wussten Sie nichts von der Schwangerschaft?« Sie lehnte sich noch weiter nach vorn. »Oder haben Sie uns absichtlich nichts davon erzählt?«

Cleo sagte nichts, saß nur da und schwieg. Dann plötzlich sprang sie vom Stuhl auf und rannte aus dem Vernehmungsraum.

Vince drehte sich zu Milo um und starrte sie überraschend wütend an. »Jagoda Milosevic. Dreimal ›Hier!‹ geschrien, als das Feingefühl verteilt wurde, nicht wahr?«

7

4. April 2023, 11:00 Uhr, LKA Hamburg / Altes Land, Ortschaft Wende

»Wie kommt ihr voran?« Serpil lehnte sich über Milos Schulter und betrachtete nachdenklich einen Ausschnitt der Kommentare unter einem Bild, das Mira Mönchshagen bei einem ihrer Einsätze vor zwei Jahren zeigte.

Hinter der Influencerin waren eine Reihe von Stallungen zu erkennen, direkt neben ihr ein halb verdecktes Schild. Der Name der Firma war nicht zu entziffern, aber Milo erkannte das Logo des grinsenden Comic-Schweins wieder. Man konnte es hier in der Gegend und vermutlich deutschlandweit in jedem Discounter finden. Umso merkwürdiger, dass ihr der Name der Schlachterei nicht mehr einfiel. Weideliebe? Nein. Aber ähnlich. Es wunderte Milo nicht, dass Mira Mönchshagen den Großbetrieb damals ins Visier genommen hatte. Jeder, der nicht bewusst wegsah, hatte in den letzten Jahren von einem oder mehreren Skandalen in diesem Mastbetrieb gehört oder gelesen. Eigentlich war es längst überfällig, sich gegen diese Art von Tierausbeutung aufzulehnen. Der Mob im Netz sah das aber zu großen Teilen anders.

»Schlampe, was sollen wir essen?«, stand da zum Beispiel. »Kann sich nicht jeder Bio-Luxus leisten wie du!« Und auch: »Menschen sind dazu gemacht, Fleisch zu essen! Vegane Fotze.«

»Nicht gerade beliebt, eure Tote«, stellte Milos Chefin trocken fest. »Gibt es Hinweise auf einen konkreten Verdacht? Irgendeine Spur?«

Milo schüttelte den Kopf. »Wir tappen noch ziemlich im Dunkeln. Philipp und Nadja analysieren gerade die Online-Profile nach Hatern, die irgendwie auffallen, öfter auftauchen oder konkret damit gedroht haben, Mira etwas anzutun. Das kann aber noch dauern, denn wie du völlig richtig bemerkt hast, sie hatte viele … Wie soll ich es sagen? Gegner. Ihr Handy und ihr Computer sind ebenfalls bei den Kollegen und werden durchleuchtet.«

»Na, dann habt ihr ja ordentlich was zu tun.« Serpil senkte die Stimme. »Schadet aber vielleicht nicht, Vince noch eine Weile vom Schreibtisch aus ermitteln zu lassen. Wie macht er sich?«

Milo zuckte mit den Schultern. »Ich weiß nicht … gut? Die beste Laune hat er nicht, aber wer hätte die schon, im Rollstuhl sitzend, auf die Hilfe von anderen angewiesen. Und mit dem Rauchen hat er ja auch aufgehört, was seiner guten Laune nicht zuträglich ist.«

»Nach dem Lungenschuss aber eine gute Idee. Und auch sonst. Die Therapie macht er doch bei einer Bekannten von dir, oder?«

»Ja«, krächzte sie. »Ich kenne sie über drei Ecken.« Das schlechte Gewissen pikte Milo bei dem Wort.

»Hat die mal was gesagt, wie sie ihn einschätzt?«, bohrte Serpil weiter.

»So gut kenne ich sie auch nicht. Und wenn sie über ihre Patienten mit mir reden würde, wäre sie eine beschissene Therapeutin.«

Serpil schwieg einen Moment, als hätte sie Zweifel an Milos Worten. Dann aber seufzte sie. »Alles klar, verstanden. Bitte hab ein Auge auf ihn. Er soll sich noch zurückhalten.«

Milo dachte an Vince' Aktion mit Cleo Petersen. Wie gut, dass die Chefin das nicht mitbekommen hatte.

»Und haltet mich auf dem Laufenden. Ich hab keine Lust auf die nächste Katastrophe, die ihr beiden auslöst! Noch so ein Stunt, und mindestens einer von euch ist seinen Job los.«

Milo nickte, sie hatte die Warnung verstanden und selbst wenig Lust, dem Tod noch einmal so nahe zu kommen wie im letzten Jahr. Das galt mit Sicherheit auch für Vince, der gerade mit der Tür zum Büro kämpfte, in dem sich die neu gegründete Soko »Mira« eingerichtet hatte.

»Ich hab was!«, rief er aufgeregt und fluchte danach wie ein Kutscher, weil sich sein Rollstuhl im Türrahmen verhakt hatte. »Gioia und Philipp haben es mir gerade durchgegeben. Mira Mönchshagen war bis zu ihrem Umzug in die HafenCity noch sehr aktiv in einer Kommune außerhalb von Hamburg. Neuland heißt der Verein. Vorstand ist Hendrik Fenner – und er und Mira waren nicht nur die Gründer, sondern offenbar auch mal ein Paar, bis sie sich irgendwie zerstritten haben.«

»Na, das ist doch mal ein Anfang«, frohlockte Serpil, und als Milo nicht sofort von ihrem Stuhl aufsprang, machte die Chefin einige Gesten, als wollte sie ein Huhn aufscheuchen.

»Ich geh ja schon«, murmelte Milo grimmig und griff nach ihrer Jacke.

Sie brauchten fast eine halbe Stunde raus aus der Stadt. Eine halbe Stunde, in der Vince ihr Vorhaltungen machte.

»Im Ernst, Milo, warum musst du eigentlich so eine Bitch sein? Was hat diese Cleo dir denn getan? Sie war doch total entgegenkommend!«

»Ja, dir gegenüber vielleicht. Ich sage dir, da stimmt was nicht. Im Telefonat gestern hat sie zugegeben, dass es private Blocker im Kalender gab, die sie nicht zuordnen konnte. Und heute sagt sie im Brustton der Überzeugung, dass sie über Mira *alles* wusste. Nur halt leider nichts darüber, wie sich Mira die Miete in der HafenCity und den Tesla leisten konnte, und erst recht nichts von der Schwangerschaft und der Abtreibung. Im Ernst, das ist doch komisch.«

»Die stand unter Schock, Milo«, gab Vince zu bedenken. »Steht sie vermutlich immer noch.«

Milo legte den Kopf schief. »Es gibt etwas, was sie uns nicht verraten will. Das sagt mir mein Gefühl.«

»Dein Gefühl?«, ereiferte sich Vince. »Dein Gefühl? Du bist der Milonator, halb Mensch, halb Maschine, du hast keine Gefühle.«

Milo machte eine Vollbremsung, als ein Radfahrer vom Bürgersteig auf die Straße raste, und Vince donnerte gegen das Armaturenbrett.

»Und Auto fahren kannst du auch nicht, mein Gott!«, rief er entrüstet. »Ich freue mich wirklich auf den Tag, an dem wir wieder mit meinem Wagen fahren, und dann breche ich jede Verkehrsregel, darauf kannst du einen lassen.«

Milo verdrehte die Augen, fluchte innerlich, sagte aber nichts.

Schweigend fuhren sie über die Landstraße, tief hinein ins Alte Land, wo riesige reetgedeckte Bauernhöfe, von Pferdekoppeln und grünen Feldern umringt, wie zufällig in die Landschaft verteilt waren.

Nach einer Weile deutete Vince auf einen Punkt in der Ferne. »Ich glaube, da vorn musst du abbiegen. Siehst du die Hütten? Und die Camper-Vans? Das müsste es eigentlich sein, das gelobte Neuland.«

Milo setzte den Blinker und bog von der Landstraße in einen unbefestigten Kiesweg ab. Auf der flachen Ebene war in etwa zwei Kilometern Entfernung eine Ansammlung von Kombis, Wohnwagen und Holzbauten zu erkennen. Dahinter erstreckte sich ungefähr ebenso lang eine dichte Waldkette. Während sie auf die kleine Behelfssiedlung zusteuerten, fielen die ersten Regentropfen aus den dicken grauen Wolken über ihnen. Nicht das beste Wetter für unseren Besuch, dachte Milo. Dafür die passende Stimmung für die Nachricht, die sie den Bewohnern der Kommune gleich überbringen mussten.

»Meinst du, Cleo hat es denen schon gesteckt?«, sprach Vince die Frage aus, die Milo durch den Kopf geisterte.

Die Kommissarin in ihr hoffte, dass die Assistentin den Mund gehalten hatte. Erste Reaktionen möglicher Zeugen oder sogar Tatverdächtiger waren Gold wert, das hatte die Erfahrung sie gelehrt.

»Musste sie nicht«, seufzte sie dennoch. »Serpil hat doch gestern eine Pressekonferenz gegeben. Es ist in allen Medien.«

»Ja, aber die Hippies da draußen konsumieren doch keine Medien«, erwiderte Vince trocken.

»Finden wir es heraus.«

Sie stellte den Wagen ab und schielte in Richtung der Wagenburg, die man bereits aus der Ferne hatte erkennen können. Was sie vom Parkplatz aus sehen konnte, bestätigte ihre Vorstellungen einer Kommune. Ein schmaler Trampelpfad führte ein paar Hundert Meter in die Wiese, besser gesagt, in den Acker hinein. Sieben Bauwagen zählte sie, dazu eine Art Scheune und ein hölzernes Podest, das entfernt an eine Bühne erinnerte. Zwischen den Wagen waren tibetische Gebetsfahnen gespannt, die im kalten Wind tanzten. Ein mobiler Hühnerstall stand etwas abseits. Er war leer, die zugehörigen Bewohner liefen zwischen einem Esel, einigen Alpakas und einem kleinen Pony frei herum. Irgendwo bellte ein Hund. Er klang groß. Menschen waren weit und breit nicht zu sehen, was bei dem Wetter aber auch nicht weiter verwunderlich war.

Sie half wie immer Vince aus dem Auto und in den Rollstuhl. Als sie ihm anbot, ihn zu schieben, knurrte er bloß und winkte sie ungehalten weg. Mit zusammengebissenen Zähnen versuchte er, sich gegen Wind, Regen und tückischen Bodenkies vorwärtszuschieben, doch die Reifen verkeilten sich immer wieder zwischen

Sand und kleinen Steinchen. Seine Augen blitzten wütend, und die Kiefer mahlten. Milo kannte diesen Gesichtsausdruck nur zu gut. Er verhieß nichts Gutes.

»Lass mich dir helfen.« Ohne seine Antwort abzuwarten, trat sie hinter den Rollstuhl und stemmte sich dagegen. Selbst zu zweit war es ein langsames, mühsames Vorwärtskommen, und sie verfluchte stumm die Situation, in der sie sich befanden.

Schwer atmend erreichten sie gemeinsam das Ende des Parkplatzes, doch es wurde nicht besser. Der Nieselregen hatte die Wiese so weit aufgeweicht, dass der schmale Trampelpfad schon zu Fuß sehr unangenehm wurde. Milo drückte mit aller Kraft gegen den Rollstuhl und hätte Vince schon nach den ersten Metern um ein Haar in den Dreck gekippt.

»Pass doch auf!«, fluchte er, und sie konnte den Frust und die Wut in seiner Stimme deutlich hören.

»Was meinst du, was ich hier mache?«, fauchte sie und klang dabei nicht viel besser als er. »Mann, ich wünschte wirklich, du würdest wieder mit dem Rauchen anfangen! Du bist UNERTRÄGLICH!«, meckerte sie weiter, obwohl sie im Grunde wusste, dass seine Gereiztheit viel mehr mit dem Rollstuhl als mit den fehlenden Zigaretten zusammenhing.

Vince setzte zu einer vermutlich wenig professionellen Antwort an, als plötzlich die Tür eines Bauwagens aufsprang und ein großer, schlanker Mann in langen Sätzen auf sie zugerannt kam.

»Willkommen in Neuland, ich bin Hendrik. Schön, dass ihr den Weg zu uns gefunden habt.« Er drückte erst Vince, dann Milo fest die Hand, die überrascht über die freundliche Begrüßung war. *Hendrik Fenner, der Mitgründer der Kommune … und Ex-Freund von Mira,* erinnerte sie sich. *Hatte er sie erwartet?*

»Lasst mich das machen«, sagte der Mann mit einem Nicken in Richtung Rollstuhl, legte Vince für einen Moment beinahe brüderlich die Hand auf die Schulter und packte dann die beiden Ledergriffe an der Lehne. Er hatte große, sonnengegerbte Hände mit langen Fingern, denen man die harte Arbeit deutlich ansah. Sein blondes Haar fiel ihm vorne in die Augen, und er trug einen nicht ungepflegten, aber auch nicht getrimmten Bart.

Hendrik Fenner lächelte freundlich, was etwas gegen den kühlen Ausdruck in seinen grauen Augen half, die sie beide aufmerksam und ohne Pause von Kopf bis Fuß musterten. Er trug einen dicken Cardigan aus verschiedenen Wollresten, der garantiert nicht aus dem Handel stammte, eine alte, dunkelblaue Bauarbeiterhose und schwere Arbeitsstiefel. Es war schwer zu erkennen, sah auf den ersten Blick aber nicht so aus, als würde Hendrik Fenner auf kleinem Fuß leben. Er hatte keine Quadratlatschen, vielleicht Schuhgröße 44? Oder sahen die Füße in den bulligen Stiefeln nur größer aus, als sie in Wahrheit waren?

Unter dem Cardigan, den Fenner trug, waren bunte Armbänder an den Handgelenken zu sehen, keine Uhr, kein weiterer Schmuck. Milo schätzte ihn auf Ende dreißig, vielleicht etwas jünger, vielleicht sogar älter. Schwer zu sagen bei Menschen, die viel Zeit ohne Sonnenschutz draußen verbrachten.

»Ich freue mich, dass ihr euch für das Leben in der Kommune interessiert. Wir sind auf Menschen mit Beeinträchtigungen noch nicht vorbereitet, aber eine Rampe für einen der Bauwagen zu bauen ist gar kein Problem.«

Vince und Milo wechselten einen Blick. Wovon sprach der Kerl?

»Haben Sie uns erwartet?«, wollte Milo wissen.

»Ja. Sonja und Kai Meyer, oder? Ihr hattet doch eine Mail geschrieben, dass ihr heute vorbeikommen wollt, weil ihr darüber nachdenkt, euch der Kommune anzuschließen. Ihr hättet natürlich auch schon vorab von euren Special Needs erzählen können«, erklärte er mit einem Blick auf Vince. »Wir sind hier offen für alle Bedürfnisse.«

»Oh. Das ist wohl eine Verwechslung«, sagte Vince. »Ich bin mit dieser Frau nicht verheiratet. Definitiv nicht.«

Hendrik Fenner zog die Augenbrauen zusammen. »Nein?«

Vince drehte den Kopf zu Milo. Ihr Einsatz.

»Wir sind nicht Sonja und Kai Meyer und wollen auch nicht Teil der Kommune werden. Wir sind wegen Mira Mönchshagen hier.«

Für den Bruchteil einer Sekunde entglitten dem Mann die Gesichtszüge. Etwas in den Augen blitzte, und der Adamsapfel hüpfte deutlich sichtbar auf und ab. Milo wurde klar, dass Vince, den Kopf nach vorn gerichtet, nicht sehen konnte, was in seinem Rücken geschah. Hendrik wiederum hatte sich schnell wieder im Griff und antwortete mit gezwungenem Lächeln.

»Uns ist bewusst, dass wir die Aufmerksamkeit vor allem Mira zu verdanken haben, auch wenn sie nicht mehr aktiver Teil der Kommune ist. Wir sind ihr weiterhin in tiefer Freundschaft verbunden und wissen es sehr zu schätzen, was sie für uns tut.«

Vince blickte Milo über die Schulter hinweg an. Offensichtlich hatte Cleo es bisher nicht übers Herz gebracht, die Kommune über Miras Tod zu informieren – und Vince hatte recht behalten, man konsumierte keine Medien im Neuland. Milo war einerseits dankbar und verfluchte andererseits, dass die elende Aufgabe wieder mal an ihr hängen blieb.

»Und was tut sie für die Kommune?«, hakte Milo nach.

»Sie unterstützt uns.« Hendrik blickte an ihnen vorbei ins Grüne. »Vor allem … finanziell.«

»Aha.« Milo nickte.

»Dafür schäme ich mich nicht«, sagte Hendrik, ohne dass ihn jemand danach gefragt hätte. »Gute Ideen von morgen brauchen

Support, und manchmal ist dieser Support eben der schnöde Mammon.«

Interessant, dachte Milo. Wenn Mira – rein hypothetisch – entschieden hätte, Hendrik und damit der Kommune das Geld zu streichen, wäre das doch ein Grund, sie dafür bluten zu lassen. Obwohl sie als Tote viel weniger spenden konnte … Nein, das Motiv Habgier schied wohl aus. Aber wie nahe standen sich Mira und Hendrik privat?

»Hatten Sie regelmäßig Kontakt zu Frau Mönchshagen?«

Hendrik starrte sie an. »Sagt mal, wer seid ihr eigentlich? Seid ihr von der Presse? Wenn es nur um Mira geht, dann …«

»Kriminalpolizei Hamburg, Morddezernat«, unterbrach ihn Milo etwas unsanft und zog ihre Marke aus der Tasche. »Mein Name ist Jagoda Milosevic, das ist mein Kollege Vincent Frey. Wir möchten mit Ihnen über den Mord an Mira Mönchshagen sprechen.«

Alle Farbe wich aus dem Gesicht ihres Gegenübers. Seine Hände schlossen sich wieder um den Rollstuhl, aber diesmal, um sich abzustützen.

»Mord?« Fassungslos starrte er zwischen Milo und ihrem Dienstausweis hin und her. »Aber das kann nicht sein! Ich hab doch vor ein paar Tagen noch mit ihr gesprochen«, stotterte er, als wäre das ein Grund. »Sie kann uns doch nicht hängen lassen …«

Wie makaber. Milo dachte an die junge Frau, wie sie tot, blutüberströmt und nackt, teilweise gehäutet und einiger Organe entledigt, von der Decke ihres Lofts gehangen hatte. Für einen Moment war sie befremdet über die Reaktion dieses Hendrik. Ging es ihm wirklich nur um ihr Geld? Dann erinnerte sie sich daran, dass die meisten Menschen völlig irrational auf eine schockierende Nachricht wie die über den Tod einer Person, der sie nahestanden, reagierten. Manche fingen an zu lachen. Andere glaubten es einfach nicht. Oder begannen, die Überbringer der Nachricht zu beschimpfen. Milo hatte das alles schon erlebt, und sie wusste, dass sie der Reaktion nicht allzu viel Bedeutung beimessen sollte.

»Herr Fenner.« Milo berührte den Mann, der jetzt über ihren Kopf hinweg in den Wald starrte, sanft am Arm. Er zuckte unter ihrer Berührung zusammen, als hätte ihn ein elektrischer Schlag getroffen. »Bitte beantworten Sie meine Frage: Hatten Sie regelmäßig Kontakt zu Frau Mönchshagen?«

Er schien sich wieder gefangen zu haben und zuckte mit der Schulter. »Definieren Sie regelmäßig.«

»Häufiger, als Sie Ihre Mutter anrufen?«, mischte Vince sich ein.

Der Mann lächelte humorlos. »Ja.«

»Und wie würden Sie die Beziehung beschreiben?«, legte Milo nach.

»Zu meiner Mutter?«

Sie sagte nichts.

Fenner seufzte, strich sich mit der Hand übers Gesicht. »Nicht ganz unproblematisch, würde ich sagen. Wir waren schon etwas … irritiert, als Mira uns im Herbst so plötzlich verlassen hat. Nicht alle haben ihr das so ohne Weiteres verziehen.«

Milo verlagerte ihr Gewicht von einem Bein aufs andere. »Haben Sie es Mira Mönchshagen verziehen, Herr Fenner?«

Er sah sie lange an, schwieg.

Auch eine Aussage, dachte Milo. »Wann haben Sie Mira das letzte Mal gesehen?«

»Weiß ich nicht mehr.«

»Und worüber haben Sie bei Ihrem letzten Aufeinandertreffen gesprochen?«

Er wirkte nun mürrisch. »Das weiß ich auch nicht mehr. Vermutlich über Geld.«

»Haben Sie sich gestritten?«

»Nein!«, rief Fenner lauter, als er offenbar beabsichtigt hatte.

»Ist Cleo Petersen hier?«, wollte Milo wissen, und der Themenwechsel war durchaus beabsichtigt.

Überrascht blickte der Mann sie an. »Nein.« Dann zogen sich seine Augenbrauen erneut zusammen. »Was sollen die Scheißfragen? Denkt ihr, *ich* habe Mira umgebracht?«

Diesmal war es Milo, die eine Antwort schuldig blieb. Stattdessen fragte sie weiter. »Sie waren doch mal ein Paar. Sind Sie im Guten auseinandergegangen? Wie war es für Sie, dass Mira Ihre Idee weiterhin unterstützt hat? Kam sie häufiger vorbei? War sie noch Teil des Ganzen?«

Fenner gab sich einen Ruck. »Die Sache ist die«, sagte er. Seine Stimme hatte einen verbitterten Ton bekommen. »Gekannt haben Mira alle. Also buchstäblich alle. Kontakt … nun ja, sagen wir es mal so: Sie hat sich verändert in den letzten Monaten. Manche hier, nicht ich, aber einige, werden vermutlich sagen, sie hat sich kaufen lassen und unsere Sache verraten. Hat sich in ein schickes Apartment eingemietet und nur noch mit großen Unternehmen zusammengearbeitet. Mira wurde das Gesicht von einigen Firmen, die angeblich ökologisch sinnvoll produzieren. Bullshit, sage ich, das war Greenwashing vom Feinsten. Sie hat sogar Werbung gemacht, für vegane Deosticks und so einen Kram. Neuland und das, woran wir glauben, waren ihr schon länger egal.«

Und das könnte dann eben doch ein schönes Motiv für einen Mord sein, dachte Milo und hörte Fenner aufmerksam weiter zu.

Der kratzte sich gerade den Bart. »Jetzt denkt ihr sicher: Ja, der Ex-Freund, der hat was gegen sie, vielleicht war er es, der sie umgebracht hat …«

Bingo, dachte Milo. »Und? Haben Sie?« Sie betrachtete das Profil des Mannes aufmerksam.

Der schüttelte den Kopf. »Nicht der Mensch bestimmt über

Leben und Tod, sondern eine größere Ordnung. Miras Weg war offensichtlich zu Ende, ihre Aufgabe getan. Aber ich habe damit nichts zu tun. Unsere Wege haben sich schon vor längerer Zeit getrennt.«

Milo musste ein Augenrollen unterdrücken. Warum redete der so merkwürdig? Er konnte sich doch auch normal ausdrücken. Komischer Kauz.

»Sind Sie und Mira denn im Schlechten auseinandergegangen?«

Hendrik Fenners Blick verlor sich in der Ferne. »Privat haben wir uns nicht mehr verstanden. Aber ich habe meine persönliche Meinung zurückgestellt, weil ich wollte, dass sie Neuland auch weiterhin unterstützt. Nun ja. Die Zurückhaltung hätte ich mir sparen können. Sie hat sich nicht mehr wirklich für uns interessiert.«

»Also gab sie Ihnen nun noch Geld oder nicht?«, wollte Vince wissen.

Fenner sah ihn an. »Ein wenig. Zu wenig zum Leben, zu viel zum Sterben.«

»Schön gesagt«, kommentierte Vince trocken.

Milo sah sich stirnrunzelnd um. »Wie leben Sie denn hier so? In Neuland?«

Hendrik drückte die Schultern nach hinten. »Wir leben im Einklang mit der Natur, befreit von individuellem Besitz und materiellen Gütern. Wir hinterfragen gesellschaftliche und geschlechtsnormative Strukturen, reduzieren uns auf unseren Wesenskern. Die Gemeinschaft steht an erster Stelle, das Ego stellt sich hinter die Bedürfnisse von allen.«

Vince blinzelte. »Ich habe kein Wort verstanden.«

Hendrik Fenner lächelte schmallippig. »Man braucht ein bestimmtes Mindset, um ein Teil der Neuland-Kommune zu werden.«

»Aaaaah ja«, meinte Vince gedehnt, und es war völlig offensichtlich, was er von Fenners Leier hielt.

In diesem Augenblick öffnete sich die Tür eines der Bauwagen im Hintergrund. Eine Frau mit langen roten Dreadlocks kam heraus. Sie trug eine Cordhose, abgelaufene Doc Martens und einen Norwegerpullover. Auf der Hüfte balancierte sie ein etwa einjähriges Kind in einem rosafarbenen Overall, das die gleichen grauen Augen und das hellblonde Haar hatte wie Hendrik Fenner.

Die Frau kam auf sie zu. »Hendrik, das Brennholz ist schon wieder leer. Da drin ist es so kalt wie in einem Kühlschrank.«

Wie zur Bestätigung fing das Kind an zu husten.

»Süß, die Kleine. Wie heißt sie denn?«, wollte Vince wissen und grinste das Kind an.

Der eiskalte Blick der Mutter traf ihn. »Béla.«

Vince zog die Augenbrauen hoch. »Wie Bela B? Von den Ärzten? Oder Béla Réthy, der Fußballkommentator?«

»Zum Beispiel«, antwortete die Frau knapp und wandte sich wieder Hendrik zu. »Dein Sohn holt sich noch den Tod in der Kälte.«

»Ich kümmere mich«, erwiderte Hendrik Fenner knapp.

Milo beobachtete die drei. Das Kind schien von ihm zu sein. War es vor der Beziehung mit Mira gezeugt worden? Oder … währenddessen? Ob man hier auf Neuland die freie Liebe praktizierte? Möglicherweise hatte Hendrik Fenner auch nach der Trennung noch mit Mira Mönchshagen das Bett geteilt. War er der Mann, mit dem sie sich heimlich getroffen hatte? Die Behauptung, man habe sich nicht mehr gut verstanden, musste zum einen nicht stimmen und schloss zum anderen den ungeschützten Beischlaf nicht aus.

»Warum trägt der Junge denn Rosa?«, hakte Vince nach, der allem Anschein nach noch nie von geschlechtsneutraler Erziehung gehört hatte. Selbst Milo musste sich Mühe geben, nicht laut zu seufzen. Und das, obwohl sie dieses Kommunen-Leben etwas befremdlich fand. Streng genommen auch diesen Hendrik Fenner und, obwohl sie gerade erst dazugekommen war, auch diese Frau.

Die Antipathie schien auf Gegenseitigkeit zu beruhen, denn nach einem weiteren unfreundlichen Blick rückte die das Kind auf der Hüfte zurecht, drehte sich um und ging davon.

Hendrik Fenner ging auf Vince' Frage ebenfalls nicht ein. Stattdessen heftete sich sein grauer Blick wieder auf Milo. »Haben Sie noch weitere Fragen? Ich muss mich nämlich um die Familie kümmern.«

»Ja, eine Frage habe ich noch«, antwortete Milo. »Hatten Sie und Mira Mönchshagen auch nach Ihrer Trennung noch Sex?«

Hendrik Fenner schaute sie an, als hätte er sich verhört. »Wie bitte? Was geht mein Sexualleben die Polizei an?«

»Beantworten Sie bitte meine Frage.«

Er schnaubte. »Das hat Sie nicht zu interessieren.«

»Doch, hat es.«

»Und wieso?«, zischte Fenner, nun deutlich verärgert.

Ganz schön kurze Lunte, dachte Milo zufrieden.

»Das wiederum geht *Sie* nichts an.«

Hendrik Fenner wurde erst blass, dann rot im Gesicht. »Beantworten Sie bitte einfach meine Frage.«

»Ich habe keinen Bedarf an sexuellen Verhältnissen zu Frauen, die kein Interesse mehr an mir haben«, antwortete er und warf Milo dabei einen vielsagenden Blick zu. »War es das?«

»Nein, noch nicht ganz. Wussten Sie von Miras Schwangerschaft?«

Fenner schien für einen Augenblick die Fassung zu verlieren. Sein Gesicht wurde ausdruckslos, und er schien nach einer Antwort zu suchen.

»Wussten Sie davon?«, hakte Milo nach. »Von der Schwangerschaft und der Abtreibung?«

Der Mann machte eine knappe, ablehnende Bewegung mit dem Kopf. Dann richtete er sich gerade auf und sagte: »Ich wünsche Ihnen alles Gute und viel Erfolg bei Ihrer Mörderjagd.« Ohne ein weiteres Wort drehte er sich um und marschierte in Richtung eines hüfthohen Holzstapels. Er schob die Ärmel seiner Strickjacke hoch, griff nach einer schweren Axt, die gegen die Hauswand gelehnt stand, und spaltete mit voller Wucht und geübter Bewegung ein Holzscheit nach dem anderen. Das geschliffene Metall der Axt blitzte mit jedem Schwung.

Als sie in die dunkle Küche kam und das Licht anschaltete, erschrak sie beinahe zu Tode. Ihr Vater saß am Tisch, die Hände wie zum Gebet gefaltet, die Schultern hingen nach unten.

»Warum hockst du denn hier im Dunkeln? Ich hab fast einen Herzinfarkt bekommen!«, meckerte sie los.

»Setz dich«, erwiderte er anstelle einer Antwort.

Sie zögerte. Etwas war passiert. Das spürte sie, das war beinahe greifbar. Langsam zog sie einen der Stühle vom Tisch weg und ließ sich auf ihn sinken. Sie blieb vorn auf der Kante sitzen, lehnte sich nicht an. Ihr Instinkt sagte ihr, dass sie es sich nicht allzu bequem machen sollte.

»Ich habe heute den Vertrag unterschrieben«, sagte ihr Vater mit leiser Stimme.

»Was für einen –«

»Hör mir zu!«, schnauzte er sie an. Dann fuhr er wieder leiser fort: »Der Hof lohnt sich nicht mehr. Die Bank macht Ärger, weil wir die Raten nicht tilgen können. Und beim Trecker ist schon wieder die Kupplung kaputt.«

»Wir bekommen das hin, Papa. Wenn wir nur ein bisschen mehr Zeit –«

Er hob herrisch die Hand, und sie verstummte. Ihr Blick heftete sich auf die Resopalplatte des Esstischs. Er stand schon länger in dieser Küche, als sie auf der Welt war. So viele Kindheitserinnerungen verband sie damit. Vor allem Erinnerungen an ihre Mutter. Wie sie im Sommer stundenlang gemeinsam die Kirschen entkernt hatten, um sie für den Winter einzuwecken. Einige Flecken waren auf der Tischplatte geblieben, egal wie gut die Mutter sie geschrubbt hatte. Ihr grelles Rot war zu einem blassen Rosa geworden, das in diesem Moment von den gefalteten Händen des Vaters überdeckt wurde.

»Du musst dir eine andere Arbeit suchen. Vielleicht in der Metzgerei in Horneburg oder im Edeka von Warncke. Da suchen die Leute wie dich.«

»Wovon redest du da?«, fragte sie ungläubig. »Ich brauche keinen anderen Job. Ich arbeite doch hier.«

Erst in diesem Moment blickte er auf. Der Ausdruck in seinen Augen war hart. »Nicht mehr. Ich habe die Tiere an Landglück verkauft.«

Ihr Atem stockte. Nein. Nein, das konnte nicht sein.

»Das ist nicht wahr.«

»Hunderttausend haben sie mir vor vier Wochen angeboten. Jetzt waren es nur noch siebzig. Und in einem Monat wären es noch einmal dreißig weniger gewesen. Also was für eine Wahl hatte ich?«

Sie blinzelte, konnte nicht glauben, was er da sagte. »Das ist viel zu wenig!« Und meinte eigentlich: Du kannst doch nicht einfach mein Erbe verschleudern.

»Es reicht gerade so, um die Schulden zu decken und dafür zu sorgen, dass wir den Hof nicht verlieren.«

»Ein Hof ohne Schweine? Das ist doch sinnlos!«

Unvermittelt schlug er mit der Hand auf den Tisch. »Sei nicht so undankbar, ich habe das einzig und allein für dich getan!«

Sie sprang vom Stuhl auf. »Für mich? Verraten hast du mich! Meine Zukunft hast du mir genommen!« Dann drehte sie sich zur Spüle um, hielt sich an der Kante fest, atmete. Ihr Brustkorb hob und senkte sich, sie musste sich auf die Atmung konzentrieren. Ein und aus. Ein und aus.

Sie hörte, wie sich ihr Vater im Hintergrund erhob und auf sie zukam. Mit jedem Meter, den er sich ihr mit schlurfenden Schritten näherte, schwoll das Gefühl der Enttäuschung in ihr an, wuchs die Wut in ihrem Inneren. Wie hatte er sie so hintergehen können? Ihr alles nehmen? Warum hatte er sie nicht einbezogen? Sie nicht gefragt? Um ihre Meinung gebeten?

Weil er immer noch dachte, dass er alles besser wusste. Dabei war er an ihrer Misere schuld. Weil er nicht hatte einsehen wollen, dass man Dinge verändern musste, wenn man nicht eines Tages überholt werden wollte.

Ihr Blick fiel auf das große Messer, das auf der Spüle lag. Die Klinge glänzte im kalten Licht der Küchenlampe. Es wäre so einfach. Sie wusste genau, wo sie stechen musste, damit er sofort tot war. Einmal direkt ins Herz, tief, bis das Heft des Messers auf die Brust stieß. Dann die Klinge herauszie-

hen, den Arm um neunzig Grad drehen und mit dem Messer quer über die Kehle wischen. Es würde eine unglaubliche Sauerei geben, wenn das Blut, sein Blut, aber in gewisser Weise auch das ihre, durch die Küche spritzte. Sie würde ins Gefängnis kommen für die Tat, bestimmt lebenslänglich. Aber wäre das nicht ein gnädigeres Ende als ein Dahinsiechen hinter der Theke von Edeka? Darf's auch ein bisschen mehr sein? Rippchen sind heute im Angebot.

Sie zuckte zusammen, als seine schwere Hand auf ihrer Schulter landete.

»Ich hab was für dich ausgehandelt, wenn du nicht im Supermarkt arbeiten willst. Du kannst bei Landglück in der Schlachterei anfangen. Am Montag fährst du dahin und stellst dich vor.«

Es kam ihr vor, als würde in ihrem Inneren eine Sehne, die zu lange gedehnt worden war, reißen. Beinahe meinte sie sogar, das Schnalzen zu hören. Er war zu weit gegangen. Ihr eigener Vater hatte nicht nur ihren Hof, ihre Zukunft, so schwarz und dunkel sie auch sein mochte, verkauft, sondern sie gleich mit dazu. Wie ein Möbelstück, das man nicht mehr brauchte, oder ein altes Pferd, das ausgedient hatte und jetzt zum Schlachter kam.

Sie wirbelte herum, riss den Mund auf, schrie. Dabei bemerkte sie zunächst nicht, dass sie die Arme nach vorn schleuderte und ihren Vater, diesen alten Mann, mit aller Kraft, die sie aufbringen konnte, von sich stieß. Sein verzerrtes Gesicht, den überraschten Ausdruck, konnte sie noch erkennen, dann sah sie, wie er nach hinten fiel, wie sein Körper langsam, fast wie in Zeitlupe, durch die Luft flog, und gerade, als sie der Gedanke durchzuckte, er würde sich beim Aufprall auf den Küchenboden sicher verletzen, vielleicht sogar etwas brechen, knallte sein Nacken auf die Resopalplatte des Esstisches. Es knackte laut. Der Kopf ihres Vaters wurde nach vorn geschleudert, dann verdrehte er sich in einem unnatürlichen, schrecklichen Winkel, und als der Körper auf dem Boden aufkam, wusste sie bereits, dass er tot war.

Sie stand da, die Arme immer noch vor sich ausgestreckt, und sah hinab auf den Leichnam des Mannes, mit dem sie die vergangenen dreiundvierzig Jahre ihres Lebens unter einem Dach gelebt hatte. Der Mann, der alles war, was ihr nach dem Tod der Mutter geblieben war. Der Mann, der ihr alles bei-

gebracht hatte, wie man Schweine auf die Welt holte, wie man sie tötete, wie man sie zerteilte. Der Mann, der ihr alles genommen hatte. Der sie verkauft und verraten hatte, nachdem er sich jahrelang geweigert hatte, auch nur eine Kleinigkeit anders zu machen als in der Vergangenheit.

Verwundert stellte sie fest, dass sie keine Traurigkeit in sich spürte. Nicht einmal Enttäuschung. Da war immer noch nichts als kalte, schmerzende Wut.

Das Messer fiel ihr wieder ein. Sie drehte sich zur Spüle herum, umfasste den Griff und hob die Klinge.

8

4. April 2023, 21:00 Uhr, Eimsbüttel

Es klingelte an der Wohnungstür. Das war insofern bemerkenswert, weil es bereits neun Uhr am Abend war und Milo sich gerade ein Glas Wein einschenkte.

»Hast du wieder Pizza bestellt?«, wollte Valerie mit hochgezogener Augenbraue wissen, und einmal mehr kam sich Milo wie ein ungezogener Teenager vor, der sich weigerte, das Gemüse auf dem Teller zu essen und die getragenen Klamotten in den Wäschekorb zu legen, anstatt sie auf dem Boden zu verteilen.

Sie antwortete nicht, sondern ging zum Wohnzimmerfenster, von dem aus man auf den Hauseingang blicken konnte – die Gegensprechanlage war seit ein paar Wochen defekt. Milo öffnete das Fenster und streckte den Kopf in die kühle Aprilluft. »Vince? Was willst du denn hier? Und wo ist dein Rollstuhl?«

Er hielt sich am Geländer des Treppenaufgangs fest. »Den benutze ich nur dienstlich.«

Sie fluchte. »Du bist also privat hier?« Das wurde ja immer besser.

Vince schob die Hand in die Jackentasche und zog einen kleinen Gegenstand heraus. »Nein. Ich muss dir etwas zeigen.« Er wirkte ein wenig atemlos und aufgeregt.

Milo fluchte erneut. »Was? Deine Bewerbungsunterlagen für

den privaten Sicherheitsdienst? Wenn Serpil mitbekommt, dass du durch die Gegend latschst, kannst du deinen Spind räumen.«

»Das ist es mir wert«, sagte Vince entschlossen und fügte dann hinzu: »Würdest du mich jetzt bitte endlich reinlassen?«

Milo seufzte, schloss das Fenster und lief in den Wohnungsflur, wo sie den Türöffner betätigte. Es dauerte nur ein paar Augenblicke, dann kam Vince auf wackligen Beinen in die Wohnung. Er keuchte.

»Mannomann, wenn man sich nur noch im Rolli fortbewegt, merkt man erst mal, wie anstrengend Laufen ist. Apropos, weißt du, wie man einen fetten Rollstuhlfahrer nennt? Rollmops.«

»Vince! Hey, was für eine schöne Überraschung. Was machst du denn hier?«, rief Valerie und kam in den Flur. Sie zog Milos Partner in eine sehr herzliche und sehr unprofessionelle Umarmung, die keinesfalls der üblichen Therapeuten-Patienten-Beziehung entsprach. Etwas irritiert stand Milo da und beobachtete die beiden wichtigsten Menschen in ihrem Leben, die sich in einer Herzlichkeit und Freundschaft in den Armen lagen, dass es ihr die Kehle zuzog.

»Ich muss euch was zeigen«, wiederholte Vince, und Milo entging nicht, dass er dieses Mal den Plural verwendete. Eigentlich versuchte sie, Valerie so gut es ging aus ihren Ermittlungen rauszuhalten. Über den aktuellen Fall hatten sie so gut wie noch gar nicht gesprochen, was aber mit der allgemeinen Stimmungslage zusammenhing. Bevor sie etwas einwenden konnte, hatte Valerie Vince den Gegenstand abgenommen und begutachtet.

»Ein USB-Stick? Ich hol mal meinen Laptop.« Sie wirbelte herum und lief ins Arbeitszimmer.

»Vince«, sagte Milo leise und tadelnd.

»Ich erkläre dir später alles. Lass uns erst mal schauen, was da drauf ist. Vielleicht Material, das mit unserem Fall zusammenhängt.«

Das widersprach so ziemlich jeder Polizeiregel, eventuelle Beweismaterialien auf privaten Geräten abzuspielen. Aber Milo wusste, der Haussegen würde gleich wieder schief hängen, wenn sie jetzt damit anfing – und zwar mit Vince *und* mit Valerie.

»Wo hast du den Stick denn her?«

»Erzähl ich dir gleich. Lass uns erst mal den Inhalt anschauen.«

Seufzend folgte sie ihrem Partner ins Wohnzimmer, wo der große Esstisch stand, an dem Valerie bereits den Laptop hochgefahren hatte. Sie nahmen Platz, rückten eng zusammen, und Valerie steckte den USB-Stick in den passenden Slot. Ein Fenster öffnete sich und offenbarte eine einzige Videodatei.

»Oh, oh! Wieder mal ein Video.« Vince schüttelte sich. »Erinnerst du dich an das letzte Mal, als wir uns ein Video angeschaut haben, das mit einem Fall zu tun hatte?«

Milo nickte unmerklich und dachte schaudernd an die VHS-Kassette, die sie in der Wohnung eines der Opfer aus der Mordserie im vergangenen Jahr gefunden hatten. Der Inhalt war fürchterlich gewesen und hatte sie noch viele Wochen danach bis in ihre Träume verfolgt.

»So schlimm kann es nicht werden«, sagte sie, vor allem, um sich selbst zu beruhigen.

Es dauerte keine zehn Minuten, da war sie eines Besseren belehrt. Die Augen voller Tränen, doch vor Wut verstummt, starrte sie auf den Monitor des Laptops. Das Video war zu Ende. Aber die Bilder hatten sich auf ihre Netzhaut eingebrannt. Vor allem das des toten Ferkels, das von seinen Brüdern und Schwestern beinahe schon zur Hälfte aufgefressen worden war. Oder das der Kadaver, die in einer verborgenen Ecke eines Hofes aufeinandergeschichtet lagen.

Und dem Kälbchen, das offenbar noch lebend unter seinen Artgenossen begraben lag.

»Ich kann ... Ich ... ich ...« Vince rang nach Worten. Von Valerie war kein Ton zu hören.

Milo schloss die Augen und atmete tief durch. Dieses Video war anders als das, das sie vor einigen Monaten hatten ansehen müssen – und doch genauso grausam. Dieses nicht enden wollende Leid. Die Panik, die Furcht in den Augen der lebenden Tiere. Die Qual, die den Leibern deutlich anzusehen war.

»Mir ist so schlecht«, stammelte Vince. Er sah bleich und eingefallen aus. »Wer macht denn so was?«, fragte er tonlos.

»Na ja. Schlachtbetriebe«, erklärte Milo leise. »Ich gehe davon aus, dass es in den meisten industriellen Schlachtereien im Land so zugeht.«

»Aber das sind doch Tierbabys!«, begehrte Vince auf. »Die Ferkel. Das Kälbchen. Haben die jemals den blauen Himmel gesehen? Oder eine Weide?«

»Nein«, erwiderte Milo ruhig. »Mit an Sicherheit grenzender Wahrscheinlichkeit nicht.«

Vince sog tief die Luft in die Lungen und atmete schwer wieder aus. »Wieso lassen wir das zu?«

»Meinst du damit uns drei oder die Menschheit als solche?«

»Sowohl als auch.«

Valerie ergriff das Wort. »Es dürfte so gut wie jedem Bundesbürger bekannt sein, wie Tiere in der Massentierhaltung leben. Dass die Bedingungen unterirdisch sind und die Schlachtmethoden barbarisch. Ersteres gilt übrigens auch für die Menschen, die diese Arbeit verrichten. Die Politik schaut weg, weil die Lobby der Fleischproduzenten einfach zu groß ist. Und die Kunden kaufen billiges Fleisch, weil sie sich das fair produzierte nicht leisten können oder wollen – weil sie nicht kapieren, dass die fünfhundert

Gramm Hack mal ein Lebewesen mit Gefühlen und Empfindungen waren, und vergessen wollen, dass für die Eier, die sie in die Pfanne hauen, Millionen von Bruderküken geschreddert werden …«

»Moment, Moment«, fiel Vince ihr ins Wort. »Küken werden geschreddert? Das denkst du dir aus.«

Milo lachte auf. »Wo hast du gelebt die letzten Jahre? Liest du manchmal Zeitung? Mann, Vince.« Sie seufzte tief. »Was meinst du, was mit den ganzen männlichen Küken passiert, die aus den Eiern der Legehennen schlüpfen? Aus denen allen wird doch kein Coq au Vin! Die sind Abfall, und bis Anfang 2022 wurden die einfach geschreddert. Lebend. Auf dem Fließband direkt in den Fleischwolf.«

Vince schlug sich die Hand vor den Mund und riss die Augen weit auf. »Und ich hab das alles einfach mitgemacht? Ich hab das … gegessen?«, keuchte er sichtlich angefasst.

Valerie legte ihm die Hand auf die Schulter. »Du kannst es ab jetzt anders machen. Vergiss die Vergangenheit, an der du nichts ändern kannst. Konzentrier dich besser auf die Zukunft.«

Vince blickte von Milo zu Valerie und wieder zurück. »Wieso schockt euch das Video eigentlich nicht?«

»Tut es«, sagte Valerie, stand auf und ging zum Schrank, in dem sie die Spirituosen aufbewahrten. Sie holte eine Flasche Mirabellenschnaps und drei kleine Gläser heraus und stellte sie auf den Tisch. »Aber wir sind seit einigen Jahren Vegetarierinnen, und das aus gutem Grund. Wir haben uns solche Filme schon zur Genüge angesehen. Wir wissen, wie Fleisch produziert wird, und haben uns bewusst dagegen entschieden, es zu konsumieren.«

Milo wurde warm ums Herz. Wie Valerie dieses »wir« aussprach, ließ sie hoffen, dass sie ihre Probleme bald in den Griff bekamen und sich wieder auf das ausrichteten, was sie verband, anstatt sich an dem abzuarbeiten, was sie trennte. Sie legte Valerie die

Hand auf den Arm und freute sich, als ihre Freundin sich ihr nicht entzog, sondern ihr stattdessen einen liebevollen Blick zuwarf.

Vince war immer noch weiß wie die Wand. »Ich glaube, ich muss mir ein paar Gedanken darüber machen, was für ein Mensch ich eigentlich sein will. Weil, eines ist klar, ich möchte nicht, dass meinetwegen Babyschweine in ihren eigenen Exkrementen aufwachsen oder Kälber elendig verrecken müssen.«

»Das heißt dann aber auch nie wieder Spanferkel«, gab Milo zu bedenken.

»Oder Brathähnchen«, fügte Valerie an.

»Döner.«

»Hamburger.«

»Luftgetrocknete Salami.«

Vince wedelte die Einwände mit der Hand weg. »Ist okay, damit kann ich leben.«

Valerie nagte an der Unterlippe. »Eines habe ich aber noch nicht verstanden. Was haben die Aufnahmen mit eurem Fall zu tun?«

Vince fuhr sich durchs Haar und blies die Backen auf. »Milo, erklär du das Valerie, ich glaube, ich brauch noch einen Moment.«

Sie nickte und versuchte, die bisherigen Ereignisse der letzten beiden Tage – allerdings ohne die allzu blutigen Details – widerzugeben, und erzählte Valerie von der ermordeten Influencerin, der Kommune und den zahllosen Hassnachrichten.

»Und das Video hat diese Mira gemacht?«, fragte Valerie.

»Ich weiß es nicht. Möglich?«, antwortete Milo.

»Hat sie nicht«, mischte Vince sich ein. »Ich sag euch später was dazu. Spiel den Clip noch mal ab, bitte.«

Milo klickte ein weiteres Mal die Datei an und ließ sie im Player ablaufen. Diesmal versuchte sie, nicht auf das Leid der Tiere zu achten, sondern zu verstehen, in welcher Situation das Video aufgenommen worden war. Es war eindeutig Nacht, die Kamera war auf Nachtsicht gestellt worden, was die grünlichen Aufnahmen erklärte, die Milo an den Film *Blair Witch Project* erinnerten, den sie in ihrer Jugend mal gesehen hatte. Menschen waren nicht zu erkennen, die Kameraführung war holprig und wackelig, es wirkte nicht so, als ob der oder die Filmende besonders viel Erfahrung hatte. Es gab keine Schnitte, als Betrachter folgte man der Kamera vielmehr ungekürzt durch die unterschiedlichen Bereiche der Stallungen und Schlachtanlagen, manchmal sah man auch für eine Minute oder mehr nur Dunkelheit.

»Mach mal lauter«, forderte sie Valerie auf.

Ein drittes Mal ließen sie das Video abspielen, diesmal konzentrierte Milo sich auf den Ton. Außer den Geräuschen, die aus den Stallungen kamen, den gequälten Lauten der Tiere, dem Muhen und Quieken, hörten sie den schnellen Atem des Menschen, der die Kamera oder das Handy in der Hand zu halten schien.

»Es scheint nur eine Person zu sein. Das spricht gegen Tierschützer, die eigentlich immer mit mehreren unterwegs sind, schon aus Gründen der eigenen Sicherheit«, sagte Milo nachdenklich.

»Gibt es einen Zeitstempel?« Valerie schloss das Video und ging in die Datei-Einstellungen. »Nein. Die wurden alle entfernt.«

»Wann wurde der Clip denn auf den USB-Stick geladen?«, fragte Vince.

»9. März 2023. Vor vier Wochen.«

»Und was meint ihr, wo die Aufnahmen gemacht wurden?« Das Gesicht von Vince wurde von einem Funken Hoffnung erhellt. »Vielleicht ist das ja gar nicht in Deutschland, sondern in Rumänien oder so.«

»Und das würde irgendwas besser machen?«, fragte Milo streng.

»Ein bisschen?« Er seufzte. »Nein, natürlich nicht. Höchstens für mein Gefühl. Aber das ist ja völlig egal in diesem Zusammenhang.«

Milo musterte ihn nachdenklich. Wenn sie daran dachte, was für ein leidenschaftlicher Fleischesser ihr Partner bis vor wenigen Tagen noch gewesen war, fand sie seine heutige Haltung ziemlich erstaunlich. Schließlich fiel ihr etwas ein. »Wo hast du den Stick denn nun eigentlich her?«

Vince machte ein entschuldigendes Gesicht. »Versprich mir, dass du nicht böse sein wirst.«

Milos Augenbraue wanderte nach oben. »Was hast du getan?«

»Gar nix. Ich schwöre.«

»Soll ich euch besser allein lassen?«, bot Valerie an.

»Nein. Du kannst ruhig mitbekommen, wie ausgiebig Herr Frey die Regeln biegt«, grollte Milo. »Also los, spuck es aus! Wo ist der Stick her? Was hat er mit Mira Mönchshagen zu tun?«

Er zögerte, schien mit sich zu ringen. Dann seufzte er tief und sagte: »Ich hab ihn von Cleo.«

Milo meinte, sich verhört zu haben. »Petersen?«

»Wie viele Cleos kennst du?«

»Wann hat sie dir den USB-Stick denn gegeben? Und wieso, verdammt noch mal, hast du mir das nicht gleich erzählt?«

Vince tat unschuldig. »Sie hat ihn mir heute Abend gegeben.«

Sie blinzelte. »Wie, heute Abend?«

»Ich hab sie vielleicht noch mal getroffen. Möglicherweise. Eventuell.«

Milo stand ruckartig von ihrem Stuhl auf. »Was?!«

»Ohne Scheiß, Milo. So, wie du mit ihr umgesprungen bist, da musste ich doch was wiedergutmachen.«

»Wieso? Wie ist Milo denn mit ihr umgesprungen?«, mischte Valerie sich ein.

Milo war fassungslos. »Sag mal, spinnst du jetzt eigentlich? Du bist allein nach Feierabend und ohne es mir zu sagen noch mal zu einer Zeugin gefahren, um dich … was? Bei ihr für mein Verhalten zu entschuldigen? Das glaubst du doch selbst nicht, Vince. Du willst sie flachlegen! Und deswegen schiebst du mich vor.«

»Keine Du-Botschaften«, maßregelte Valerie, und Milo fiel auf, dass sie in ihren Therapeuten-Tonfall verfallen war. Sie hasste das. Aber Valerie legte nach: »Du kannst über deine Gefühle sprechen, aber versuch bitte, Vince keine Vorwürfe zu machen.«

Er nickte Milo zu, als wollte er sagen: *Siehste.*

»Okay, okay«, sagte sie bemüht und setzte ein zweites Mal an. »Ich fühle mich von dir hintergangen, weil du offenbar ohne Absprache zu einer Zeugin gefahren bist, weil du sie verdammt noch mal ficken willst! Du bist so unprofessionell, Vince, mir fehlen echt die Worte.«

Valerie winkte ab. »Es ist hoffnungslos mit dir.« Und an Vince gewandt sagte sie: »Es ist hoffnungslos mit ihr.« Als wäre Milo gar nicht da. Dann wollte sie von Vince wissen: »Wer ist diese Cleo Petersen eigentlich?«

Seine Augen fingen plötzlich an zu leuchten. »Die Assistentin und beste Freundin der Toten. Eine ganz tolle Frau. Sie ist so mutig und stark! Mit echt krassen Werten und Überzeugungen. Wir haben uns so gut unterhalten, Valerie. Cleo ist echt eine Inspiration.«

Milo verzog stumm das Gesicht. Es war einfach zu absurd, ihren Partner, der mit jedem Rockzipfel einen Flirt begann, so über eine Frau – und ganz nebenbei: Zeugin – sprechen zu hören, die sie übrigens noch lange nicht als Tatverdächtige ausschließen konnten.

»Sie hat mir auf jeden Fall noch einiges über die Tote erzählt«, fuhr Vince fort und bedachte Milo mit einem spöttischen Seitenblick. »Insofern war das wirklich ein dienstliches Gespräch.«

»Wie auch immer«, ätzte Milo. »Dann spuck es wenigstens aus. Was hat sie dir erzählt?«

»Also. Hendrik Fenner und Mira Mönchshagen waren mal ein Paar.«

»Das ist keine Neuigkeit.«

»Sie haben sich vor etwa einem Jahr getrennt. Angeblich wegen unterschiedlicher Ansichten.«

»In Bezug worauf?«

»Eigentlich in Bezug auf alles. Zum Teil wohl auch, weil Hendrik das mit der freien Liebe wohl wirklich ernst nahm. Das gefiel Mira nicht, sie wollte monogam leben.«

Milo dachte an den kleinen Jungen im rosafarbenen Overall. Ob das ungeborene Kind von Mira ebenfalls von ihm gewesen war? Oder von jemand anderem? Vielleicht von einem Mann, der kein Baby mit einer Frau wie ihr haben wollte? Hatte Mira die Schwangerschaft beendet, und ihr Liebhaber war daraufhin durchgedreht? Alles war möglich. Doch würde jemand, der sich wegen einer Abtreibung rächen wollte, zu so drastischen Mordmethoden greifen?

»Wenn du mich fragst, mit freier Liebe hat das nix zu tun«, fuhr Vince fort, »der Fenner wollte einfach alles bumsen, was nicht bei drei auf dem Baum war.«

»So wie du?«

»Keine Unterstellungen!«, maßregelte Valerie sofort.

»Danke, Valerie. Cleo hat erzählt, dass die Kommune am Anfang noch einen richtig guten Spirit hatte, dass alle an einem Strang zogen und so. Es ging um etwas. Und dann entwickelte sich alles irgendwie auseinander. Hendrik wollte vor allem als großer Messias verehrt werden. Und Mira wollte mehr Reichweite, mehr Menschen erreichen – und vor allem wollte sie bei dieser Heldenverehrung von Hendrik nicht mitmachen.«

Irgendwie ironisch, dachte Milo, dass Mira keine Lust auf die Heldenverehrung eines anderen gehabt hatte, sich dann aber ausgerechnet in den sozialen Medien als Gallionsfigur des Umweltschutzes inszenierte.

Sie dachte nach. Mira und Hendrik hatten die Kommune gemeinsam gegründet – aus Idealismus. Genau diesen Idealismus hatte Mira aber offensichtlich irgendwann verloren. Wie Milos Kollege Philipp herausgefunden hatte, hatte die Influencerin tatsächlich monatlich ein ordentliches Sümmchen an die Kommune überwiesen, vermutlich genau so viel, wie es brauchte, um den Laden am Laufen zu halten. Oder?

Was, wenn Mira beschlossen hätte, die finanzielle Unterstützung einzustellen? Wenn die Existenz der Kommune auf dem Spiel gestanden hätte, weil ihre wichtigste Geldquelle versiegte? Dann hätte Hendrik Fenner durchaus ein starkes Motiv gehabt, sich an Mira zu rächen: Sie hätte nicht nur die gemeinsame Idee verraten, sondern zudem die Kommune zugunsten ihres Lebensstils verkauft.

Vince erzählte weiter. »Der anfängliche Hype um die Kommune hatte offenbar vor allem mit dem Charisma von Hendrik und Mira zu tun. Frisch verliebt, als Paar, waren die beiden wohl eine Wucht. Wie Brangelina. Man konnte ihnen kaum widerstehen, wenn sie davon sprachen, wie sie sich die Zukunft vorstellen. Aber das war eben auch exakt das Problem. Zwei Stars in einer Beziehung, das konnte nicht lange gut gehen …«

»Gab es Streit?«, wollte Milo wissen.

»Oft sogar. Mira hat offenbar relativ schnell begriffen, dass sie mehr erreichen kann, wenn sie ihr Publikum vergrößert. Die Kommune war ihr bald schon zu klein. Als ihre Follower-Zahlen nach einem Video, das viral ging, explodierten, wollte Hendrik, dass sie damit aufhört. Er hat ihr vorgeworfen, sie würde das System nutzen, das sie eigentlich zerstören wollen. Sie würde ihn und die Kommune verraten.«

»Und irgendwie hatte er damit ja auch recht.« Milo dachte an das schicke Loft mit Blick auf die Alster und den teuren Tesla.

»Cleo sagte, dass Mira es mochte, im Mittelpunkt zu stehen und bewundert zu werden. Aber sie sagte auch, dass Mira eingesehen hat, dass es manchmal Sinn macht, mit dem Strom zu schwimmen, um ans Ziel zu kommen. Und sie ist der Meinung, Hendrik wäre eifersüchtig gewesen.«

»Eifersüchtig genug, um Mira zu ermorden?« Milo musterte Vince.

Er zuckte mit den Schultern. »Ich weiß es nicht. Cleo will Miras Mission übrigens weiterführen. Aber ohne Neuland zu unterstützen. Sie kann diesen Fenner echt nicht leiden.«

»Wie du über sie redest. Als wärt ihr mittlerweile so.« Sie überkreuzte Zeige- und Mittelfinger. »Ich darf dich dran erinnern, dass auch Cleo die Täterin gewesen sein könnte.«

Vince starrte Milo einen Augenblick lang an. »Du bist verrückt.«

»Nein, ich bin professionell. Was leider nicht für alle hier gilt.«

»Keine passiv-aggressiven Aussagen!«, mischte Valerie sich wieder ein, aber Milo beachtete sie gar nicht.

»Cleo war es nicht. Hundert pro!«

»Kannst du nicht wissen«, gab Milo zu bedenken.

»Aber fühlen. Sie ist wirklich toll«, sagte Vince mit abwesendem Gesichtsausdruck. »Deswegen möchte ich morgen bei Serpil auch Personenschutz für Cleo beantragen. Denn woher wissen wir, dass es der Täter nicht auf Miras Mission und ihre Mitarbeiter abgesehen hatte?«

Milo sah ihn an. »Vince!« War er von allen guten Geistern verlassen? Personenschutz? Das war doch völliger Quatsch! Und hätte noch dazu niemals eine Chance, genehmigt zu werden. Wenn dieser Mann doch nur ein einziges Mal mit dem Kopf und nicht mit einem anderen Körperteil denken würde, wenn er in die Nähe einer hübschen Frau kam! Er würde Cleo vermutlich alles versprechen, weil er auf sie stand. Nach einem unnötigen Personenschutz und einem Blankoscheck in Sachen Straffreiheit würde er ihr wohl als Nächstes anbieten, sie von der Einkommenssteuer zu befreien. »Sie kommt als Täterin infrage. Sie hatte Zugang zum Loft und kein Alibi.«

»Du tickst nicht mehr ganz richtig«, sagte er entschieden. »Warum hätte sie mir den USB-Stick geben sollen?«

»Keine Ahnung! Vielleicht, um dich auf eine falsche Spur zu lenken? Wo ist der Stick eigentlich her?« Milo stand auf und marschierte im Esszimmer auf und ab.

»Er wurde Miras Mission vor einigen Wochen zugespielt.«

»Aha. Und von wem?«

»Wusste Cleo nicht mehr.«

»Na schön. Aber warum gibt sie den Stick ausgerechnet dir? Was soll das?«

»Cleo wollte mir zeigen, wie es in den Betrieben zugeht. Sie meinte, wenn man das nicht selbst gesehen hat, glaubt man es nicht. Und sie hatte recht!«, antwortete Vince leidenschaftlich.

»Und was genau hat das mit dem Mord an Mira Mönchshagen zu tun? Gar nichts, Vince! Was ist denn eigentlich in dich gefahren?«

Als keine Antwort kam, drehte sie den Kopf und sah, dass Vince mit verklärtem Blick ins Nichts glotzte. Er seufzte tief, dann sagte er: »Milosevic, ich glaube, ich habe mich verliebt.«

9

5. April 2023, 10:00 Uhr, LKA Hamburg

Es war ihrem Kollegen Philipp deutlich anzusehen, dass er die Aufmerksamkeit der Runde hasste, die sich in diesem Augenblick vollständig auf ihn richtete. Nervös nestelte er an der Fernbedienung des Beamers herum, rückte sich die Brille zurecht und fuhr sich immer wieder durchs kurze Haar, das bald schon zu allen Seiten abstand.

»Wir sind vollzählig, Philipp«, sagte Serpil in einem freundlichen Tonfall, den Milo nur selten zu hören bekam. »Du kannst anfangen.«

»Ja, also, gut.« Er hustete einmal kurz und erhob schließlich die Stimme. »Wir haben uns nun einen ersten Überblick über die wichtigsten Devices von Mira Mönchshagen verschafft. Vor allem eines ist uns dabei aufgefallen. Die Tote schien wirklich häufig in Streitigkeiten verwickelt zu sein.«

Serpil klickte mit dem Kugelschreiber. »Privat oder beruflich?«

»Sowohl als auch. Aus dem WhatsApp-Verlauf haben wir erfahren, dass Mira Mönchshagen etwa eine Woche vor ihrem Tod eine heftige Auseinandersetzung mit einem gewissen Hendrik Fenner hatte.«

Milo und Vince wechselten Blicke.

»Worum ging es da?«, hakte Milo nach.

Philipp klickte auf die Fernbedienung, und ein Screenshot eines Nachrichtenverlaufs wurde an die Wand projiziert. Es schienen vor allem Sprachnachrichten zu sein, die Fenner und Mönchshagen ausgetauscht hatten. Philipp klickte ein Chart weiter, und eine Tonaufnahme wurde abgespielt.

»*Du denkst nur an dich und deine verschissenen Follower!*«, dröhnte die Stimme von Hendrik Fenner durch den Raum. »*Wann hast du eigentlich deine Seele verkauft, hä? Ich wette, du lässt dich von einem dieser reichen Schnösel ficken, du Heuchlerin! Weil genau so nennt man das, wenn man sich für Klicks und bisschen Aufmerksamkeit verkauft.*«

Auch die nächste Nachricht hatte es in sich. Milo zuckte instinktiv zusammen, als Miras Stimme erklang.

»*Du bist so ein bigotter Hurensohn!*«, schrie sie. »*Du predigst Wasser und säufst Wein. Wer wäre der große Idealist Hendrik Fenner denn ohne das Geld, das ich ihm jeden Monat überweise, hä? Fahr zur Hölle, du Arschloch! Keinen Cent bekommst du mehr von mir! Verhunger doch in deiner scheiß Kommune! Ich tanze auf deinem Grab, du blöder Wichser!*«

»Ay, caramba«, kommentierte Vince lautstark. »Die sind ja schlimmer als wir, Milo.«

Sie warf ihm ein schiefes Lächeln zu. Wo er recht hatte, hatte er recht. Und was hätte Valerie wohl zu dem Gezanke gesagt? Mit »Keine Du-Botschaften!« wäre sie bei den beiden Streithähnen nicht weit gekommen.

»Wissen wir, worüber genau die beiden streiten?«, warf Milo in den Raum.

»Fenner wollte offenbar einen Großschlachtbetrieb in der Nähe von Hamburg hochnehmen. Also dort einbrechen, Videos machen und auf den sozialen Medien teilen, vor allem auf Miras Account. Das lehnte sie aber kategorisch ab.«

»Aha. Und warum?« Milo dachte daran, wie oft die Tote in der Vergangenheit selbst in Mastbetriebe eingebrochen war. Moralisch konnte sie also keine Bedenken gehabt haben. Auch der USB-Stick mit dem Video von gestern Abend fiel ihr wieder ein. Ob die Person, die in die Stallungen eingebrochen war, Hendrik Fenner war?

»In dem Chat mit Fenner sagt sie zu einem früheren Zeitpunkt, dass sie zukünftig anderen Content erstellen will«, antwortete Philipp. »Weg von den Schockvideos, die ihrer Meinung nach nichts bringen, hin zu – ich zitiere – ›positiven und bestärkenden Affirmationen, die in ein anderes Mindset führen‹.« Er rückte die Brille auf der Nase zurecht. »Sie wollte raus aus der Szene. Zumindest raus aus dem Netzwerk der militanten Tierschützer.«

»Könnte sein, dass wirklich ein Umdenken bei ihr eingesetzt hat«, überlegte Milo. »Weil sie gemerkt hat, dass Geld doch nicht so schlecht ist, wie sie immer dachte. Oder dass die Horrorclips außer Hatern nichts bringen.«

»Das ist mein Stichwort«, sagte Philipp und klickte auf die nächste Folie. Darauf erkannte Milo unzählige Screenshots von Kommentaren, Direktnachrichten und Mails. Sie überflog die ersten Zeilen, und jedes Wort, das sie las, schockierte sie zutiefst. Ein öffentlicher Kommentar unter einem ihrer Posts lautete: *Ich werde dich finden, und dann werde ich dir die Möse aufschlitzen und dich auf alle erdenklichen Arten ficken.* Und in einer privaten Nachricht schrieb ein User mit dem Nickname reichsburger27892: *Ich hab mir ein Bolzenschussgerät gekauft. Damit werde ich dir in dein verschissenes Hirn schießen und dich danach ausbluten lassen.*

Milo riss die Augen auf. Auch Vince wurde aufmerksam.

»Entschuldigung, beschreibt dieser Reichsburger da zufällig den Tatverlauf? Und nennt er sich ernsthaft Reichsburger?«

Philipp nickte irritiert. »In der Tat. Ich möchte hinzufügen, dass dieses Profil nicht das Einzige ist, das sich in solchen Schlachtfantasien verfängt. Offenbar verleitete der Content von Miras Mission die Hater dazu, ihr genau den Tod zu wünschen, den sie in der Tierhaltung kritisierte.« Er klickte ein Bild weiter, und wieder füllte sich der Bildschirm mit hasserfüllten Nachrichten. »Nach der ersten Sichtung haben wir 233 Profile ermittelt, die regelmäßig auf Miras Profilen ihrem Ärger Luft machten, dazu kommen etwa achthundert bis tausend Accounts, die immer mal wieder, mehr oder weniger anonym, digital ausfällig werden.«

»233?!« Vince warf die Hände in die Höhe. »Super, dann sind wir bis Weihnachten vielleicht fertig.«

»Moment.« Philipp hob eine Hand. »Wir haben uns im weiteren Verlauf auf die User konzentriert, die explizite Morddrohungen ausgesprochen haben, damit konnten wir die Zahl auf fünfundvierzig reduzieren.«

Vince hob skeptisch die Augenbrauen.

»Und dann haben wir uns noch einmal die Profile angesehen, die in ihren Äußerungen an die Tat erinnerten: Bolzenschuss, Ausbluten, Häuten, Ausbeinen. Es blieben sieben Profile übrig.«

»Sehr gut«, lobte Serpil, aber Milo dachte sich: Was, wenn der Täter nie auf den sozialen Medien unterwegs war – oder nur als passiver Scroller? Wenn er inspiriert worden war durch die Hasskommentare der anderen, aber niemals selbst in Erscheinung trat? Dann würden sie den Falschen suchen.

»Ein Profil unter diesen sieben ist uns besonders aufgefallen. Gioia, übernimmst du?«

Die Kollegin erhob sich, pustete den langen Pony aus der Stirn und übernahm die Fernbedienung von Philipp. »Wir haben bei Instagram angefragt und tatsächlich die IP-Adressen der Nutzer bekommen. Damit konnten wir allen Profilen Klarnamen zuordnen.« Ein weiteres Chart erschien, darauf standen mehrere Namen, wovon einer gefettet war. »Wolfgang Proske ist dreiundfünfzig Jahre alt, wohnt in der Nähe von Buxtehude und trollt in seiner Freizeit unter verschiedenen Nicknames in den sozialen Medien. Er hat es vor allem auf junge, weibliche Influencer abgesehen, die sich Themen wie Umweltschutz, Body Positivity oder Feminismus widmen. Wir konnten ihn auch auf einigen INCEL-Portalen entdecken. Falls euch das nichts sagt, INCEL steht für *involuntary celebates,* Männer, die Frauen dafür hassen, dass sie sich ihnen sexuell verweigern. Proske ist nicht erwerbstätig, da er seit einem Unfall von seiner Berufsunfähigkeitsversicherung lebt. Davor arbeitete er als Busfahrer.«

»Mal abgesehen von seinem Hobby, Hassnachrichten zu verbreiten – was qualifiziert ihn denn als potenziellen Mörder?« Milo legte den Kopf schief.

Gioia lächelte. »In ihrem Untersuchungsbericht schrieb Dr. Süß, dass der Täter möglicherweise Ahnung vom Zerlegen eines Tierkadavers oder menschlichen Körpers hat. Ein Metzger oder ein Chirurg wüssten beispielsweise, wie man einen Leichnam professionell ausnimmt.«

»Und ein Busfahrer auch?«, rutschte Vince heraus, was Milo heruntergeschluckt hatte.

Gioia zog eine Augenbraue hoch. »Das nicht. Aber er hat einen Jagdschein und scheint, wenn man seinem Facebook-Profil Glauben schenken darf, sehr aktiv in der Szene zu sein.«

Sie klickte ein Bild weiter. Mehrere Fotos von Proske erschienen, der neben toten Tieren mit zum Teil aufgeschnittenen Leibern hockte und zufrieden in die Kamera grinste.

Serpil blickte Milo und Vince an. »Dann mal los.«

»Es tut mir wirklich leid. Dein Verlust.«

Ihr Blick klebte am schwarzen Leichenwagen, der in diesem Moment mit knirschenden Reifen vom Hof fuhr. Langsam drehte sie den Kopf in Richtung des Arztes. Sie kannte ihn, schon ihr Leben lang. Als Kind hatte er ihr bunte Pflaster auf die Einstichstellen der Impfungen geklebt. Als die Mutter krank wurde, war er es gewesen, der ihr erklärt hatte, was Krebs bedeutet und wieso es keine Heilung gab. Er hatte Worte gefunden, als ihr Vater verstummte, hatte ihr die Hand auf die Schulter gelegt und ihr versprochen, dass der Schmerz eines Tages nachlasse. Dieselbe Hand ruhte nun wieder auf ihrer Schulter. Zum Trost.

»Dein Vater war …« Der Arzt zögerte. »Er war kein glücklicher Mensch. Seitdem deine Mutter … und dann der Hof.« Er nahm die Hand von ihrer Schulter und sah sich um. »Der wirft doch schon lange nichts mehr ab.«

Der Gedanke, dass ihr Vater alles an Landglück verkauft hatte, ließ sie frösteln. Vielleicht war es auch die kalte Winterluft. Sie hatte keine Jacke an.

Vier Stunden waren vergangen, seitdem sie ihren Vater in der Küche getötet hatte. Mit dem Messer in der Hand hatte sie vor dem noch warmen Leichnam gestanden, und die Lust, die Klinge in sein Fleisch zu stoßen, war beinahe übermächtig gewesen.

Wie es sich wohl anfühlte, kein Schwein, sondern einen Menschen zu zerteilen? Ihren Vater aufzuschneiden? Seinen Brustkorb und Bauchraum mit dem Messer zu öffnen, die Organe zu entnehmen, die Filets aus dem Rücken zu lösen? Die Wut in ihr hatte gebrodelt, und egal, wie lange sie gewartet hatte, weder Reue noch Schuld und erst recht keine Trauer hatten sich einstellen wollen.

Und dann hatte sie gedacht: Soll ich für diesen alten Sack, diesen Dieb, wirklich ins Gefängnis gehen? Soll ich bestraft werden für etwas, was er sich selbst zuzuschreiben hat?

Ihr Vater war im Dorf als Eigenbrötler bekannt, als Einsiedler mit der

Tendenz zur Schwermut. Nie sah man ihn lächeln, selten in guter Laune. Alle mussten denken, dass er an Depressionen litt, auch weil jeder im Dorf wusste, wie schlecht der Hof lief. Und heute hatte er den Vertrag unterschrieben, in dem er alles an Landglück verkaufte – ausgerechnet. Den großen Konkurrenten, die seelenlose Fleischverarbeitungsmaschine.

Es war ein Risiko, es wie einen Selbstmord aussehen zu lassen. Aber ein Risiko, das sie gern einging. Was hatte sie schon zu verlieren?

Sie legte das Messer wieder weg, atmete tief durch und zügelte ihre Wut. Sie zog sich die Gummistiefel an, holte die Schubkarre aus dem Stall und hievte den toten Körper hinein. Er war schwer, aber sie war stark, die Arbeit, die sie tagtäglich verrichtet hatte, zahlte sich in diesem Moment aus.

In der alten Scheune, die sie nur mehr als Garage für den Traktor nutzten, hängte sie ein dickes Seil mit einer Schlaufe ins Gebälk. Es war nicht leicht, den schlaffen Leichnam nach oben zu ziehen, zum Glück wusste sie, wie man einen Flaschenzug benutzte. Danach suchte sie einen alten Schemel, der irgendwo in der Ecke lag, legte ihn in einem halben Meter Abstand quer auf den Boden unter die Leiche und ging zurück ins Haus.

Den Kaufvertrag fand sie auf der Anrichte in der guten Stube, fein säuberlich in eine Klarsichtfolie getütet. Das Datum war von heute. 6. Februar. Anschließend rief sie den Notruf an. »Mein Vater … Er …« Sie stockte, und es war nicht einmal gespielt. Denn jetzt, als sie versuchte, die Worte in den Mund zu nehmen, das Unsagbare zu sagen, begriff sie mit einem Mal, dass sie nun wirklich allein war. Dass es niemanden mehr gab, auf den sie Rücksicht nehmen musste. Niemanden, der ihr reinredete. Es gab nur noch sie. Ein überwältigendes Gefühl des Glücks erfüllte sie. Nie wieder würde sie zulassen, dass ein anderer über sie bestimmte. Nie wieder würde sie den Kopf einziehen, wie es ihr Vater immer getan hatte. Nie wieder würde sie hinnehmen, was sie nicht hinnehmen wollte.

Nie wieder.

»Wird es eine Obduktion geben?«, fragte sie den Arzt, während sie den roten Rücklichtern des Leichenwagens hinterhersah.

Er wog den Kopf hin und her. »Das entscheidet die Staatsanwaltschaft. Bei Suizid ist die Obduktion eigentlich Pflicht. Aber … Wir wussten doch, dass es Rolf nicht gut geht.«

Sie nickte langsam. »Es ging ihm nicht gut, nein.«

»Das Leben geht weiter«, sagte der Arzt, wohl weil er sie trösten wollte.

Sie blickte ihn an. »Ich weiß.«

10

5. April 2023, 12:00 Uhr, Buxtehude

Wenn Milo an Buxtehude dachte, fielen ihr der pittoreske Kanal und die alten, eng aneinandergeschmiegten Häuser der Altstadt ein, die für die Hanse typisch waren. Natürlich war ihr bewusst, dass selbst die schnuckeligste, hübscheste Kleinstadt einen spießigen Speckgürtel haben konnte – die Gegend, in der Wolfgang Proske wohnte, überraschte jedoch selbst sie. Es war ein klassischer Vorort, nichtssagend und aufgeräumt, mit Buchsbaumhecken und Jägerzaun, kitschigen Figuren und Gartenzwergen im Vorgarten, sauber geharkten Steinplatten und Geranien in den Beeten vor den Fenstern.

»Das ist doch nicht die richtige Adresse«, sagte Vince nach dem ersten skeptischen Rundumblick.

Milo warf einen Blick auf ihr Handy. Die Navigationsapp verriet ihr, dass sie genau vor dem Einfamilienhaus standen, in dem Proske laut Einwohnermeldeamt wohnte. Es war etwas in die Jahre gekommen, wirkte jedoch adrett. Alles so, wie es sein sollte, durchschnittsdeutsch vom Dachgiebel bis zum Unterstand für die Mülltonnen. Aus einem Grund, den Milo nicht benennen konnte, fiel es ihr schwer, sich hinter dieser hübschen, wenn auch langweiligen Fassade einen notorischen Frauen-Hasser und Internettroll vorzustellen.

»Da lang«, sagte sie und ging voran, Vince und Gioia im

Schlepptau, verfolgt von den misstrauischen Blicken zweier älterer Damen, die auf der gegenüberliegenden Straßenseite standen und über den Zaun hinweg ein Pläuschchen hielten. Der Yorkshireterrier, den die Frau auf der Straße an der Leine führte, kläffte.

Milo öffnete das Gartentürchen und ging voran. Sie folgten einem gepflasterten Weg, der sie zur Haustür führte. Proskes Name stand auf dem Klingelschild.

»Schön hier«, murmelte Vince. Er war mittlerweile wieder besser zu Fuß und hatte darauf bestanden, den Rollstuhl im Auto zu lassen. Im Grunde setzte er sich nur noch in das Ding, wenn er im LKA und Serpil in der Nähe war. Milo missfiel Vince' Entscheidung, seinen Gesundheitszustand nun selbstständig zu beurteilen, doch sie würde sich hüten, ihn deswegen zu kritisieren. Die letzte Auseinandersetzung war noch nicht lange her. Denn auf seine Offenbarung, er habe sich in Cleo Petersen verliebt, hatte Milo natürlich nicht mit Gratulationen reagiert. Vielmehr war sie lauter geworden, als sie beabsichtigt hatte – sehr zum Missfallen von Valerie.

»Hast du eigentlich ein Rad ab? Du bändelst mit einer Zeugin an, die wir immer noch nicht als Verdächtige ausschließen können? Hackt es bei dir?«, waren noch die freundlichen Fragen gewesen, die Milo auf Vince niederregnen ließ.

Der hatte erst mit den Augen gerollt, dann versucht, sich zu erklären, und schließlich in derselben Lautstärke wie Milo zum Gegenschlag ausgeholt: »Auf deine Meinung in dieser Angelegenheit lege ich nicht nur keinen Wert, liebe Milo, ich möchte auch, dass du dich aus meinen Angelegenheiten heraushältst, genau wie ich mich aus deinen raushalte!«

Milo fand, dass er das kein bisschen tat, immerhin ging er bei ihrer Freundin in Therapie und wusste als einer von sehr wenigen Menschen von ihrer ansonsten geheimen Partnerschaft – gleichwohl war sie froh, dass Vince und sie endlich einen halbwegs vernünftigen Umgang miteinander gefunden hatten, den sie nicht gleich wieder aufs Spiel setzen wollte.

»Na, dann mal los«, sagte Milo und drückte auf den Klingelknopf. Ein Gong im Inneren des Hauses erklang, und es dauerte nicht lang, bis Milo durch die im Stil der 50er-Jahre gesetzten Glasbausteine neben der Tür eine Silhouette erkannte. Gleich darauf wurde die Tür von einem Mann geöffnet. Wolfgang Proske wirkte durch und durch unauffällig – genau wie das Haus, in dem er lebte. Er trug einen aus der Mode gekommenen Feinstrickpullover mit hässlichem grafischem Muster, der den Exemplaren, die ihr Kollege Horst Tag für Tag trug, bis auf die letzte Masche glich, dazu eine beigefarbene Hose und Pantoffeln.

»Ja bitte?« Proske schob sich mit dem Zeigefinger die Brille auf der Nase zurecht.

»Guten Tag, Milosevic, Kripo Hamburg.« Milo hob ihren Ausweis hoch. »Dürfen wir hereinkommen?«

Proske blinzelte, blickte sichtlich irritiert von einem zum anderen. »Worum geht es denn?«

»Das würden wir gern drin besprechen«, wich Milo aus, und als Proske sich nicht rührte, schob sie hinterher: »Oder bei uns im Büro.«

Er schluckte so schwer, dass sein Adamsapfel hüpfte. Proske lehnte sich ein Stück aus der Tür, aber erst als er die Nachbarinnen auf der anderen Straßenseite sah, die mit langen Hälsen in ihre Richtung glotzten, öffnete er die Tür zu seinem Haus und bat sie hinein.

»Wären Sie so freundlich, die Schuhe auszuziehen?«, bat er Milo, Vince und Gioia, bevor er sie ins Wohnzimmer eintreten ließ.

Sie warfen sich vielsagende Blicke zu. Wenn Proske wirklich ihr Mann war und beispielsweise versuchen würde, über die große

Fensterfront in den hinteren Garten zu flüchten, wären sie alle auf Socken unterwegs. Andererseits wirkte die Vorstellung, dass dieser Typ ein brutaler Mörder war, der die junge Influencerin fachmännisch ausgenommen hatte, in diesem Moment beinahe absurd.

Milo streifte die Sneaker ab, Vince schleuderte die Turnschuhe von den Füßen. Nur Gioia tat nichts dergleichen. Als Proske sie auffordernd ansah, antwortete sie: »Ich habe Schweißfüße.« Er verzog das Gesicht, Vince verkniff sich ein Lachen, und Milo dankte der Kollegin im Stillen für ihre Geistesgegenwart. Käme es wirklich zu einer Verfolgungsjagd durch den Garten, hätte immerhin Gioia geeignetes Schuhwerk an.

»Ich habe gerade Kaffee aufgesetzt«, sagte Proske, als er sie ins Wohnzimmer geführt und gebeten hatte, auf einem hässlichen Sofa Platz zu nehmen, dessen gemusterter Polsterbezug an die Sitze im öffentlichen Nahverkehr der 90er-Jahre erinnerte.

»Kein Kaffee für uns«, sagte Milo schnell und wartete darauf, dass auch Proske sich niederließ.

»Worum geht es denn nun?«, wollte er wissen, als er endlich saß, und schlug die Beine übereinander.

»Herr Proske, wir ermitteln in einem Tötungsdelikt in Hamburg und sind im Zuge unserer Ermittlungen auf Ihren Namen gestoßen«, hob Milo an.

Proske machte ein ungläubiges Gesicht. »Auf meinen Namen? Da liegt doch sicher eine Verwechslung vor.« Er lachte unsicher auf.

»Kennen Sie eine Mira Mönchshagen?« Milo ließ den Mann nicht aus den Augen, beobachtete jede noch so kleinste Regung in seinem Gesicht.

»Mira wie?« Er wirkte aufrichtig überrascht.

»Mira Mönchshagen. Sie ist in den sozialen Medien mit dem Profil Miras Mission bekannt.«

Proske wollte schon antworten, doch er zögerte. Seine Augenbrauen zogen sich zusammen, er stutzte. Dann sagte er: »Doch. Ja, dieser Name sagt mir etwas.«

Milo zog einen Stapel mit Papieren aus der Jackentasche, suchte nach einer Textstelle und las vor: *»Du dummes Stück grüne Scheiße, einfach mal die Fresse halten und begrabe dich für diese erbärmlichen Aussagen!«* Sie hob kurz den Blick, schaute Proske in die Augen. Er sah sie unverwandt an. *»Verschwinde, geh zurück in dein dreckiges Loch, aus dem du gekrochen bist, und nimm die verfickten Flüchtlinge und deine vegane Wurst gleich mit! Sonst hänge ich dich genauso auf wie die Schweine, die du uns wegnehmen willst!«* Sie räusperte sich. »Kommen Ihnen diese Worte bekannt vor?«

Proske faltete die Hände im Schoß. »Natürlich. Ich habe Sie geschrieben.«

»Unter dem Namen ehrbar_7019?«

Er nickte. »Ich mache mir große Sorgen um dieses Land.«

Milo zog die Augenbrauen hoch. »Das machen sich einige Leute. Aber die meisten beschimpfen keine Personen im Internet deswegen.«

Proske schnaufte. »Irgendwo muss ich meinem Ärger doch Luft machen!«

»Müssen Sie das?«

»Aber ja! Alles wollen sie uns wegnehmen, alles! Das Fleisch. Die Arbeitsplätze. Jetzt auch noch die Verbrennermotoren. Was kommt denn als Nächstes?«

»Herr Proske, wer sind denn diese Leute, die Ihnen alles wegnehmen wollen?«

»Na, die Umweltschützer. Und diese Leute, die jetzt immer wollen, dass man alles gendert.« Er lachte auf. »Das ist doch alles lächerlich.«

Milo wusste im ersten Moment nicht, was sie sagen sollte. Einerseits war sie irritiert, weil Wolfgang Proske aufrichtig besorgt schien. Andererseits, weil er sich sehr freundlich verhielt. Seine Aussagen standen den Kommentaren und Mails an Miras Mission inhaltlich zwar in nichts nach, und er schien sich auch nicht zu schämen. Im Gegenteil, er war wirklich überzeugt von dem, was er da absonderte.

»Jagen Sie noch, Herr Proske?«, wechselte Milo plötzlich das Thema.

Der Mann warf sich in die Brust. »Einmal in der Woche, im Herbst sogar noch häufiger.«

»Und Sie nehmen die Tiere, die Sie schießen, selbst aus?«

Er blinzelte. »Das ist nicht verboten.«

»Keineswegs«, gab Milo zu, auch wenn sie beim besten Willen nicht verstehen konnte, wie man in seiner Freizeit gern Tiere töten konnte. »Man könnte also sagen, dass Sie sich mit dem Ausnehmen von Kadavern auskennen?«

Proske kniff die Augen zusammen. »Was soll die Scheißfrage?«

»Ganz ruhig, Herr Proske«, mischte Gioia sich ein. »Kein Grund, unfreundlich zu werden.«

»Ich weiß doch genau, was die dumme Kuh mir da unterstellen will! Dass ich ein Tierquäler bin. Ist es das? Ja?« Der Kopf des Mannes wurde rot, und eine dicke Ader auf seiner Stirn fing an, gefährlich zu pulsieren, als er die Worte hervorstieß. »Ich jage, und ich schlachte. Na und?«

Vince, der offenbar die Situation deeskalieren wollte, lehnte sich vor. »Herr Proske, ich würde gern von Ihnen wissen, wo Sie vergangenen Samstag und den darauffolgenden Sonntag waren.«

Der Mann blinzelte, offenbar irritiert vom erneuten plötzlichen Themenwechsel. »Werde ich verdächtigt? Weil ich manchmal meine Sorgen im Internet mitteile? Oder einen Jagdschein habe? Was wollen Sie mir eigentlich noch alles unterstellen?«

Milo musste sehr tief durchatmen, um nicht zu explodieren.

Sie war froh, dass Vince die Gesprächsführung übernommen hatte.

»Beantworten Sie bitte meine Frage.«

»Das ist ja wie beim *Tatort*!«, rief Proske und schien nun ein wenig aufgekratzt. »Aber das kann ich ganz schnell beantworten: Ich war in Südtirol.«

»Südtirol?«

Er nickte. »Mit dem Kegelclub. Einmal im Jahr machen wir eine Reise zusammen.«

»Können Sie uns vielleicht eine Bestätigung dafür zeigen? Flugtickets? Hotelreservierungen?«

»Wir sind mit dem Bus gefahren«, erzählte Proske munter weiter, stand auf, ging zur Schrankwand und öffnete eine Lade. Er holte eine Digitalkamera hervor, aktivierte das Display und hielt das Gerät Vince hin. »Da, schauen Sie selbst. Ich war in Südtirol.«

Vince nahm die Kamera entgegen und klickte ein wenig darauf herum. »Scheint zu stimmen.«

Milo sackte unmerklich in sich zusammen. Wenn Proske wirklich ein Alibi hatte, verloren sie den einzigen möglichen Tatverdächtigen, den sie bislang hatten, und würden noch viel, viel mehr Zeit im Internet bei den Trollen und Hatern verbringen.

»Wir würden die Kamera gern mitnehmen, für die Forensik«, fuhr Vince fort.

Proske ruckte mit dem Kopf. »Dafür hätte ich gern eine Quittung. Dass Sie die Kamera mitgenommen haben.«

»Wieso? Haben Sie Angst, dass die Polizei klaut?«

Der Mann drückte die Schultern nach hinten. Sein Blick wanderte erst zu Gioia, dann zu Milo. »Man kann nie wissen.«

Als sie zehn Minuten später im Auto saßen und zurück in die Stadt fuhren, war die Stimmung gedrückt.

»Das ist also einer dieser Hater«, sagte Vince langsam, während er sich weitere Bilder auf der Digitalkamera ansah. »Nach außen ein Langweiler, aber innen drin brodelt ein Vulkan.«

»Würde mich nicht wundern, wenn Philipp bei der Untersuchung der Kamera aus Versehen alle Bilder löscht«, meinte Gioia grinsend.

Milo lächelte knapp. »Ein Restrisiko besteht immer.« Sie seufzte. »So oder so, er war es nicht. Er ist ein Arschloch, wählt vermutlich die AfD, aber er hat ein Alibi. Scheiße.«

»Ich wette, die meisten dieser Leute, die solche Hasskommentare im Netz absetzen, sind genau wie dieser Wichser«, grollte Vince. »Labern was von Sorgen, die sie sich machen, dabei sind sie selbst die größte Bedrohung für die Demokratie!«

»Wir werden es in jedem Fall herausfinden. Immerhin stehen noch sechs weitere Kandidaten auf unserer Liste.« Gioia grinste schief. »Yeah.«

Vince nagte an der Unterlippe. »Ich frage mich wirklich, was das für ein System ist, in dem wir da leben.«

Milo fädelte sich auf der Bundesstraße in Richtung Hamburg ein. »Was meinst du?«

»Auf ein Opfer kommen über zweihundert mögliche Täter, die sie offenbar aus tiefster Seele gehasst haben. Und wir können nur zuschauen. Warten, dass etwas passiert.« Er schlug wütend auf das Armaturenbrett. »Das ist doch scheiße!«

»Beruhig dich. Deine Wut hilft dir nicht weiter.«

Er sah sie ärgerlich an. »Und was hilft weiter, Hauptkommissarin Milosevic? Wie kann man gegen Menschen argumentieren, denen offenbar jemand ins Hirn geschissen hat? Wie viele Beleidigungen, Übergriffe oder sogar Morde muss es denn noch geben, bevor wir endlich etwas unternehmen können?«

Darauf wusste Milo nichts zu sagen, weshalb sie schwieg. Auch

Vince schien nichts hinzufügen zu wollen. Umso überraschter war Milo, als Gioia plötzlich das Wort erhob.

»Sag mal, hast du heute Abend noch was vor?«

Milo drehte den Kopf zur Seite und sah die Kollegin an. Gioia wollte wissen, wie ihre Abendplanung aussah? Noch dazu vor Vince, der sich von der Rückbank nach vorn zwischen die Sitze beugte und aufmerksam zuhörte.

»Ich glaube nicht, dass ich besonders viel vom Abend haben werde, wenn wir noch weitere Hater ermitteln dürfen«, erwiderte Milo ausweichend. Es war ihr unangenehm, dass Gioia sie fragte. Auch wenn sie nicht wusste, *wonach* sie genau fragte. Nach einem Date? Oder wollte sie mit Milo noch einmal die bisherigen Spuren auswerten? Unwahrscheinlich.

»Wir könnten ja mal was trinken gehen«, fuhr Gioia fort, ohne Milo aus den Augen zu lassen.

»Cool!«, meldete sich Vince von der Rückbank. »Es gibt da eine neue Kneipe bei mir um die Ecke. Da wollte ich sowieso mal hin.«

»Eigentlich«, sagte Gioia langsam, »wollte ich mit Milo allein sein.«

Milo schluckte, ihr Mund war plötzlich ganz trocken. Also fragte Gioia sie wirklich nach einem Date. Und Vince bekam alles mit! Vince, der ausgerechnet bei Valerie seine Therapiestunden absaß … ein Albtraum.

»Ein anderes Mal vielleicht«, sagte Milo, wobei sie sich sofort fragte, warum sie Gioia nicht einfach sagte, dass sie in einer Beziehung war und deswegen nicht auf Dates mit anderen Frauen ging. Vor allem keinen Frauen, mit denen sie arbeitete.

»*Wir* könnten nachher noch ein Bierchen zischen«, schlug Vince Gioia vor, wohl um die merkwürdige Stimmung im Wagen aufzulockern, die sich seit Gioias Frage und Milos Antwort breitmachte. »Also du und ich.«

»Ein anderes Mal vielleicht«, wiederholte Gioia Milos Worte, zog ihr Handy aus der Tasche und begann, auf dem Display herumzutippen.

»Oookay.« Vince wirkte ein bisschen eingeschnappt, doch Milo hatte keinen Nerv, sich damit zu beschäftigen. Warum wollte Gioia mit ihr ausgehen? Machte sie sich etwa Hoffnungen? Sie wusste doch, dass Milo vergeben war. Oder?

»Sag mal, Gioia«, setzte Vince erneut an, der allem Anschein nach nicht kapierte, wann es besser war, die Klappe zu halten, »wo kommst du eigentlich her? Wir hängen dauernd mit dir ab, wissen aber im Grunde gar nichts über dich.«

Die Kollegin lächelte knapp. »Vielleicht ist das ja Absicht.«

»Ach, komm schon«, nörgelte Vince weiter.

Gioia grinste. »Meine Familie kommt aus Kalabrien. Ursprünglich. Geboren bin ich in Tropea, aber als ich fünf Jahre alt war, bin ich zu meinem Onkel und meiner Tante nach Hamburg gekommen.«

»Warum?«, wollte Vince wissen.

Gioia schwieg einen Moment. »Mein Vater hatte eine Autowerkstatt in einem winzigen kalabrischen Dorf. Als er sich weigerte, das Schutzgeld der 'Ndrangheta zu bezahlen, haben sie ihn so lange an einer Kette hinter einem Auto hergeschleift, bis er tot war.«

Milo wäre beinahe auf die Bremse getreten, so sehr schockten sie Gioias Worte. »Das ist ja fürchterlich. Es tut mir leid, das … ich weiß nicht, was ich sagen soll.«

Die Kollegin zuckte mit den Schultern. »Ist lange her. Ich erinnere mich kaum an ihn. Aber ja, die Sache hat wohl auch was damit zu tun, dass ich heute selbst Jagd auf die bösen Jungs mache.«

Milo verstand. Gioia gehörte dem Dezernat für Organisierte Kriminalität und Rauschgiftkriminalität an und schlug sich normalerweise mit der Mafia, Waffenschiebern, Menschenhändlern und Drogenbaronen herum.

»Und wo bist du aufgewachsen? Bei deinen Verwandten, meine ich?«, nahm Vince den Faden wieder auf, und Milo war froh, dass er das Thema gewechselt hatte.

»In Rahlstedt.«

»Ist ein bisschen anders als Süditalien«, sagte Vince mit sarkastischem Unterton in der Stimme.

»Ein bisschen«, stimmte Gioia ihm lächelnd zu.

Als sie auf der Bundesstraße in den stockenden Verkehr kamen, hatte Milo Zeit, ihren Gedanken nachzuhängen. Auch wenn sie keine solche Tragödie als Kind hatte erleben müssen, klang es doch so, als hätten Gioia und Milo ein bisschen etwas gemein. Sie beide waren in einem anderen Kulturkreis aufgewachsen, mit anderen Traditionen und Familienbanden. Manchmal war das zwischen Valerie und ihr ein Problem, weil ihre Freundin eben nicht verstand, dass es Dinge gab, die man mit seinen serbischen Eltern nicht am Abendbrottisch bequatschen konnte. Wie beispielsweise: Ich stehe auf Frauen.

Eine Melodie riss sie aus den Gedanken. *Somewhere over the rainbow.* Ihr Handyklingelton. Serpil rief an.

»Serpil, wir sind auf dem Weg zurück in die Stadt. Proske war ein Reinfall, wenn auch einer der besonders widerwärtigen Sorte. Wir –«

»Dreht um«, sagte Serpil bestimmt. »Zurück nach Buxtehude.«

»Warum?«

Zuerst war es einen Moment lang still. Dann dröhnte die Stimme der Chefin durch den Passat: »Wir haben eine weitere Leiche.«

II

5. April 2023, 13:30 Uhr, Buxtehude

Es hatte zu regnen begonnen, und das Wasser spritzte zu allen Seiten, als Milo den Passat nach einer halben Stunde schwungvoll in die Parkbucht bugsierte. Sie waren in einem anderen Teil von Buxtehude, einem sehr viel hübscheren, in dem die Grundstücke ausladend und die Einfamilienhäuser groß waren. Hier gab es keine Buchsbaumhecken und Gartenzwerge, hier gab es Oleander und Hortensien, Rosenbögen und Hochbeete, schicke Loungemöbel und hochpreisige Gasgrills. In den Einfahrten standen SUVs der großen Marken, aber auch Family-Vans. Und doch war eines ähnlich: Auch hier drückten sich Nachbarn in der Nähe herum und verrenkten sich die Hälse, um einen Blick auf das zu erhaschen, was sich hinter dem Rettungswagen mit Blaulicht, den Transportern der Spurensicherung und den beiden Streifenwagen abspielte. Konnte es tatsächlich Zufall sein, dass gerade hier in unmittelbarer Nähe zu Proskes Wohnort plötzlich eine weitere Leiche aufgetaucht war?

Ein rot-weiß gestreiftes Band der Polizei flatterte bereits im kalten Frühlingswind. Milo, gefolgt von Gioia und Vince, schob sich darunter hindurch und lief über den ordentlichen Kiesweg zum Haus.

Auf der Treppenstufe vor der Haustür saß ein junger uniformierter Polizist, vielleicht Mitte zwanzig. Er war weiß wie die

Wand und hielt eine Brechtüte in der Hand. Kurz blieb Milo bei ihm stehen.

»Mach dir nichts draus«, sagte sie tröstend. »Das ging jedem von uns mal so.«

Er nickte, dann erbrach er sich erneut in die Tüte. Milo ging weiter.

Kaum dass sie das Haus durch die moderne Tür betreten hatten, wurden sie vom Geruch des Blutes begrüßt. Milo drehte sich zu Vince um, der tief durchatmete und sich dann Handschuhe und Schuhüberzieher aus zwei Pappspendern auf dem Sideboard zog und diese auch Milo und Gioia hinhielt.

»Kommt mir irgendwie bekannt vor«, stöhnte er, während er versuchte, die vom Regen feucht gewordenen Finger in die Gummihandschuhe zu zwängen. »Es riecht genau wie beim letzten Mal.«

Milo wollte ihn schon tadeln, keine voreiligen Schlüsse zu ziehen, doch ein innerer Impuls ließ sie zögern. Wenige Sekunden später wusste sie, dass Vince recht hatte. Sie betraten das geräumige Wohnzimmer mit sicher fünf Meter hoher Decke und einer Galerie auf halber Höhe im hinteren Bereich des Raumes. Von deren Geländer hing an einer Kette und einem Fleischerhaken kopfüber ein toter Mann. Sein Bauchraum war geöffnet, Organe schienen entnommen worden zu sein, seine Kehle zierte ein tiefer Schnitt, und sein Kopf war vollständig mit seinem eigenen Blut überströmt.

»Scheiße.« Milo stemmte die Arme in die Hüften und hielt einen Augenblick inne. Auch wenn sie wusste, dass sie erst nach der Obduktion wirklich sicher sein konnten: Auf den ersten Blick war die Sache klar. Es war dasselbe Vorgehen wie bei Mira Mönchshagen. Dieselbe Inszenierung. Dieselbe Handschrift.

»Ich würde ja sagen, ich freue mich, euch zu sehen, aber …«

Die zierliche Gestalt von Dr. Susanne Süß tauchte auf. Der weiße Overall, den sie trug, war an den meisten Stellen blutverschmiert.

Milos Blick wanderte durch den Raum. Das Opfer hatte einen guten, wenn auch etwas beliebigen Geschmack gehabt. Viel Chrom, noch mehr schwarzes Leder und glänzende Oberflächen – die gesamte Einrichtung wirkte sehr männlich, sie hätte darauf gewettet, dass der Mann allein lebte.

»Uwe Kübel, achtundvierzig Jahre alt, geschieden. Wohnt seit zwei Jahren hier, arbeitet als Bankberater in der Sparkasse Buxtehude. Keine Freundin. Kinder leben bei der Mutter.« Sie zeigte auf den rot-schwarzen, blutigen Kopf. »Er wurde mit einem Bolzenschussgerät in die Stirn getroffen, danach hat der Täter ihm die Kehle aufgeschnitten und ihn ausbluten lassen.« Susi Süß machte eine unbestimmte Geste auf die vereinzelten Blutspritzer auf dem Dielenboden.

»Aber wo ist das Blut?« Milo betrachtete das Mosaik aus Tropfen. »Fünf bis sechs Liter müssen das doch gewesen sein.«

Susi hob die Augenbrauen und nickte. Dann drehte sie sich um und bedeutete ihnen zu folgen. »Der Täter hat – anders als bei Mönchshagen – das Blut in einer großen Wanne gesammelt, die er, so wie es aussieht, vermutlich aus dem Gartenschuppen des Opfers entwendet hat.«

Die Rechtsmedizinerin lief vor ihnen her in ein Badezimmer im Erdgeschoss, in dem sich eine Eckbadewanne befand. Hier war der Geruch nach Metall besonders stark. »Und dann hat er alles in die Badewanne geschüttet und die Organe und Filetstücke hineingelegt.«

»Wow.« Vince stand an der Badewanne und starrte über den Rand. »Sind es die gleichen Organe wie bei Mönchshagen?«

»Herz, Milz, Leber, Nieren.«

»Oh Mann.« Vince hielt sich schützend die Hand vor den Bauch.

»Also hat der Täter sein Vorgehen verändert?«, hakte Milo nach und versuchte, nicht in die Badewanne zu schauen, in der die Organe in der dunklen, fast schwarzen zähflüssigen Masse schwammen.

»Minimal, ja. Er hat das Blut nicht einfach ins Bett laufen lassen wie im Loft, das wäre aufgrund der baulichen Verhältnisse auch gar nicht gegangen. Er konnte das Opfer nur am Geländer der Galerie aufhängen, und darunter war nun mal nichts als Holzboden. Also hat er das Blut aufgefangen, in die Badewanne geschüttet und hinter sich aufgeräumt, so gut es ging.«

»Spuren?«

Bedauernd hob Dr. Süß die Schultern. »Zumindest keine offensichtlichen, alles andere müssen wir abwarten.«

»Klar.« Milo seufzte. Ein Täter, der sein Vorgehen veränderte, war das eine. Ein Täter, der sein Vorgehen verbesserte, war etwas völlig anderes.

»Hatte das Opfer irgendetwas mit Umweltschutz zu tun?«, wollte Gioia wissen, die sich bis jetzt eher im Hintergrund gehalten hatte. »Oder mit Miras Mission? Hat der Mann vielleicht einen Kredit für den Verein bewilligt, ihr bei der Finanzierung des Lofts geholfen oder dem Verein mal was gespendet?«

»Das müssen wir herausfinden«, sagte Milo ernst und wandte sich dann wieder an Dr. Süß. »Seit wann ist er tot?«

Die Rechtsmedizinerin wiegte den Kopf hin und her. »Ich schätze seit zwölf Stunden. Vielleicht vierzehn.«

»Wurde er im Schlaf überrascht?«

»Es macht den Anschein. Das Bett ist nicht gemacht, den Schlafanzug haben wir zerrissen im Schlafzimmer oben gefunden.«

»Der Täter könnte sich Zutritt verschafft haben, das Opfer im Schlaf mit dem Bolzenschussgerät getötet, ausgezogen und dann zur Galerie geschleift haben«, mutmaßte Gioia.

Vince schauderte. »Was für eine unheimliche Vorstellung. Man geht ins Bett, schläft ein, und dann …«

Milo sah ihn an. »Besser im Schlaf sterben als bei vollem Bewusstsein.«

»Ja, schon. Aber …« Er schüttelte sich wieder. »Ich glaube, ich will heute Abend nicht allein sein.«

Gioia schmunzelte, Milo verzog das Gesicht, nur Dr. Süß errötete leicht.

»Du kannst ja bei mir in der Rechtsmedizin vorbeischauen und bei der Obduktion dabei sein«, schlug sie mit einem schüchternen Lächeln vor.

»Ha!«, machte Vince im Affekt, weil ihm die Vorstellung, sich zwischen lauter aufgeschnittenen Toten weniger allein zu fühlen als in seiner eigenen Wohnung, wohl genauso absurd vorkam wie Milo. »Ich überleg es mir, danke.«

»Gibt es sonst noch etwas über diesen Kübel? Umweltschützer? Weltverbesserer? Althippie?« Milo schaute Dr. Süß forschend an.

»Ein Banker *und* Weltverbesserer?« Vince zog fragend die Brauen nach oben. »Das glaubst du doch selbst nicht.«

»Na ja, wir brauchen irgendetwas, das ihn mit Mira Mönchshagen verbindet. Danach sollten wir als Erstes Ausschau halten.«

Vince nickte, dann legte er die Stirn in Falten und fragte: »Wie kam der Täter denn eigentlich ins Haus? Gibt es hier nicht so was wie eine Alarmanlage?«

»Es gibt eine, aber die war offenbar aus«, erklärte Dr. Süß. »Vielleicht aktivierte das Opfer sie nur, wenn es das Haus verließ.«

»Ein Fehler«, sagte Vince langsam.

»Und was für einer«, ergänzte Milo und blickte wieder in die volle Badewanne.

12

5. April 2023, 16:00 Uhr, LKA Hamburg

»Wir sitzen in der Scheiße.« Serpils Gesichtszüge wirkten hart. Sie stand am Schreibtisch, die Hände auf die Tischplatte aufgestützt, und starrte eindringlich in die Runde. Wieder einmal hatte sich die Soko »Mira« versammelt, doch diesmal herrschte eine andere Atmosphäre. Die Stimmung war gedrückt, man merkte jedem einzelnen der Kommissionsmitglieder an, was die zweite Leiche binnen weniger Tage bedeutete. »Im Moment deutet alles darauf hin, dass es derselbe Täter ist. Was das heißt, wisst ihr.«

»Eine Serie«, murmelte Vince und verbarg das Gesicht in den Händen. »Adieu, Feierabend. Goodbye, Wochenende.«

Serpil schnaubte. »Dass du dich vor allem um deine Freizeit sorgst, Frey, sagt einiges über dich aus.« Unvermittelt schlug sie mit der flachen Hand auf die Tischplatte. »Verdammt noch mal! Habt ihr irgendeine Vorstellung, was hier los ist, wenn die Presse erst mal Blut geleckt hat? Diese Aasgeier lauern doch nur auf eine gute Story, mit der sie die Auflagen hochtreiben können!«

Vince sah in Milos Richtung und sagte stumm: »Wow.«

Die Wutanfälle der Chefin waren in der Mordkommission berüchtigt. Jeder wusste, dass Serpil schimpfen konnte wie ein alter Seemann und liebend gern den Druck, den sie von Polizeipräsident und Innensenator bekam, nach unten weitergab. Allerdings musste Milo ihr in einer Sache recht geben: Die zweite Leiche war ein Problem, insbesondere da sie bei der ersten noch nicht nennenswert weitergekommen waren. Aber vielleicht war das auch – so morbide es klang – ihre Chance. Möglicherweise konnten sie dem Täter durch die Ermordung von Uwe Kübel ein Stück weit näher kommen. Welche Verbindungen gab es zu Mira Mönchshagen? Dass der Mörder diesmal einen Mann und keine junge Frau als Opfer ausgewählt hatte, noch dazu einen, der nicht aus der Umweltschutz-Szene kam, wischte zumindest eine der Theorien vom Tisch, denen sie derzeit nachgingen: dass es jemand auf Influencerinnen abgesehen haben könnte.

Damit waren im Grunde auch die Hater raus, was einerseits gut war, da Milo und ihre Kollegen sich nun nicht länger in die Abgründe des Internets begeben mussten, um irgendwelche angeblich besorgten Bürger und Trolle zu identifizieren. Andererseits fingen sie wieder bei null an.

Serpil grollte weiter. »Es ist ein Wunder, dass uns die Medien nach der Pressekonferenz neulich nicht in der Luft zerrissen haben. Bis auf die Blätter, mit denen man sich ohnehin nur den Hintern abwischen kann, sind alle bei der offiziellen Mitteilung geblieben. Keine Details, kein Täterwissen. Noch bleiben sie bei der Version, die wir ihnen serviert haben: ein Tötungsdelikt an einer jungen Frau, die sich für Tierschutz engagierte. Aber selbst daraus machen einige Zeitungen eine reißerische Headline: Sie tat alles, um Tiere zu schützen. Doch sich selbst konnte sie nicht retten …«

Es klopfte an der Tür. Serpil richtete sich auf und atmete tief durch. »Na endlich.«

Ein älterer Herr trat ein. Er hatte weiße, schulterlange Haare, einen imposanten Schnauzbart und eine altmodische Brille auf der Nase. Das Hemd unter dem beigefarbenen Trenchcoat war zerknittert, die Hose war mindestens eine Nummer zu groß. Unter dem Arm trug er einen Stapel Dokumente. »Guten Morgen«, sagte er knapp und marschierte mit gebeugtem Rücken zu Serpil an den Tisch.

»Hilft uns jetzt Columbo?«, flüsterte Vince Milo ins Ohr, und sie musste schmunzeln. Eigentlich fand sie, dass der Typ ganz nett aussah, so richtig schön kauzig. Und wenn er sie im Fall weiterbrachte, hatte sie keineswegs etwas dagegen.

»Das ist Dietmar Stiehl«, stellte Serpil den Mann vor. »Er ist Fallanalytiker beim BKA und wird uns ab heute unterstützen.«

Der Mann nickte der Chefin kurz zu. Dann fing er ohne Umschweife an zu reden. »Ich kann mir keine Namen merken, deshalb sparen wir uns die Vorstellungsrunde.«

»Nett«, flüsterte Vince erneut, und Milo musste ihm leider recht geben. Warum war der Profiler so unfreundlich? Mochte er keine Kollegen – oder wartete er wie Horst sehnsüchtig auf den Renteneintritt?

»Ich komme gleich zur Sache. Auf Grundlage der bisherigen Ermittlungen habe ich ein vorläufiges Profil des Täters erstellt. Wir können davon ausgehen, dass der Täter männlich ist, mittleres Alter, zwischen fünfunddreißig und fünfzig. Er ist sehr versiert und willensstark, geht mit Bedacht und Präzision vor.«

Milo hob die Hand.

»Keine Fragen«, sagte Stiehl, ohne sie eines Blickes zu würdigen.

Sie blickte sich verdutzt um. Was sollte das denn? Für wen hielt sich der Kerl?

Sie hob wieder die Hand, und als Stiehl einfach an ihr vorbeisah, fragte sie ohne Aufforderung: »Wie kommen Sie darauf, dass der Täter versiert und willensstark ist und mit Präzision vorgeht?«

Stiehl sah Milo verärgert an. Es war ihm anzusehen, dass er sie für unfassbar nervig hielt, weil sie seinen Vortrag unterbrach. »Er beobachtet seine Opfer, lernt ihre Verhaltensweisen und Routinen kennen. Bei beiden Morden konnte er unbemerkt in die Wohnstätten der Opfer eindringen und hinterließ so gut wie keine Spuren. Garantiert hat er seine Taten schon Wochen, wenn nicht gar Monate im Voraus geplant und setzt sie nun lediglich um. Für dieses Vorgehen braucht es Willensstärke und Präzision.«

Stiehl wollte gerade Luft holen und sich wieder seinem Vortrag widmen, aber jetzt hatte Milo ihn an der Angel, also stellte sie direkt die nächste Frage.

»Sie sprechen von einem männlichen Täter. Wie können Sie zu diesem Zeitpunkt sicher sein, dass es sich um einen Mann handelt, der die Taten begeht?«

Stiehl sah sie nicht an, sondern sortierte seine Dokumente. »Tötungskriminalität ist vornehmlich Männersache. Es gibt kaum Serienmörderinnen, und wenn doch, töten sie anders, als sogenannte schwarze Witwen oder Racheengel. Die Opfer sind in der Regel ihre Ehemänner oder Liebhaber. Das gilt nicht nur in Deutschland im Jahr 2023, das gilt für alle Kulturen und Epochen der Menschheit.«

Milo nickte. »Aber es gibt sie.«

Der Fallanalytiker hielt inne, wartete einen Moment und sah Milo dann an. Sein Blick war eisblau und kühl. »Sie haben recht. Es gibt sie. Frauen, die auf diese Art morden, die ihre Opfer beobachten, sie studieren, die einen Plan entwickeln und ihn dann in die Tat umsetzen. Es gibt Frauen, die nicht mit Gift töten oder aus dem Affekt einen Menschen aus ihrem Umfeld umbringen, sondern die eine Lust am Morden entwickeln, die es genießen, ihre Opfer zu filetieren, wie im vorliegenden Fall, sie ausbluten zu lassen. Aber die Wahrscheinlichkeit, dass dieser Täter eine Frau ist, liegt bei unter fünfzehn Prozent. Und deshalb«, sagte Stiehl und seufzte noch genervter, »gehen wir bis auf Weiteres von einem Mann aus.«

Er strich sich über den Schnauzbart und wandte sich ein weiteres Mal den Papieren vor sich zu. Das Thema war offensichtlich beendet.

»Traue keiner Statistik, die du nicht selbst gefälscht hast«, murmelte Vince, und plötzlich war Milo ihm für seine doofen Kommentare dankbar, denn sie hatte nicht mehr das Gefühl, allein dazustehen.

»Der Täter ist nicht nur sehr bewandert im Zerteilen von Leichnamen, er hat auch eine sichere Hand. Wenn Menschen zum ersten Mal eine Klinge in das Fleisch eines Lebewesens stoßen, zittern sie normalerweise. Vor Aufregung, vor Ekel, vor Angst. Diese Schnitte hier sind sauber, scheinen beinahe mit Gelassenheit und Selbstsicherheit durchgeführt zu sein. Der Täter schneidet also nicht zum ersten Mal, vermutlich hat er auch vor dem ersten Mord schon getötet.«

Serpil, die mit ineinander gefalteten Händen dagestanden hatte wie ein Schulmädchen, nickte. »Das konnte die Rechtsmedizin schon bestätigen. Der Täter könnte ein Chirurg, ein Jäger, ein Metzger sein.«

»Korrekt.« Stiehl sortierte weiterhin seine Papiere. Vielleicht war es ein Tick oder so, es wirkte jedoch nicht, als ob er irgendwas von den Dokumenten ablas. Eher als ob ihm das Hin-und-her-Schieben der Unterlagen half, in sich selbst Ordnung zu schaffen. Der Kerl war wirklich merkwürdig.

»Der Täter ist mobil, hat Zugang zu Werkzeugen aus dem Schlachtereibedarf und auch tagsüber Zeit, sich auf die Lauer zu legen. Das spricht dafür, dass der Täter allein lebt und über gewisse, wenn auch bescheidene Geldmittel verfügt. Möglicherweise ist er arbeitssuchend oder geht einer Schichtarbeit nach. Er hatte auf jeden Fall genug Zeit, um das Leben seiner vergangenen und zukünftigen Opfer zu studieren.«

»Seiner zukünftigen Opfer?« Serpil wurde bleich. »Sie hören

sich aber sehr überzeugt an. Zu überzeugt für meinen Geschmack.«

»Oh ja. Die Vorarbeiten sind erledigt. Ich gehe davon aus, dass alle Opfer identifiziert sind und die Tötungsreihenfolge feststeht.«

Die Chefin ließ sich langsam auf einen Stuhl sinken. »Das heißt …«

»Das heißt, dass der Täter bereits vor einigen Wochen oder Monaten den Plan verfasst und sein Vorgehen festgelegt hat. Mit dem ersten Mord war diese Planungsphase abgeschlossen, der Täter kommt nun in die Umsetzung. Er wird sehr diszipliniert alle Opfer töten, die auf seiner Liste stehen. Vermutlich in kurzem zeitlichem Abstand.«

»Moment, es gibt eine Liste?« Vince blinzelte ungläubig.

»Keine Fragen«, sagte Stiehl ruhig und blätterte in einem weiteren Stapel Papiere.

»Ooookay«, erwiderte Vince gedehnt.

»Keine Kommentare«, legte Stiehl nach.

Vince tat so, als würde er seinen Mund mit einem Reißverschluss verschließen, und nickte in gespielter Zustimmung, aber mit verdrehten Augen.

»Zurück zum Wesentlichen.« Der Fallanalytiker fing an, die Dokumente neu zu stapeln. »Wie ich bereits sagte, gibt es keine Zufallsopfer, alle bekannten und noch folgenden Ermordeten stehen also in einem logischen Zusammenhang. Der Täter folgt, wenn man so will, einer Geschichte, vermutlich einer Art Dramaturgie, die wir jetzt noch nicht verstehen, die mit jedem weiteren Getöteten aber sichtbarer und verständlicher wird.«

Das sind ja tolle Aussichten, dachte Milo bei sich und verdrängte den Gedanken daran, was Valerie wohl zu der ganzen Sache sagen würde. In ihrer Beziehung lief es gerade alles andere als rosig. Wenn Milo jetzt auch noch achtzehn Stunden am Tag arbeitete, würde sie ihre Freundin gar nicht mehr zu Gesicht bekommen. Das bedeutete zwar weniger Streit, aber auch, dass sie sich noch weiter voneinander entfernen würden. Fuck.

»Um zu ermitteln, wer der Täter ist, muss also der Kern der Geschichte gefunden werden. Worum geht es dem Täter? Warum hat er diese zwei Menschen ausgewählt, welche weiteren wird er umbringen? Das ist die zentrale Frage: Was treibt ihn an?«

»Ich dachte, das sagen Sie uns«, murmelte Vince leise, Stiehl hatte ihn aber nicht gehört oder schlichtweg ignoriert.

»Ich möchte noch einmal daran erinnern, dass Serienmörder aus sehr unterschiedlichen Motiven töten. Wir unterscheiden zwischen vier Typen: dem visionären Serienmörder, der meist psychotisch ist und aufgrund von Visionen oder Stimmen mordet. Dem hedonistischen Serienmörder, dem es um den Nervenkitzel und die Lust am Töten geht. Dem machtorientierten Serienmörder, der es auf die Dominanz anlegt, über Leben und Tod zu entscheiden. Und dem missionsorientierten Serienmörder. Dieser letzte Typus wählt seine Opfer nach einem bestimmten Profil aus. Er versteht es als seinen persönlichen Auftrag, die von ihm identifizierte Personengruppe, die er oft als gefährlich oder schädlich betrachtet, zu beseitigen. In diesem letzten Fall ist auch Vergeltung ein zentrales Motiv.«

»Rache?«, hakte Serpil nach und fing sich ein unwirsches Wedeln mit der Hand ein.

»In der Wissenschaft ist man sich überwiegend einig, dass neben neurologischen Störungen oder Traumata sozialer Misserfolg und ein niedriger Status die Evolution zum Serienmörder begünstigen kann. Der Täter holt sich, wenn man so will, die Kontrolle zurück und bestraft all diejenigen, die ihn in seine Lage gebracht haben – persönlich oder stellvertretend.«

»Toll. Wir suchen also einen Loser mit Allmachtsfantasien und

Schlachtexpertise«, fasste Vince das Gesagte in seiner typischen Art zusammen.

Stiehl blickte ihn nicht an, sondern nickte nur kurz. »Vulgär ausgedrückt: ja. Aber lassen Sie sich davon nicht irreführen. In Deutschland sind die meisten Serienmörder durchschnittlich intelligent, im vorliegenden Fall scheint es aber eine große Planungsbereitschaft und Disziplin zu geben. In das Haus des zweiten Opfers hereinzukommen war nicht besonders schwer, die Alarmanlage war allem Anschein nach deaktiviert, und wie die Spurensicherung herausgefunden hat, war das Fenster der Gästetoilette im Erdgeschoss geöffnet. Der Täter konnte völlig lautlos und unbemerkt in das Haus eindringen. Bei der ersten Tat musste er mehr investieren, da das Gebäude videoüberwacht ist und sich der Tatort zudem im obersten Stockwerk befand.«

»Wie ist der Täter denn dann reingekommen?« Vince schaute von links nach rechts zu seinen Kollegen.

Stiehl hörte für einen Augenblick auf, in seinen Papieren zu wühlen. »Das kann ich Ihnen nicht sagen. Soweit ich weiß, fällt das in Ihren Zuständigkeitsbereich.«

Serpil fuhr hoch und warf einen scharfen Blick in die Runde. »Wer sollte das denn überprüfen, wie der Täter ins Penthouse gekommen ist? Vince, war das dein Job?«

Er guckte verdattert. »Ne. Oder?«

»Vince!«

»War es mein Job? Scheiße. Das tut mir …«

Ein Räuspern erklang. Philipp hob die Hand. »Wir warten immer noch auf die Aufzeichnungen der Überwachungskameras. Einige Eigentümer des Hauses haben gegen unsere Anfrage Widerspruch eingelegt.«

Serpil stand von ihrem Stuhl auf und richtete sich zu ihrer vollen Größe auf, was trotz der eins fünfundfünfzig, die sie maß,

Furcht einflößend wirkte. »Wie bitte?! Was sagt der Staatsanwalt dazu?«

Philipp räusperte sich wieder. »Der war auf einer Fortbildung und kommt erst heute wieder an den Schreibtisch.«

Ein fassungsloser Laut drang über Serpils Lippen, irgendwas zwischen hysterischem Lachen und entsetztem Aufschrei. Sie ruckte mit dem Kopf, dann richtete sie ihre Aufmerksamkeit auf Nadine, die Kommissionsassistentin. »Fahr los zur Staatsanwaltschaft, und komm nicht wieder, bevor du etwas Schriftliches hast, mit dem wir diesen Eigentümern auf den Sack gehen können!«

Nadine nickte entschlossen.

»Herr Stiehl, ich möchte Sie bitten, uns auch weiterhin für Rückfragen zur Verfügung zu stehen.«

Der Fallanalytiker griff nach den Dokumenten und überprüfte, ob alle Papiere ordentlich aufeinanderlagen. Ohne ein Wort zu sagen, drehte er sich um und rauschte in seinem Trenchcoat aus dem Raum.

»Ein richtig netter Kollege«, frotzelte Vince, als Stiehl außer Hörweite war. »Stellt keine unangenehmen Fragen und erzählt nichts von der Modelleisenbahn in seinem Keller oder den Beziehungsproblemen mit seiner Frau. Den sollten wir öfter einladen.«

Serpil sah ihn nachdenklich an. »Weißt du, Vince, ich befürchte, dass dein Wunsch bald schon in Erfüllung gehen wird. Wenn der Täter nämlich wirklich eine Liste hat …«

… werden wir noch sehr viel Zeit mit diesem komischen Kauz verbringen, vervollständigte Milo den Satz in Gedanken.

13

6. April 2023, 4:30 Uhr, Eimsbüttel

»Ich weiß es!«

Mit einem Schlag war Milo hellwach und presste das Handy ans Ohr. »Was ist passiert?«, flüsterte sie heiser und stolperte schlaftrunken, mit einem Blick auf die Uhr – es war halb fünf in der Nacht – aus dem Schlafzimmer, um Valerie nicht zu wecken. Der erste Schreck, eine Angst, die sie jedes Mal verspürte, wenn nachts das Telefon klingelte, verwandelte sich in Aufregung. »*Was* weißt du?«

»Landglück«, tönte ihr Kollege triumphierend und viel zu wach für die unchristliche Uhrzeit aus dem Handy. »Hörst du mich? Landglück!«

»Ich hör dich«, knurrte Milo und betätigte den Schalter der Kaffeemaschine, die mit protestierender Wasserreinigung zum Leben erwachte. »Aber ich versteh dich nicht. Wovon redest du?«

»Die Aufnahmen auf dem Stick! Ich bin mir sicher, das war in einer der Schlachtanlagen von Landglück. Ich hab das mal recherchiert, das ist eine echte Todesmaschine«, antwortete Vince mit sich überschlagender Stimme. »25.000 Mastplätze, da wird im Akkord durchgeschlachtet. Im Grunde Tag und Nacht. Es gibt etliche Petitionen aus den letzten Jahren, die deren Schließung verlangen. Keine davon ist je durchgegangen.«

»Hast du mehr als eine Vermutung?«, wollte Milo wissen, unterdrückte ein Gähnen und fragte sich gleichzeitig, was die Schlachterei mit ihren beiden Todesfällen zu tun haben sollte. Im Prinzip war der USB-Stick ja rein zufällig bei ihnen gelandet, weil Cleo Milos Partner zeigen wollte, wie es in der Schlachtindustrie so abging. Aber was sagte das aus? Nichts.

Sie wussten, dass die Kommune Neuland unter der Leitung von Hendrik Fenner den Plan gehabt hatte, einer Großschlachterei einen nächtlichen Besuch abzustatten und die mediale Aufmerksamkeit auf den Betrieb und seine Haltungsbedingungen zu lenken – was Mira Mönchshagen jedoch abgelehnt hatte. Aber handelte es sich bei dem anvisierten Betrieb vielleicht tatsächlich um Landglück? Sie wussten außerdem, dass eben jene Mira Mönchshagen, die sich jahrelang auch auf militante Art und Weise für das Tierwohl eingesetzt hatte, diesbezüglich einen bemerkenswerten U-Turn hingelegt hatte. Milo erinnerte sich an Philipps Worte, der eine Sprachnachricht von Mira an Fenner zitiert hatte: Sie wolle zukünftig weg von den Schockvideos, die ihrer Meinung nach nichts brachten, und in ein anderes Mindset führen … was auch immer das zu bedeuten hatte.

Landglück war im Leben von Mira Mönchshagen also durchaus mal Thema gewesen. Und nun meinte Vince, in dem Clip, der Miras Mission zugespielt worden war, ausgerechnet die Schlachtanlagen von Landglück erkannt zu haben. Das war mehr als dünn, das war argumentatives Seidenpapier. Doch in der Not klammerte man sich bekanntlich an jeden noch so mickrigen Strohhalm.

»Ich hab mir das Ganze noch ein paarmal angesehen, Bild für Bild, teilweise im Zoom«, erklärte Vince, und Milo zog innerlich den Hut vor ihrem Partner. Sie selbst hätte kein weiteres Mal das gequälte Geschrei der Ferkel ertragen wollen. »Die Tiere haben eine Marke im Ohr, der Zahlenstempel lässt sich Landglück zuordnen. Polizeischule erste Klasse, erster Tag.«

Am anderen Ende der Leitung war es für einen Moment still. Als würde der Musterschüler auf ein Lob seiner Kameradin warten.

Milo dachte nach. »Hat das was zu bedeuten?«, fragte sie nach ein paar Atemzügen mehr sich selbst als Vince.

»Ich weiß nicht«, antwortete ihr Kollege nachdenklich. »Hat es?«

»Warum wurde der Clip von Mira nicht online gestellt? Wenn man sich ihren Account in der Vergangenheit ansieht, ist das doch exakt, was sie zeigen will und wofür sie steht.«

»Das weiß ich nicht, das müssen wir Cleo fragen«, erwiderte Vince. »Aber vielleicht ist es wirklich so, dass Mira sich nun eher den schönen Seiten des Lebens zuwenden wollte, nachdem sie jahrelang im Dreck gewühlt hat. Verübeln könnte ich es ihr nicht.«

Wieder einmal dachte Milo an das teure Loft der Toten, das schicke Auto, das Gehalt für eine Assistentin. Hatte ihr grüner Engel sich tatsächlich kaufen lassen und beim Tierschutz deshalb beide Augen zugedrückt? Falls ja, wäre es auf jeden Fall wert, sich mit Landglück etwas intensiver zu befassen.

»Meinst du, Mira hat sich ihr Schweigen bezahlen lassen?«, wollte Milo wissen. »Und wurde dann doch zu gefährlich? Ihre Forderungen waren zu krass, und man hat sie für immer zum Schweigen gebracht?«

Irgendwo hinter dem ernsten Thema machte sich ein warmes Gefühl der Vertrautheit in Milo breit. Was auch immer zwischen Vince und ihr in letzter Zeit nicht gut gelaufen war, es gab Dinge, die immer noch funktionierten.

»Wir sollten uns die Schlachterei auf jeden Fall genauer ansehen«, schlug ihr Partner vor. »Was wir jetzt schon einmal mit Sicherheit sagen können, ist: Menschen, die sich aufs professionelle Zerteilen verstehen, finden wir dort garantiert. Und vielleicht auch unseren Täter.«

»Hm-hm«, machte Milo. »Wir sollten auch Cleo noch mal zu dem Clip löchern. Aber diesmal werde ich das übernehmen. Berufliches und Privates sollte man nicht vermischen.« Zu ihrer Überraschung erhob Vince keine Einwände, sie konnte ihn nur leise seufzen hören.

»Ist vermutlich besser … Milo?«

»Ja?«

»Danke.«

»Dafür nicht, wir sehen uns morgen. Versuch etwas zu schlafen, okay?«

»Okay, du auch.«

Sie beendete mit einem Fingertippen den Anruf. An Schlaf war für sie nicht mehr zu denken. Stattdessen klappte sie ihren Laptop auf und suchte im Internet nach der Großschlachterei Landglück.

Auf der Startseite wurde sie von einer Gruppe selig lächelnder Bauern und Bäuerinnen begrüßt. Die Drohnenaufnahme zeigte eine Gruppe von etwa sechzig Männern und Frauen, alle in landwirtschaftlicher Kleidung und von einem Aussehen, das Milo in Gedanken gnädig als ›authentisch‹ bezeichnete. Zusammengedrängt inmitten einer Blumenwiese, winkten sie nach oben zur Drohne, zwei der Porträtierten hielten kleine Ferkel im Arm, als wollten sie live und in Farbe die Aussage auf dem knallend roten Banner bestätigen, das sich quer über den Bildschirm zog: 100 % Herkunftsgarantie. Deutsches Fleisch von regionalen Höfen wurde versprochen, ebenso, dass man alle Verbraucherwünsche zu jeder Zeit als oberste Priorität behandeln würde.

Und die wären? Möglichst billig, möglichst viel?, dachte Milo und klickte auf den nächsten Reiter »DAS SIND WIR«.

Anstelle von Bauern in Arbeitskleidung präsentierte sich Landglück auf der Unternehmensseite in dunklen Anzügen und mit vor der Brust verschränkten Armen. Seriös, freundlich und patent blickten vier Generationen der Gründerfamilie von Wickersdorf auf ihr Lebenswerk, das in einer Zeitleiste neben den Porträts den Erfolg seit den 1930er-Jahren dokumentierte: 1928 Firmengründung durch Peter Johan von Wickersdorf, Auf- und Ankauf etlicher umliegender Ländereien, Bauernhöfe und Ausbau der Zuchtanlage während des Krieges, deutlicher Zuwachs an Tieren und Pro-Kopf-Schlachtgut in den 1950er- und 1960er-Jahren durch Einkauf von Expertise aus den USA und Umbau der Anlage. Milo konnte sich in schrecklich farbigen Bildern ausmalen, was das im Klartext bedeuten musste.

Sie fuhr mit dem Lesen fort. Weitere Umsatz- und Flächenzugewinne in den 1980er-Jahren, Landglück wurde zu einem der umsatzstärksten und größten Unternehmen in der Region. In den Jahren dazwischen einige Wechsel im Vorstand und die Übergabe an die jeweils nächste Generation. Peter Johan übergab an Johan Günther, der wiederum an den Sohn Wilhelm Günther, dieser dann an den 2018 verstorbenen Sohn Johan-Peter. Zusammen mit dem gemeinsamen Sohn Alexander leitete heute die Witwe Renata von Wickersdorf das Unternehmen als alleinige Eigentümerin. Maßgeblich im aktiven Geschäft und für die zukünftige Entwicklung verantwortlich sei aber Alexander von Wickersdorf, dessen visionäres Unternehmertum, so der abschließende Passus, Landglück zu einem modernen und fortschrittlichen Familienunternehmen gemacht habe. Besonders ausgelobt wurden dabei die »entschlossenen Schritte« in Richtung Tierwohl und des Konsumentenmarkts für nicht tierische Produkte.

Milo ließ sich das Werbedeutsch einen Augenblick durch den Kopf gehen. Dann sprang sie zurück zur Suchmaschine, tippte die Begriffe »Landglück« und »Protest« in die leere Zeile und drückte auf Enter.

»Bingo«, flüsterte sie leise, als nur wenige Sekunden später das

Online-Archiv der *Hamburger Morgenpost* Bilder von etlichen aufgebrachten Menschen vor den Toren der Großschlachterei präsentierte. Und, Überraschung: Niemand Geringeres als Mira Mönchshagen führte den Schilder schwingenden, vegetarischen Aufmarsch vor der Schweinemast an. Wütend blickte sie in die Kamera und umklammerte mit beiden Händen ein Schild mit der Aufschrift »Tiere sind keine Lebensmittel«.

»Hamburger Influencerin gegen Schweineschlachter«, titelte der Artikel von vor zwei Jahren, den man für ein paar Cent immer noch online einsehen konnte. Milo brauchte nicht mehr Informationen als den kurzen, öffentlich zugänglichen Teaser-Text.

Am letzten Samstag rief die junge Influencerin Mira Mönchshagen in ihrer Community zum Protest gegen die Großschlachterei Landglück auf. Über die sozialen Medien erreichte sie damit mehrere Tausend Menschen, die für Stunden die Zufahrten des Unternehmens blockierten. Die Polizei musste die Aktion abbrechen, der Schaden für das Unternehmen beläuft sich laut Presse-Sprecherin von Landglück auf etwa 250.000 Euro. Anzeige wurde erstattet.

Merkwürdig. Vor zwei Jahren war Mira wortwörtlich auf die Barrikaden gegangen, um Landglück empfindlich zu treffen. Im letzten Herbst hatte sie sich laut Fenner geweigert, in die Mastanlagen des Unternehmens einzubrechen – kurz bevor sie in die Wohnung in der HafenCity zog. Und ausgerechnet bei diesem Betrieb sprach sie sich dann gegen die Veröffentlichung einer Aufzeichnung der Grausamkeiten in den Schlachthäusern aus? Das Mindset verändern statt in die Konfrontation gehen, schön und gut, aber Milo hatte zunehmend das Gefühl, dass an dieser Argumentation etwas faul war.

Milo klickte sich zurück zu den Unternehmerporträts. Alexander von Wickersdorf musste um die vierzig Jahre alt sein, dunkelblondes Haar, glatt zur Seite gescheitelt, kühle blaue Augen, ein eher strenger Blick, die Lippen ausdruckslos, weder lächelnd noch unfreundlich. Eine professionelle Pose, die wenig bis kaum Rückschlüsse auf sein Wesen zuließ. Vermutlich von Kindheit an gelernt und geübt. Soweit Milo beurteilen konnte, war er nicht unattraktiv.

Seine Mutter Renata blickte ebenso distanziert aus dem Foto neben ihrem Sohn. Als Einzige trug sie keinen dunklen Anzug, dafür ein hochgeschlossenes, blaues Kostümkleid. Die perfekt gefärbten und gelegten blonden Haare reichten bis auf die Schultern, gaben aber einen Blick auf die mit schweren Perlen bestückten Ohren frei. Sie war Mitte sechzig, vielleicht bereits siebzig, schwer zu sagen, mit genügend Geld ließen sich die Zeichen des Alters oft erschreckend gut verbergen. Ihre Statur war deutlich kräftiger als die ihres Sohnes. In anderer Kleidung hätte sie vermutlich besser zu den Bauern und dem Bild einer Schweinezüchterin gepasst als die Anzugträger.

Nach kaltblütigen Mördern sahen beide nicht aus. Und doch beendeten sie jeden Tag Tausende von Leben, ohne mit der Wimper zu zucken. Besser gesagt: Sie ließen Leben beenden. Milo griff nach ihrem Handy. Mittlerweile war es beinahe sechs Uhr. Konnte man um die Uhrzeit schon Nachrichten an die Chefin schreiben? Sie beschloss: Konnte man. Dann schrieb sie an Serpil: *Wir brauchen einen Durchsuchungsbefehl für die Landglück-Anlagen.*

Serpil antwortete sofort: *Warum?*

Milo dachte nach. Sie konnte schlecht ihr Gefühl als Grund für die Durchsuchung angeben, das würde der Staatsanwalt niemals durchwinken. Aber sie hatten nicht viel mehr. Sah man von der Tatwaffe ab, von der bei Landglück vermutlich Hunderte verwendet wurden. Und Miras Streit mit Fenner über das Unternehmen. Reichte das aus?

Sie tippte: *Bolzenschussgeräte und Personen, die sich aufs Schlachten verstehen, gibt es da wie Sand am Meer. Und möglicherweise hat das Video, das wir von der Assistentin des ersten Opfers bekommen haben, doch mehr mit der Sache zu tun, als wir denken.*

Lange musste sie nicht auf eine Antwort warten: *Reine Spekulation. Das ist nicht genug.*

Fuck, dachte Milo und wusste zugleich, dass ihre Chefin recht hatte. Also versuchte sie es mit einem weiteren Argument: *Mira war vor zwei Jahren noch nachweislich gegen Landglück unterwegs, nun hat ihr Ex-Partner in der Kommune ausgesagt, dass sie nicht mehr gegen die Schlachterei vorgehen wollte – das ist bemerkenswert, weil sich zeitgleich auch Miras finanzielle Situation drastisch verbessert hat. Ist sie gekauft worden – und wollte aus dem Deal möglicherweise wieder aussteigen?*

Keine Minute später ploppte eine weitere Mitteilung von Serpil im Chat auf: *Ich kann den neuen Staatsanwalt noch nicht einschätzen, aber vielleicht mag er uns ja lieber als der letzte und lässt das durchgehen …*

Milo war sich nicht sicher, ob Serpil mit der Argumentation Glück haben würde. Aber sie hatte schon Pferde vor der Apotheke kotzen sehen … und auf einen Versuch konnte man es immerhin ankommen lassen.

Als Nächstes öffnete sie den Kontakt von Cleo Petersen. Einer Zeugin so früh am Morgen mal eben auf WhatsApp zu schreiben, war selbst im Jahr 2023 noch eine recht weite Auslegung moderner Polizeiarbeit. Aber hatte der externe Kommunikations-Berater, der vor ein paar Monaten mal im LKA einen Vortrag gehalten hatte, nicht etwas von »Zielgruppenorientierung« gefaselt? Und war Cleo nicht neulich sogar spätabends im Krankenhaus ans Handy gegangen? Milo zuckte kurz mit den Schultern und tippte die Nachricht: *Wir haben das Landglück-Video gesehen. Warum sind Sie damit nicht an die Öffentlichkeit gegangen?*

Zu ihrer Überraschung erschienen sofort drei hüpfende Punkte auf dem Display, und einen Moment später Cleos kurze Antwort: *Wir haben das mehrfach diskutiert, aber Mira wollte das partout nicht*, das Emoji einer achselzuckenden Frau mit dunklen Haaren als Abschluss.

Milo runzelte die Stirn. Das war noch immer keine Begründung. Sie schrieb: *Wir müssen reden.*

Darauf erhielt sie keine Antwort mehr. Als nach ein paar Minuten das Telefon immer noch stumm blieb, stand sie auf und ging ins Badezimmer. Sich noch mal ins Bett zu legen machte keinen Sinn. Wenn alles gut lief, würde der Tag sehr lang werden.

Überall um sie herum roch es nach Schwein. Ein Geruch, der sie ihr ganzes Leben lang begleitet hatte. Die meisten Menschen würden vermutlich angewidert von Gestank sprechen, für sie aber war es ein tiefgehendes Gefühl von Geborgenheit. Wenn sie die Augen schloss, konnte sie die Tiere immer noch sehen, hörte das nie abreißende Schmatzen, das Mahlen der Kiefer beim Fressen, das Grunzen, hörte, wie sich die nackte, rosige Borstenhaut der Tiere aneinanderrieb. Ein schmerzhafter Stich fuhr ihr in die Brust, als sie die Augen öffnete und auf die verwaisten Stallungen blickte. Vor vier Tagen waren die letzten Tiere abgeholt worden. Ein überdurchschnittlich warmer Nachmittag, die Arbeiter der Transportfirma hatten das anstehende Wochenende kaum mehr erwarten können und die letzte Fuhre so schnell wie möglich hinter sich bringen wollen. Hilflos hatte sie mitansehen müssen, wie man ihre Tiere – falsch, die Tiere von Landglück – gnadenlos in die Hänger trieb. Das panische Quieken würde sie nie mehr vergessen. Sie hatte sich gefühlt wie eine Mutter, der man die Kinder wegnahm, nicht in der Lage, irgendetwas dagegen zu tun. Doch es sollte noch schlimmer kommen.

Nicht einmal vierundzwanzig Stunden war es nun her, dass sie ihren ersten Arbeitstag in der Landglück-Schlachterei angetreten hatte. Auf vieles war sie vorbereitet gewesen; auf das, was sie dort erwartet hatte, nicht. Wie jeder neue Angestellte startete auch Jördis im sogenannten Eintrieb. Erst später, nach Ende der Probezeit, wurde man, dann immer abwechselnd, auch den Stationen Betäubung, Tötung und Zerlegung zugeteilt. Die meisten Frauen waren bei Landglück in den Abteilungen Weiterverarbeitung und Verpackung angestellt, aber Jördis, mit ihrem Hintergrund als Landwirtin und Schlachterin, schien man offenbar für abgebrüht genug zu halten, zusammen mit den Männern die Drecksarbeit zu erledigen.

Das Pensum war hoch, die Arbeit hart, darauf hatte sie sich eingestellt. Bis zu 3 500 Schweine wurden bei Landglück pro Tag geschlachtet. Schwere Arbeit war sie gewohnt. Doch um diese Menge zu erreichen, brauchte es gna-

denlose Prozesse. Da blieb keine Zeit für Menschlichkeit, weder gegenüber den Kollegen noch den Tieren. Zusammen mit drei Kerlen aus Slowenien, der Ukraine und Polen, die sie, nach einer kurzen Einführung in die Arbeit, mehr Gestik als Worte, nicht mehr groß beachteten, war es ihre Aufgabe, die Schweine in Gruppen von etwa zwanzig Tieren in einen eisernen Aufzug zu treiben. Eingepfercht und beinahe bewegungsunfähig, wurden sie darin nach unten in die eigentliche Schlachtanlage gefahren. Während der zwanzig bis dreißig Sekunden dauernden Fahrt wurde ein CO_2-Gas in den videoüberwachten Schacht gepumpt. Auf den Monitoren konnte man sehen, wie die stärksten Tiere versuchten, Luft schnappend nach oben zu klettern und dabei die schwächeren unter sich begruben. Die Mäuler weit aufgerissen, die Rüssel vergeblich durch die Gitter pressend, zertrampelten sich die Tiere in ihrer Panik gegenseitig. Selbst auf den kleinen Bildschirmen war die Todesangst in den Augen der Schweine zu erkennen. Während einer der Körbe nach unten fuhr, wurde oben bereits der nächste beladen. Keine Zeit für Mitgefühl, keine Zeit, um darüber nachzudenken, wie die betäubten Tiere, unten angekommen, mit den Hinterläufen an Stahlhaken befestigt, an die Decke gezogen und mit einem Stich in den Hals getötet wurden.

Es musste der zehnte oder elfte Korb gewesen sein, den Jördis gerade nach unten in den Tod schicken wollte, als ihr Blick auf eine Marke am Ohr eines Schweines fiel. Sie kannte die Marke, sie kannte das Tier. Es war eine Sau aus ihrem Stall. Ihre Blicke hatten sich für einen Moment getroffen und Jördis die Pein und Verzweiflung in dem Schlachtvieh gespürt, als wären es ihre eigenen Gefühle. Plötzlich war ihr schwarz vor Augen geworden, und ihr Magen hatte sich zusammengezogen, als hätte sie jemand mit voller Wucht in die Eingeweide geschlagen. Sie war kurz davor gewesen, sich zu übergeben. Ja, jahrelang hatte sie Tiere geschlachtet, aber nichts davon war zu vergleichen mit dem, was hier geschah.

»Pokračuj, ženská, pokračuj!«, hatte einer ihrer Kollegen sie angebellt. »Weiter, Frau, weiter!« Mit einem wütenden Blick hatte er dabei auf seine Uhr getippt.

Ohne noch einmal den Käfig anzuschauen, hatte Jördis mit der flachen Hand auf den roten Knopf geschlagen, der den Fahrstuhl nach unten fahren ließ. Sie musste mit anhören, wie sich die Motoren in Bewegung setzten, das letzte Quietschen der Schweine, bevor der Aufzug sich schloss. Mit dem Rücken zu ihren Kollegen hatte sie sich eine Träne aus dem Augenwinkel gewischt. In ihrem Magen hatte es rumort, das Unwohlsein, die Ohnmacht waren einer tiefen, pulsierenden Wut gewichen.

Ihre Hände hatten sich wie von allein zu Fäusten geballt, die Nägel schmerzhaft in das Fleisch ihrer Handflächen gebohrt. Sie kannte dieses Gefühl, diese unfassbare Wut auf alles und jeden, der mit daran schuld war, dass sie nun hier stand und ihre eigenen Tiere in die Hölle schicken musste. Die Wut war weiter und weiter gewachsen, hatte von innen gegen ihre Haut gedrückt, wollte raus aus ihrem Körper, aus jeder Pore, als Schrei aus ihrem Mund. Jördis hatte die Lippen fest aufeinandergepresst und die Augen geschlossen gehalten. Sie hatte sich vorgestellt, wie sie die Schleusen einfach öffnete, wie sie alles rausließ, wie ein Vulkan, dessen glühende Strafe sich auf alles und jeden ergoss.

Sie hatte das Gesicht des Bösen gesehen. Sie hatte in die hässliche Fratze geblickt, die nie jemand zu sehen bekam. Sie wusste in diesem Moment, dass sie Rache nehmen würde. Grausame, unendliche Rache. An all jenen, die sie betrogen hatten, die ihr alles genommen hatten, was ihr lieb und teuer gewesen war.

Mit diesem Gedanken fand sie endlich Frieden, endlich Ruhe.

Jetzt war es Abend, der Tag zu Ende. Morgen würde der Albtraum von Neuem beginnen. Sie hatte ein paar Stunden hier in ihrem Zuhause, in diesem leeren Stall, in dem die Erinnerung an ihr altes Leben noch greifbar schien. Hier hatte sie die Wut besser im Griff. Hier konnte sie nachdenken, überlegen, was sie tun könnte, um all dem ein Ende zu bereiten, um die Menschen büßen zu lassen für das, was sie ihr angetan hatten, was sie ihren Tieren angetan hatten. Hier an diesem Ort konnte sie planen.

14

6. April 2023, 9.00 Uhr, Sommerland im Norden Hamburgs

Zwei Einsatzbusse mit einem Dutzend Beamtinnen und Beamten des LKA, inklusive Spurensicherung, fuhren hintereinander über die Autobahn in nordwestlicher Richtung. Im vorderen Wagen saß Milo eng neben Gioia, dichter als es eigentlich nötig gewesen wäre. Ihre Kollegin schien die Nähe zu genießen, wie so häufig hatte sie dieses dezente Lächeln im Gesicht. Oder bildete sich Milo das nur ein?

Sie war immer noch überrascht, wie einfach es gewesen war, den Großeinsatz sowohl bei Serpil als auch bei der Staatsanwaltschaft durchzubekommen. Nur ein paar Stunden und drei Telefonate, und sie hatten die Papiere erhalten. Offensichtlich hatte die Chefin wirklich den richtigen Ansprechpartner erwischt. Milo sollte es recht sein.

»Meinst du nicht, du übertreibst ein bisschen?«, fragte Gioia mit einem Blick auf Milos Sicherheitsweste. »Wir fahren in eine Schlachterei und nicht in ein Kriegsgebiet.«

»Sicher ist sicher«, murmelte Milo und dachte an Vince, der wegen der Nachwehen seiner Verletzung diesen Einsatz zähneknirschend aussetzen musste. »Und du solltest dir auch eine Weste anziehen«, ergänzte sie an Gioia gerichtet. »Ich will nicht noch mal jemanden in Gefahr bringen, der mir wichtig ist.«

Gioia zog überrascht eine Augenbraue nach oben, ihren Mund

umspielte nun deutlich ein Lächeln. »Ich bin dir also wichtig, Milosevic?«

Milo spürte, wie ihr die Hitze ins Gesicht schoss. »Es ist Vorschrift«, knurrte sie, ohne auf die Frage einzugehen. »Ich für meinen Teil habe keine Lust, mir deswegen Ärger mit Serpil einzuhandeln.«

»Schon gut«, lenkte Gioia mit einem vielsagenden Zwinkern ein. »Ich zieh das Ding an, falls einer der Schlachter mit einem Bolzenschussgerät auf mich losgeht. Und über meine Wichtigkeit in deinem Leben sprechen wir ein anderes Mal.«

Ihre grünen Augen bohrten sich für einen Moment in Milos, und, ob sie wollte oder nicht, das löste etwas in ihr aus. Warum flirtete Gioia mit ihr? Umwarb sie … so offen? Wie sollte Milo damit umgehen? Die Avancen der Kollegin waren ihr zwar schon im letzten Jahr aufgefallen und hatten ihr durchaus geschmeichelt, sie aber auch nicht weiter interessiert. Seit Gioia für diesen Fall jedoch wieder zum Team der Mordkommission gestoßen war, fühlte es sich beinahe wie ein zweiter Anlauf an – und zum ersten Mal musste sich Milo eingestehen, dass ihre Kollegin damit etwas bewirkte. Ja, sie fühlte sich zu Gioia hingezogen. Diese schonungslose Art, das Interesse zu zeigen, war unglaublich attraktiv. Dass es mit Valerie seit Wochen nicht gut lief, machte die Sache nicht besser. Davon einmal abgesehen, dass es ein absolutes Alarmsignal war, dass das eine etwas mit dem anderen zu tun hatte.

Gott sei Dank fuhren sie gerade in diesem Moment auf den Hof der Landglück-Anlagen, und die professionelle Milo gewann wieder die Oberhand.

»Alles hört auf mein Kommando!«, erklärte sie dem Team in den beiden Wagen über Funk. »Stephan, du nimmst dir zwei Kollegen und klärst das mit den Papieren, sucht euch irgendjemanden, der wichtig genug aussieht, um Entscheidungen treffen zu können.

Rein und wieder raus, keine Zeit verlieren, nichts übersehen. Wir suchen alles, was irgendwie verdächtig aussieht: Bolzenschussgeräte – das Modell kennt ihr –, Datenträger, Unterlagen, Menschen, egal was, und gern schnell, bevor jemand Gelegenheit hat, etwas zu verstecken. Schmidt und Wallner, ihr nehmt euch mit Gioia die Büros vor. Lasst euch nicht von einer übereifrigen Sekretärin stoppen. Wenn es da irgendetwas gibt, das stinkt, dann will ich das sehen. Der Rest vom Team geht mit mir in die Stallungen.«

Sie schluckte. Auch wenn sie schon viele Grausamkeiten gesehen hatte, der Clip, den sie von Cleo bekommen hatten, war eine andere Kategorie Brutalität. Ihr Magen zog sich zusammen. Entschlossen riss sie die Tür des Einsatzwagens auf und sprang nach draußen. Ihre Kollegen und die Männer und Frauen aus dem zweiten Wagen taten es ihr gleich.

Die Anweisungen befolgend, teilten sich die Einheiten in drei Gruppen auf. Gioia marschierte in strammem Tempo mit den ihr zugeteilten Männern in Richtung Hauptgebäude, von wo ihnen bereits eine Dame in dunklem Kostüm entgegeneilte. Milo atmete tief durch. Um die Diskussion, die ihre Kollegin nun erwartete, beneidete sie sie nicht.

Im Stechschritt näherte sie sich an der Spitze ihrer fünf Mann starken Einheit einer der drei großen Hallen. Von außen war nicht zu erkennen, um was es sich dabei handelte. Die glatte, weiß getünchte, aber fensterlose Fassade mit schmalen Lüftungsöffnungen unter dem Dach ließ den Schrecken im Inneren nicht erahnen. Milo straffte die Schultern und drückte eine schmale Tür an der kurzen Seite des Gebäudes auf. Sie war wider Erwarten unverschlossen und führte in einen Raum, in dem an einer Wand eine digitale Schaltanlage und mehrerer Monitore standen.

Ein Mann, vermutlich Ende vierzig, von kräftiger Statur und in blauer Arbeitskleidung, sprang überrascht von seinem Stuhl auf.

»Halt, stopp, Sie nicht rein hier!«, rief er in gebrochenem Deutsch, bevor ihn die Uniformen der Polizisten verstummen ließen.

»Sichern«, gab sie dem Kollegen mit einem Kopfnicken in Richtung des Arbeiters zu verstehen. Ein kurzer Blick auf die Monitore verriet, was sie gleich erwarten würde. Sie atmete tief ein und öffnete die schwere Doppeltür aus Stahl, die weiter in das Innere der Halle führte. Rotes Dämmerlicht, beißender Gestank nach Fäkalien und Ammoniak schlug ihr entgegen, dazu lautes Grunzen und Quieken. Milo musste all ihren Willen aufbringen, um nicht rückwärts wieder nach draußen zu taumeln. Mit zusammengebissenen Zähnen stapfte sie vorwärts, konnte aber hören, wie der Kollege in ihrem Nacken scharf die Luft einsog.

»Was für eine Scheiße«, flüsterte er.

Milo nickte stumm. Ihre Augen gewöhnten sich nach und nach an das Halbdunkel, und sie konnte ein Meer von zusammengepferchten Tierkörpern ausmachen. Auf engstem Raum drängten sich neben-, aber auch über- und untereinander schmutzige Leiber, manche hatten nicht einmal mehr die Kraft, auf den Füßen zu stehen. Immer wieder wurde das Grunzen von schmerzhaftem Quietschen und dumpfem Schnappen unterbrochen. Das Surren der elektrischen Belüftung begleitete das Schreien und Mampfen wie ein Schwarm wütender Heuschrecken. Milo spürte bittere Galle in der Kehle aufsteigen. Sie presste die Nase in ihre Armbeuge, um halbwegs den Gestank fernzuhalten.

»Kann man hier irgendwo Licht anmachen, verdammt?«

Aus dem Augenwinkel beobachtete sie, wie einer der Kollegen dem Mann im Vorzimmer in strengem Ton eine Anweisung erteilte. Er musste die Worte mehrmals wiederholen, dann aber flackerte plötzlich über ihren Köpfen kaltes, weißes Licht auf, und dann geschah alles gleichzeitig. Ohrenbetäubendes Quieken brach unter den Tieren los, und wie von einer unsichtbaren Macht gesteuert, drückten und drängelten sich die Säue in ihren Boxen gegeneinander, suchten einen Ausweg, wo es keinen gab. Zwischen dem chaotischen Treiben konnte Milo am hinteren Ende der Halle aber noch eine andere Bewegung ausmachen. Eine Gestalt in dunklem Arbeitsoverall sprang zwischen den Boxen hervor und rannte auf den gegenüberliegenden Ausgang zu.

Milos Herz begann zu rasen. Bingo.

»Da hinten!«, brüllte sie in Richtung ihrer Kollegen. Mit ihrer Waffe im Anschlag nahm sie die Verfolgung auf.

Ein einziger, schmaler Gang führte zwischen den Tausenden von Schweinen hindurch, die teils versuchten, vor Milo zurückzuweichen, teils nach ihr schnappten. Der Gestank und die von Futterresten und Staub angefüllte Luft trieben ihr die Tränen in die Augen. Ein Meer an fleischfarbener Haut, von Fäkalien verschmutzter Rüssel und stechend schwarzer Augen verfolgte die Hetzjagd.

Deutlich vor ihr erreichte der Flüchtende den Ausgang und verschwand, ohne sich umzublicken. Fünf Mann im Rücken, erreichte Milo einen Moment nach ihm die schwere Tür und stemmte sie auf. Dahinter wartete ein Albtraum. Es dauerte ein paar Augenblicke, bis Milos Verstand begriff, was ihre Augen sahen. Leichen, Leichen und noch mehr Leichen. Ferkel, Sauen, Eber, übersät mit Bisswunden, die Beine teils schwer verkrüppelt, abgerissene Ohren, zerfetzte Schnauzen. Getrocknetes Blut, das sich mit Kot und Mist vermischte und eine dicke Kruste über den aufgedunsenen Körpern bildete. Eine hüfttiefe Grube tat sich vor ihnen auf, in der sicherlich Hunderte Schweinekadaver gestapelt waren. Milo unterdrückte den Drang, sich mitten auf den Leichenberg zu übergeben, und richtete stattdessen ihre Pistole auf den Mann jenseits des Massengrabes.

»Alles okay«, rief er ihr in einem slawischen Dialekt zu, die

Hände über dem Kopf. »Alles korrekt. Korrekt? Verstehen? Ich korrekt Arbeit.«

Milo blinzelte die Tränen und den Staub aus den Augen und starrte den Mann an. War es der, der eben vor ihr weggerannt war? Er trug dieselbe oder wenigstens sehr ähnliche Kleidung: ein dunkelblauer Overall mit dem Landglück-Emblem auf der Brust. Seine Haare waren unter einem Netz verborgen. Hatte er das eben schon getragen? Er war groß und eher hager. Der Flüchtende hatte deutlich kräftiger gewirkt, oder war das eine Täuschung gewesen? Milo schüttelte den Kopf, sie konnte sich nicht erinnern. »Sind sie allein?«

Der Mann schüttelte den Kopf und zuckte mit den Schultern, er verstand offensichtlich nicht, was sie von ihm wollte. Also richtete sie ihr Wort auf Serbisch an ihn. Es war ein hilfloser Versuch der Verständigung, aber möglicherweise hatte sie ja Glück. »Bist du allein hier?«, wollte sie von ihm in ihrer Muttersprache wissen. »Oder arbeitest du mit einem Kollegen zusammen?«

Der Mann schüttelte den Kopf und antwortete auf Bosnisch: »Nein, ich bin allein.«

Milo blickte sich um. Wo waren sie hier gelandet? Es gab eine weitere Tür in der Nähe des Arbeiters, die offenbar nach draußen führte. Sollte es eine weitere Person gegeben haben, hätte sie den Raum problemlos durch diese Tür verlassen können.

»Ihr beiden«, wies sie zwei der Beamten neben ihr an. »Checkt mal, was sich hinter der Tür befindet … und wer.«

Die beiden schoben sich an ihr vorbei. Bemüht, nicht in die Grube zu blicken, verließen sie den Raum, doch ihre versteinerten Mienen sprachen Bände. Niemanden würde der Anblick hier kaltlassen. Niemanden mit Ausnahme des Landglück-Angestellten, der anscheinend unberührt von allem um ihn herum vor einer digitalen Schaltanlage stand.

»Was ist das?« Milo zeigte auf die Wand und fragte auf Serbisch: »Ein Computer? Eine Sicherungsanlage?«

»Das?« Der Mann nickte in Richtung der Anlage. »Arbeit«, erklärte er knapp und zuckte mit den Schultern.

»Was für Arbeit?« Unwillkürlich wanderte ihr Blick zurück zu den toten Schweinen.

»Soll ich es dir zeigen?«, fragte der Mann.

Milo zögerte einen Moment, dann senkte sie die Waffe und nickte. »Okay.«

Der Angestellte drehte sich zu seiner Schaltung um und drückte in rascher Reihenfolge ein paar der Tasten. Unmittelbar darauf erklang ein dumpfes Warnsignal, und eine rote Lampe an der Decke begann zu blinken. Milo zuckte zusammen. Der Boden der Grube, in der sich die toten Schweine stapelten, fuhr nach unten, gleichzeitig schloss sich ein dicker Stahldeckel über dem Grab. Das Ganze dauerte nur ein bis zwei Minuten, dann verstummte der Alarm. Langsam begann Milo zu verstehen.

»Die Kadaver werden verbrannt«, bestätigte der Mann ihren Verdacht. Eine Verbrennungsanlage. Hier wurden vermutlich die Tiere, die die Hölle in der Halle nicht bis zur Schlachtung überlebten, entsorgt. Sie fröstelte. Ausgang A: Tod. Ausgang B: ebenfalls Tod.

»Ist das immer so?«, wollte Milo wissen. »Also in jedem Schlachtbetrieb?«

»Ja, das ist korrekt so«, erklärte der Arbeiter erneut.

Was an dieser Situation alles nicht korrekt war, hätte Milo vermutlich in keiner Sprache der Welt verständlich zusammenfassen können, aber natürlich wusste sie auch, dass nicht dieser einfache, vermutlich am Existenzminimum lebende Arbeiter für die Gesamtsituation verantwortlich war, die diese Katastrophe ermöglichte. Dennoch fiel es ihr in diesem Moment schwer, ihn nicht einfach mit in die Grube zu stoßen und den roten Knopf zu betätigen. Ihr Blick wanderte über die Schaltwand, ein Klemmbrett mit einem Stapel Zettel, eine Kaffeetasse, ein Ausweis, ein ... Milo machte einen Schritt auf den Arbeitsplatz zu. Sie hatte sich nicht getäuscht, da lag es, neben der Tasse und den Dokumenten: ein Bolzenschussgerät.

»Jeder Mitarbeiter, der im Direktkontakt mit den Tieren arbeitet, führt ein Bolzenschussgerät mit sich«, erklärte die junge Frau im dunkelblauen Kostüm mit ruhiger Stimme. Die Pressesprecherin von Landglück hatte Milo und Gioia im ersten Stock des Hauptgebäudes der Administration in einem Konferenzraum platziert. Unangetastet standen Kaffee und Wasser vor ihnen. Der Teller mit Keksen wirkte ebenso deplatziert wie die Bilder der glücklichen Schweine, die zwischen Blumen und Gräsern auf einer Wiese ihr Leben genossen. Der Kontrast zur Realität hätte nicht größer sein können.

»Wir werden eines der Geräte mit in die Spurensicherung nehmen«, erklärte Gioia der jungen Frau, die sich ihnen als Bianca Geiger vorgestellt hatte. »Und wir brauchen eine vollständige Inventarliste der Geräte, die Sie hier vorrätig haben, und wer Zugang hat.«

»Wie bereits gesagt, jeder Arbeiter, der in den Anlagen unterwegs ist, verfügt über eines. Sie werden zusammen mit der Kleidung in den Umkleiden ausgegeben.«

»Und sind den Arbeitern fest zugeteilt?«

Geiger schüttelte den Kopf und lächelte professionell. »Wir sind hier nicht bei der Polizei. Das sind Arbeitsgeräte, keine Waffen. Was wäre das für ein Aufwand, ein einfaches Bolzenschussgerät einem Arbeiter zuzuteilen? Können Sie sich die Mitarbeiter-Fluktuation in einer Schlachtanlage vorstellen? In manchen Monaten haben wir beinahe wöchentlich einen kompletten Wechsel.

Die Geräte verbleiben hier auf dem Gelände, sie werden nach der Schicht abgegeben. Das wäre doch sicherlich Ihre nächste Frage gewesen, richtig?«

»Richtig«, gab Milo knapp zurück. »Und danach hätte ich nach Unterlagen zu den Angestellten gefragt. Alle Personen, die innerhalb der letzten sechs Monate hier gearbeitet haben. Auch und vor allem die Gekündigten oder Entlassenen.«

Im selben Moment öffnete sich die Tür zum klimatisierten Konferenzraum, und ein junger Mann, dessen Gesicht mit einer hässlich entzündeten Akne überzogen war, schleppte einen Stapel Ordner heran.

»Bitte schön«, kommentierte Geiger, ohne sich die Mühe zu machen, ihren kleinen Triumph zu verstecken. »Alles hier hat seine Ordnung. Einstellungen, Entlassungen, Kündigungen, Arbeitsgenehmigungen unserer ausländischen Kollegen, finden Sie alles abgeheftet. Und ja, auch diese Unterlagen dürfen Sie mitnehmen, wir hätten sie aber gern wieder zurück.«

»Vorbildlich«, lobte Gioia mit einem spöttischen Ton, welcher der PR-Expertin dennoch ein schmallippiges Lächeln ins Gesicht zauberte.

Milo dachte daran, wie es in den Schlachtbetrieben vor einigen Jahren noch zugegangen war. Im Prinzip waren damals neunzig Prozent aller Arbeiter über Subunternehmer im Ausland angestellt gewesen, die sich um den deutschen Arbeitnehmerschutz einen Scheißdreck gekümmert hatten. Die Folgen: Menschen, die sich eine bessere Zukunft versprachen, waren nach Deutschland gekommen und systematisch ausgebeutet worden. Erst die Corona-Krise hatte die Sauereien aufgedeckt, weil in den Massenunterkünften, in denen die Arbeiter zum Teil unter menschenunwürdigen Bedingungen lebten, das Virus grassiert war. Es hatte lange gedauert, bis die Regierung durchgegriffen hatte und die Unternehmer zwang, die Arbeiter in der Schlachtung ordentlich anzustellen.

Umso bemerkenswerter, dass einer der Männer vor ihnen geflüchtet war. Wenn doch angeblich alles in Ordnung war mit den Arbeitsverträgen, der Zeiterfassung und den Aufenthaltsgenehmigungen der Angestellten, wieso hatte er dann die Flucht ergriffen? Unglücklicherweise hatten Milos Kollegen ihn nicht eingeholt. Verdammter Mist. Milo hätte sich gern mit dem Mann unterhalten.

»Wissen Sie, in einem Betrieb wie diesem darf man sich nichts zuschulden kommen lassen«, dozierte die Pressesprecherin weiter und holte Milo in die Gegenwart zurück. »Nur ein einziger kleiner Fehler, und wir haben einen PR-Skandal am Hals und die Umweltschützer schlagen bei uns auf. Wir müssen hier wirklich auf alles achten, auf ALLES.«

»Na, dann hoffen wir, dass hier auch wirklich ALLES in Ordnung ist.« Gioia lächelte knapp und tippte auf den Stapel Unterlagen.

Im selben Moment klingelte Milos Handy. *Somewhere over the rainbow* … Sie warf einen Blick aufs Display. Eine Hamburger Nummer. Sie drückte den Anruf weg, doch es klingelte sofort wieder.

»Mist«, knurrte Milo.

»Vielleicht ist es wichtig«, sagte Gioia und nickte ihr zu, als ob sie sagen wollte: Ich hab hier alles im Griff.

Milo rang kurz mit sich und verließ dann den Raum. »Ja?«, meldete sie sich mit angespannter Stimme.

»Frau Milosevic, guten Tag, hier spricht Dr. Henriette Mang. Ich rufe aus dem Albertinen-Krankenhaus an und habe leider keine guten Nachrichten. Angela Kaltenbach ist gestern Nacht schwer gestürzt …«

Für einen Moment war Milo fünfzehn Jahre jünger und stand mit ihrer Mentorin vor dem damaligen Chef, der ihnen zum gemeinsam gelösten Fall gratulierte. Milos erster Mord, Angela Kaltenbachs letzter. »Ihr zwei seid ein tolles Team«, hörte sie den Chef sagen.

»Sie hat einen Oberschenkelhalsbruch erlitten, ihr Zustand bereitet uns Sorge. Sie sind ihr einziger Notfallkontakt, Frau Milosevic. Es wäre gut, wenn Sie schnellstmöglich kommen könnten.«

»Ich … ich kann nicht«, murmelte Milo, die sich plötzlich steinalt und unglaublich schwach fühlte.

»Sie fragt nach Ihnen. Versuchen Sie es einzurichten. So schnell wie möglich.«

15

6. April 2023, 19:00 Uhr, LKA Hamburg

Milo wusste nicht, wovon sie mehr überrascht war. Von der Tatsache, dass Firmenchef und Geschäftsführer Alexander von Wickersdorf kurz nach ihrem Einsatz selbst im LKA aufgetaucht war, oder dass er obendrein noch angeboten hatte, für Fragen zur Verfügung zu stehen, falls jemand Zeit oder Interesse hätte. Hatten sie, Zeit wie Interesse. Also saß Milo, zusammen mit Vince, der seine Freude darüber, wieder aktiv an der Ermittlung teilhaben zu können, nicht verbergen konnte, nun dem ersten Mann von Landglück gegenüber im Verhörraum 2. B.

»Bitte nennen Sie uns Ihren vollen Namen«, forderte Milo den Gast auf, nachdem sie demonstrativ die Aufnahmetaste an dem Diktiergerät betätigt hatte.

»Alexander von Wickersdorf, neununddreißig Jahre, Geschäftsführer der Landglück AG.«

»Sie sind aus freien Stücken hier und verzichten bewusst auf einen Anwalt? Sie haben unsere Erklärung zu dieser Befragung gehört und verstanden und wissen, dass keine Ermittlungen gegen Sie laufen.«

»Ja, das weiß ich.« Der Mann nickte, strich sich die schmale blaue Krawatte über dem makellos weißen Hemd glatt und straffte die Schultern im dunkelblauen Jackett.

»Warum sind Sie dann hier?«, Vince runzelte fragend die Stirn.

»Mir als Mensch, aber auch uns, als Familienunternehmen mit Tradition, ist es wichtig, zur Aufklärung dieser schrecklichen Sache beizutragen.«

»Welcher schrecklichen Sache?« Milo dachte an die Schweine.

»Der Tod dieser Influencerin. Deswegen haben Sie doch bei uns ermittelt. Oder nicht?«

Milo und Vince wechselten einen Blick. Auch nach dem zweiten Toten, dem Banker aus Buxtehude, hielt sich die Presse größtenteils zurück – was ein Wunder war. Dennoch wurde über die beiden Morde berichtet, vor allem in Hamburg.

Milo sagte nichts zu der Vermutung von Wickersdorfs, was der als Aufforderung verstand, weiterzusprechen.

»Wir folgen seit vielen Jahren in der Firma, aber auch in unserem privaten Leben einem moralischen Kompass, auf den wir stolz sind. Auch wenn das in der Öffentlichkeit von bestimmten … sagen wir, Randgruppen anders gesehen wird, ein artgerechtes Leben steht bei uns an erster Stelle, für Mensch und Tier.«

Irritiert blickte Vince zuerst von Wickersdorf, dann Milo an. Die senkte schnell den Blick, denn der pathetische Schwachsinn, den dieser Mann von sich gab, trieb ihr ein sarkastisches Lachen in die Kehle. Über die artgerechte Haltung der Tiere und eventuell auch einiger Arbeiter hätte sie sich gern ausführlicher mit ihm unterhalten. Aber die Ordner und unzähligen Dokumente sprachen eine klare Botschaft: Soweit es die Bürokratie anbelangte, lief bei Landglück alles nach Vorschrift. Moralisch und ethisch sah das sicherlich anders aus – aber dagegen konnten Milo und ihre Kollegen leider nicht ermitteln.

Es war dennoch bemerkenswert, dass von Wickersdorf, obwohl mittlerweile bekannt war, dass es zwei Tote gab, die offenbar zu einer Serie gehörten, nur die Influencerin ansprach.

»Kannten Sie denn Mira Mönchshagen?«, wollte Milo stattdessen wissen.

Wickersdorf schüttelte den Kopf. »Nein, ich habe sie nicht gekannt. Ich habe nur von dem tragischen Fall gelesen. Bis zu Ihrem ›Besuch‹ bei uns auf dem Gelände habe ich mich gar nicht näher mit der Sache befasst. Sie verstehen sicher meine Überraschung, dass da plötzlich ein Einsatzkommando durch unsere Stallungen stürmt und völlig ohne Anlass oder Verdacht unsere akkuraten Abläufe stört.«

Selbst wenn Milo wusste, dass der Mann im Grunde recht hatte, unterbrach sie ihn. »Ob Sie es glauben oder nicht, Herr von Wickersdorf, auch bei uns läuft alles streng nach Vorschrift. Und Sie werden alle Unterlagen und beschlagnahmten Gegenstände zurückerhalten. Da haben Sie mein Ehrenwort.«

Die Augen des Mannes verengten sich für einen kurzen Moment, dann trat das souveräne Haifischlächeln zurück in sein Gesicht. »Sie sprechen von dem Bolzenschussgerät, das Ihre Männer mitgenommen haben?« Er zog die Augenbrauen nach oben.

»Wie viele dieser Bolzenschussgeräte gibt es in Ihrem Unternehmen?«

»Das kann ich Ihnen nicht sagen.«

»Können Sie nicht? Sie würden also auch nicht bemerken, wenn eines fehlen würde?«

Er verschränkte die Hände voreinander auf dem Tisch. »Ich verstehe, dass Sie als Konsumenten, sagen wir es mal vorsichtig, vermutlich wenig Ahnung von den Prozessen haben, die das Fleisch auf Ihren Teller bringt, aber, und da möchte ich Sie nun wirklich nicht beunruhigen oder Ihnen den Appetit verderben, es braucht dazu tote Tiere, und für tote Tiere braucht es in einer Schlachterei ab und an eben auch dementsprechendes Werkzeug.«

»Ich bin Vegetarierin. Und soweit ich das vor Ort sehen konnte, brauchen Sie keine Bolzenschussgeräte, um die Tiere zu töten. Sie haben dafür weitaus effektivere Methoden entwickelt, richtig?« Milos kalter Blick bohrte sich in ihr Gegenüber, doch der war so schnell nicht aus der Ruhe zu bringen.

»Die Geräte sind nur zum Schutz der Angestellten und Vorschrift, was die internen Regeln zum Tierwohl anbelangen. Es kommt immer wieder einmal vor, dass sich eine Sau schwer verletzt oder während des Verarbeitungsweges nicht nach Vorschrift verendet. Dann sind die Arbeiter angewiesen, Leid zu vermeiden und aktiv einzugreifen, dafür brauchen sie während der Schicht den Bolzenschießer, den sie immer bei sich tragen. Nach Arbeitsende wird er abgegeben. Nicht mehr, nicht weniger.«

»Mira Mönchshagen wurde mit einem identischen Modell hingerichtet«, erklärte Milo mit eisiger Stimme. Es hatte nicht lange gedauert, das herauszufinden, Gerichtsmedizin und Dr. Süß sei Dank.

»Etwa siebzig Prozent aller Geräte dieser Art, die in europäischen Schlachthäusern zum Einsatz kommen, sind identisch zu unseren Modellen. Eine grobe Schätzung. Es gibt nur sehr wenige Hersteller, die in diesem Geschäft tätig sind und Schlachthäuser beliefern.«

»Aber nicht vor allen Schlachthäusern hat die Tote gegen Tierquälerei protestiert«, erwiderte Vince mit einem süffisanten Grinsen. »Das hat sie nur vor Ihrer Haustür gemacht, Herr von Wickersdorf. Ein komischer Zufall, oder?«

Von Wickersdorf runzelte die Stirn, einen Moment lang wirkte er irritiert, vielleicht sogar überrascht. Vince' Behauptung war ihm offensichtlich neu – oder er hatte so viele Proteste gegen sein Unternehmen erlebt, dass er sich an diesen nicht erinnerte.

»Kommt es denn häufiger vor, dass Geräte aus Ihrer Anlage verschwinden?«, bohrte Vince weiter. »Gibt es so etwas wie eine Ausgangskontrolle, oder wird abends abgezählt?«

Der Unternehmer schmunzelte in sich hinein. »Sie haben wirklich keinen blassen Schimmer von unserer Arbeit, oder? Wir schlachten vierundzwanzig Stunden, an sieben Tagen in der Woche, um dieses Land satt zu bekommen. Da gibt es keinen Feierabend, an dem wir Werkzeug zählen, das ist rund um die Uhr im Einsatz und wird nur aussortiert, wenn es defekt ist. Wir sind ein Hochleistungsbetrieb, Effizienz und Schnelligkeit sind das A und O.«

Ob der effiziente Hochleistungsbetrieb auch für von Wickersdorf selbst so viel harte Arbeit bedeutete, stellte Milo stumm infrage. Stattdessen wollte sie von ihm wissen: »Sie können also garantieren, dass keiner Ihrer Angestellten eines der Geräte vom Gelände entfernt hat?«

Wickersdorf schüttelte den Kopf. »Das kann ich selbstverständlich nicht. Wir sind eine Schlachterei und nicht die Stasi. Aber sollte der unwahrscheinliche Fall tatsächlich eingetreten sein, dann kann ich garantieren, dass dies ohne das Wissen und vor allem – und darauf lege ich Wert – ohne das Einverständnis von Landglück geschehen ist und ich im Namen der Firma ein Vergehen, also einen Diebstahl, zur Anzeige bringen würde.« Er machte eine dramatische Pause. »Wir haben mit dem Tod dieser jungen Frau nichts zu tun, und ich möchte Sie darum bitten, dies auch in Ihrer Stellungnahme an die Presse zu bestätigen. Eine Meldung von Seiten Landglück an die lokalen Nachrichten ist bereits in Arbeit.«

Daher kam also die Bereitschaft zur Zusammenarbeit, stellte Milo nüchtern fest. Von Wickersdorf wollte seine weiße Weste auch von offizieller Stelle bestätigt wissen.

Vince antwortete, bevor Milo es tun konnte. »Bevor wir den Täter nicht gefunden haben, können wir der Presse leider gar nichts bestätigen, Herr von Wickersdorf. Sosehr Sie sich das auch wünschen, noch ist nicht ausgeschlossen, dass die Waffe, mit der Mira Mönchshagen erschossen wurde, von Ihrem Grund und Boden kam, ebenso wenig, dass einer Ihrer Angestellten der Täter ist.« Er schwieg einen Augenblick und legte dann nach: »Oder sogar Sie.«

Von Wickersdorf wurde erst kreidebleich, dann feuerrot, und eine Ader auf seiner Stirn pochte wütend. »Das ist eine Unverschämtheit und eine falsche Beschuldigung! Ich bin aus freiem Willen hier, um Sie zu unterstützen. Aber das, das lasse ich mir nicht bieten! Sie hören von meinen Anwälten!« Mit einem Ruck schob er den Stuhl vom Tisch und stampfte aus dem Zimmer.

Vince lehnte sich im Stuhl zurück und konnte sich das Grinsen nicht verkneifen. »Wäre doch schade gewesen, den nicht aus der Deckung zu locken, oder?«

Milo zog skeptisch die Augenbraue nach oben. »Na ja, kooperativ hätte er uns vielleicht mehr geholfen.«

»Ach komm, hast du ihm nicht zugehört? Wir verstehen nichts von seiner Arbeit? Der Herr, der sich seine Millionen mit der Todesqual von unschuldigen Lebewesen erkauft, der sich bereichert an der Armut der Unterschichten, für den Tiere nichts weiter sind als Zahlen auf dem Bankkonto …«

»Du klingst schon genau wie Cleo«, zischte Milo.

»Und wenn schon!«, pampte Vince mürrisch. »Recht hat sie. Eine Riesensauerei ist das alles hier.«

»Aber kannst du dir wirklich vorstellen, dass so ein Schnösel in der Lage ist, eine Frau und einen Mann fachgerecht zu schlachten, sie ausbluten zu lassen, zu häuten und die Organe und die besten Teile zu entnehmen? Ich weiß nicht. Dieser von Wickersdorf ist ohne Frage ein widerlicher Lackaffe. Aber ein blutrünstiger Mörder?«

»Erinnere dich mal an unseren letzten Fall.«

Milo tat es gezwungenermaßen. »Und?«

»Da gab es auch Leute aus der vermeintlich guten Gesellschaft, die sich die Hände schmutzig gemacht haben, ohne sich die Hände selbst schmutzig zu machen.«

»Du meinst …« Sie erinnerte sich an eine wohlhabende Frau, die einen ehemaligen Kleinkriminellen zum Bodyguard gemacht hatte und mit seiner Hilfe Sexualstraftätern auf unbürokratischem und leider auch illegalem Weg auf die Schliche gekommen war.

»Genau die meine ich. Wer sagt, dass von Wickersdorf nicht auch jemanden hat, der für ihn die Drecksarbeit übernimmt? Das nötige Kleingeld hat er sicher.«

»Okay. Aber was soll ein von Wickersdorf mit einem kleinen Banker wie diesem Uwe Kübel zu schaffen haben? Dass er etwas gegen Mira Mönchshagen hatte, das kann ich mir noch zusammenreimen – auch wenn ich nicht glauben kann, dass es für ein Mordmotiv reicht. Das zweite Opfer ergibt aber gar keinen Sinn, wenn du mich fragst.«

Vince schwieg. »Zumindest haben wir den Sinn noch nicht gefunden.«

»Wie geht es ihr?«, wollte er wenig später wissen, als sie wieder an ihren Schreibtischen saßen.

Auch wenn sie ihren Partner manchmal an die Wand klatschen konnte, er war und blieb ein guter Freund. Natürlich hatte sie ihm von ihrem Besuch bei der alten Mentorin Angela Kaltenbach erzählt, und natürlich wusste er, wie wichtig die alte Frau für Milo war. Sie lächelte müde, als sie daran dachte, wie sie am späten Vormittag mit durchgedrücktem Gaspedal ins Krankenhaus gefahren war, in dem Angela Kaltenbach auf der Intensivstation lag. Ihre alte Mentorin hatte sie nicht wiedererkannt, sondern geistesabwesend im Bett gelegen, ohne jede Gesichtsfarbe, die Wangen eingefallen, das Haar platt und fettig. Ihre Lider hatten gezittert, als Milo sich neben dem Bett auf einen Stuhl setzte und ihre Hand ergriff. Kaltenbach hatte die Augen aufgeschlagen und Milo direkt angesehen, mit diesem leeren, teilnahmslosen Blick. »Ich will zu Mama«, hatte sie geflüstert und dann zu weinen angefangen.

Milo räusperte sich und versuchte, den Gedanken an den Krankenhausbesuch abzuschütteln. »Nicht besonders.«

Da war er wieder, der Kloß im Hals, der jedes Mal auftauchte, wenn sie versuchte, über die Demenz und den damit verbundenen Verlust ihrer früheren Chefin und Wegbegleiterin zu sprechen. Alles, was Milo heute war, hatte sie Kaltenbach zu verdanken. Ohne sie wäre ihr Weg ein anderer gewesen. Nicht auszuschließen, dass sie, der Tradition ihrer Brüder folgend, auf der anderen Seite des Gesetzes gelandet wäre.

»Geistig baut sie mehr und mehr ab. Der Bruch, die Operation … keine gute Sache. Eine Reha ist kaum möglich, Angelas Zustand ist einfach zu schlecht. Sie ist nicht kooperativ, schlägt um sich, schreit, beißt.« Milo hob die Hände entschuldigend, aber auch ratlos vor der Brust nach oben. »Es gibt im Krankenhaus kaum Personal, das freiwillig mit ihr arbeiten will. Die meiste Zeit muss man sie ruhigstellen, damit sie die Heilung nicht selbst verhindert. Kein schöner Anblick.« Sie schluckte.

Vince griff nach ihrer Hand. »Das kann ich mir vorstellen. Wenn ich etwas tun kann …«

»Ein Gespräch von Sturkopf zu Sturkopf über die Vorteile der Krankengymnastik?« Milo zwang sich zu einem Lächeln. »Es muss furchtbar sein, verletzt im Bett zu liegen und nicht zu wissen, warum und weshalb. Die Demenz schreitet wohl schneller voran, als die Ärzte dachten. Die Medikamente gegen die Schmerzen nach dem Sturz, das Antibiotikum, das alles verträgt sich nicht sonderlich gut mit ihrer eigentlichen Behandlung. Man musste also mit allem anderen erst einmal pausieren.«

»Schrott im Kopf oder Schrott im Körper, fiese Entscheidung, und ich weiß, wovon ich spreche.« Vince klopfte sich gegen den Vorderschädel.

»Aber bei dir wird beides wieder gut werden.« Milo zögerte einen Moment. »Oder wenigstens so gut, wie es mal war.« Sie grinste, und auch in Vince' Augen blitzte ein Lachen. Dann wurde sie wieder ernst. »Bei Angela allerdings … Ich befürchte, ich werde mich mit dem Gedanken beschäftigen müssen, dass es sie in meinem Leben bald nicht mehr geben wird.«

Laut Kalender hielt sie es erst seit sechs Wochen in der Hölle aus. In ihrem Kopf fühlte es sich nach einer Ewigkeit an. Stunden wie Tage, Tage wie Wochen, Wochen wie Monate.

Ein ständiger Kreislauf des Tötens. Einzig ihr Platz in der Kette der Grausamkeiten änderte sich in regelmäßigen Abständen. Vergasen, aufstechen, verbrennen und wieder von vorn. Es gab keinen Tag, an dem sie nicht Hunderte von Leben auslöschte. Irgendwann in den letzten Stunden hatte sie selbst sich mehr tot als lebendig gefühlt. Die Grenze zwischen dem, was sie war, und dem, was sie tat, verschwamm mehr und mehr. Sie war zum Todesengel geworden. Nein, zum Teufel des Todes. Engel gab es in dieser Welt nicht. Keine Engel, keinen Gott.

Aber sie würde das nicht mehr lange mitmachen. Sie hatte sich einmal im Leben alles nehmen lassen, was ihr wichtig gewesen war. Hatte dabei zugesehen, wie man sie entscheidungsunfähig gemacht hatte. Diesmal würde das nicht so sein. Ihre Tiere hatte sie nicht retten können, ihre Zukunft ebenso wenig. Sie würde alles daransetzen, dem Elend ein Ende zu bereiten. Koste es, was es wolle.

An ihrem einzigen freien Tag der Woche war sie daher nun auf dem Weg zur Kommune Neuland. Eine junge Frau auf dem Parkplatz des Discounters hatte ihr den Flyer in die Hand gedrückt: DEM ELEND EIN ENDE – ES LIEGT IN DEINER HAND!

Sie hatte gespürt, wie all die nicht geweinten Tränen in ihr aufsteigen wollten. Der Tod ihres Vaters, der Tod der Tiere, das Elend und die Einsamkeit ihrer Existenz.

Die junge Frau hatte ihr eine warme Hand auf den Arm gelegt und sie freundlich angelächelt. »Gemeinsam sind wir stark.« Jördis hatte die Worte nicht mehr aus ihrem Kopf bekommen. Nicht am Abend, nicht am nächsten Morgen auf dem Weg ins Schlachthaus, nicht als sie mit ihren Gummistiefeln im Blut der Schweine gestanden und die noch warme Haut von den toten Kör-

pern geschnitten hatte. Nicht als sie, schwitzend vor Angst, das Video in den Stallungen aufgenommen hatte – wissend, dass ihre Aktion sie mehr als nur den Arbeitsplatz kosten konnte.

Als sie auf den Parkplatz fuhr, war sie nervös, unsicher. Auch wenn der erste Blick auf die verstreuten Wohnwagen nicht wirklich beeindruckend war, trug sie tief in sich einen Funken Hoffnung, dass dieser Tag vielleicht der Anfang von etwas Neuem werden könnte.

Eine junge Frau in bodenlangem Kleid aus einfacher Wolle und einer Weste aus bunten Stoffteilen mit Fransen kam ihr entgegen. Allerhöchstens zwanzig Jahre alt, die langen blonden Haare offen über den Rücken, sah sie aus, als wäre sie einem Hippie-Film entsprungen. Freundlich streckte sie eine Hand aus. »Hallo, ich bin Anne, willkommen in Neuland.«

»Jördis«, erwiderte sie, überrascht, wie fremd sich ihr eigener Name in ihren Ohren anhörte. Schon seit Wochen hatte sie niemand mehr mit ihrem Vornamen angesprochen. Überhaupt war das Reden eine Seltenheit geworden an diesem Ort, wo das Grauen alles beherrschte.

Die junge Frau strahlte, als habe sie nur auf sie gewartet. »Jördis, wie schön. Möchtest du einen Tee? Kombucha? Ziegenmilch? Der Großteil ist gerade in der Meditation, aber komm doch mit in den Gemeinschaftswagen, dort kannst du dich etwas umsehen, warten und mir erzählen, was dich zu uns führt.«

Sie nickte und ließ sich von Anne in den größten der Wagen begleiten. Die Hand in der Tasche umklammerte fest den USB-Stick, während ihre Augen im Halbdunkel des Wagens nach einer Person Ausschau hielten, der sie dieses Geheimnis anvertrauen könnte. Drei junge Frauen mit kleinen Kindern auf dem Schoß, die in eine Unterhaltung übers Stillen vertieft waren und nur kurz den Kopf hoben, um sie flüchtig zu mustern. Nein. Eine Frau, die etwa in ihrem Alter sein musste und am Tisch sitzend bunte Tarot-Karten mischte. Nein. Ein Mann mit langen blonden Rastazöpfen, die unter einem bunten Tuch herausquollen. Barfuß saß er auf einer Yoga-Matte und streckte die Arme über dem Kopf nach oben. Nein. Niemand hier in diesem Raum würde ihr helfen, Landglück zu stoppen, so viel stand fest.

Über eine Stunde lang quälte sie sich durch skurrile Unterhaltungen über Wiedergeburt und freie Liebe. Erst als der Rasta-Mann, der eigentlich Jakob hieß, alle zum Chanten aufforderte, verabschiedete sie sich, ohne den Grund für ihren Besuch erklärt zu haben. Es hatte sie aber auch niemand danach gefragt. Zu sehr waren alle mit sich selbst und ihrer Aura beschäftigt. Die Enttäuschung konnte Jördis kaum verbergen, sie blieb aber ebenso unbemerkt wir ihr Besuch.

Zwei weitere Anläufe unternahm sie in den kommenden Wochen. Zu sehr hatte die kurze Begegnung auf dem Parkplatz sie aufgewühlt. Jedes Mal wieder hoffte sie, die junge Frau zu finden. Die Frau mit einem Feuer in den Augen, das selbst Jördis' kaltes Herz berührt hatte. Doch jedes Mal warteten nur dieselben weich gewaschenen Aussteiger und Nichtsnutze auf sie. Singen, Tanzen, Vögeln und Kiffen, damit würde niemand die Welt retten. Damit wollte sie nichts zu tun haben.

Sie hatte die Hoffnung schon fast aufgegeben, als sie zum dritten Mal der Kommune einen Besuch abgestattet und wieder nur mit Hippies herumgesessen hatte. Sie wollte gerade in ihr Auto steigen und sich auf den Weg nach Hause machen. Einige wenige Stunden blieben ihr noch bis zur Frühschicht, und die würde sie garantiert nicht an diesem Ort verschwenden wollen. Da bog lautlos ein dunkles Elektroauto mit einem verschnörkelten Logo-Aufdruck auf der Motorhaube auf das Feld vor den Neulandtoren ein. Die Fahrertür öffnete sich, und eine Frau in dunkler Lederjacke stieg aus. Sie drehte sich zu Jördis um. Es war ihr Lächeln, es waren ihre Augen. Jördis hatte gefunden, wonach sie gesucht hatte.

»Hallo? Kennen wir uns nicht?«, wollte die junge Frau wissen und strahlte.

Jördis nickte. Sie kannten sich. Etwas in ihr regte sich, und die Hoffnung wuchs.

16

7. April 2023, 11:00 Uhr, LKA Hamburg / Sommerland

»So eine Frau vergisst man doch nicht«, erklärte Vince und schüttelte den Kopf. Er studierte die Kopie einer *Morgenpost*-Ausgabe aus dem Frühjahr des letzten Jahres. Nadja aka Nadine hatte sie ihnen erst an diesem Morgen zusammen mit ein paar weiteren Berichterstattungen rund um Mira Mönchshagen auf den Tisch gelegt. »Erst recht nicht, wenn sie einem – ich zitiere – ›jedes Argument für Fleischverzehr und dessen Verkauf gekonnt wie eine Staranwältin auseinandernimmt und mit Schleife verpackt wieder serviert‹. Von Wickersdorf hat uns eiskalt angelogen.«

Darin waren Milo, Vince und auch Gioia sich einig, nachdem sie etwas sprachlos auf das Foto aus dem Kulturteil gestarrt hatten, das eine Podiumsdiskussion im Rahmen der Hamburger Grünen-Tage von 2022 zeigte. Von Wickersdorf und Mönchshagen saßen auf dem Bild direkt nebeneinander. Die Blicke, die sie sich zuwarfen, zeugten nicht gerade von Sympathie. Laut Reporter hatte die junge Aktivistin dem in ihrer Weltanschauung zurückgebliebenen Manager ordentlich zugesetzt und ihn mehr als einmal vor versammelter Presse um Argumente verlegen gemacht. Vielleicht nicht gerade ein Grund für einen bestialischen Mord ein gutes Jahr später, aber, in Kombination mit seiner Falschaussage, in jedem Fall ein Anlass für Milo und Vince, sich den Fleischkönig noch einmal vorzuknöpfen.

Schweigend bretterten sie über die leere Landstraße, Milo am Steuer, Vince in verordneter Schonhaltung, sein Frühstück auf dem Schoß. Zwei in Wachspapier verpackte Scheiben Schwarzbrot, zwischen denen eine gelblich braune Creme und etwas Salat hervorblitzte. Das Ganze roch intensiv nach Curry und entsprach nicht wirklich Vince' Beuteschema. Milo runzelte die Stirn.

»Wie läuft es mit Valerie?«, fragte er mampfend, bevor sie sein Lunchpaket infrage stellen konnte.

Wie lief es mit Valerie? Milo überlegte. Waffenstillstand, Ausweichmanöver, Sackgasse ... Das waren die Worte, die ihr spontan durch den Kopf schossen. In den letzten Tagen war ihr Umgang freundlich, aber distanziert gewesen, und Milo hatte zum ersten Mal gespürt, was es bedeutete, wenn nicht Valerie es war, die auf eine Aussprache pochte.

»Geht so«, knurrte sie und hoffte, Vince würde die Sache damit auf sich beruhen lassen. Aber *seine* Sitzungen mit Valerie hatten offensichtlich Spuren hinterlassen. Anstatt wie gewohnt das Thema zu wechseln und sich gegenseitig mit ihrem Privatkram in Frieden zu lassen, bohrte ihr emotional gewachsener Partner weiter.

»Was ist denn dein Problem? Kannst du sie nicht verstehen, oder willst du sie nicht verstehen?«

Milo rollte mit den Augen. »Ich verstehe schon die Frage nicht.« Sie setzte zu einer bissigen Antwort an, die ihre Unterhaltung an dieser Stelle im Keim ersticken sollte, überlegte es sich aber dann anders. »Valerie wusste immer um die Situation mit meiner Familie und auch, dass ich Zeit brauche. Das war nie ein Problem. Jetzt soll plötzlich alles von heute auf morgen geschehen. Und jeder versteht natürlich, dass sie als Frau das Bedürfnis nach Familie hat, nach Stabilität, Kindern, Heirat, dem ganzen Kram. Alle sind auf ihrer Seite. Aber ich, ich bin auch eine Frau, ich habe auch Bedürfnisse, ich brauche Zeit ... und das versteht niemand.«

Vince schüttelte den Kopf. »Das stimmt nicht. Nicht alle sind auf ihrer Seite. Es gibt ja kaum jemanden, der sich auf irgendeine Seite schlagen könnte, es weiß ja niemand von euch. Und darum geht es auch gar nicht. Ich kann dich schon verstehen, Milosevic, bis vor Kurzem war ich ein ebenso beziehungsunfähiger Klotz wie du.«

Milo zuckte innerlich zusammen. So sah Vince sie also? Und: Hatte er vielleicht recht? Davon mal abgesehen, konnte sie sich nicht vorstellen, dass ein paar Sitzungen bei Valerie den Beziehungsphobiker Vince binnen weniger Tage in einen Experten in Sachen Liebe verwandeln konnten. Oder waren es möglicherweise gar nicht die Gespräche mit Valerie, sondern die Schwärmerei für eine gewisse Umweltschützerin? Seit seiner Offenbarung, dass er sich in Cleo verliebt habe, hatten sie das Thema weiträumig umschifft, auch weil sie zwangsläufig in einer Diskussion endeten, in der Milo am Ende sauer und Vince beleidigt war. Und, das war der weniger schmeichelhafte Teil der Wahrheit, weil sie ihn auch nicht so richtig ernst genommen hatte.

»Menschen ändern sich«, fuhr Vince salbungsvoll fort. »Manchmal braucht es einen Anlass. Zum Beispiel den Mordversuch an einem geliebten Partner ... Dieser Tag ist auch an Valerie nicht spurlos vorbeigegangen, weißt du. Hast du sie je danach gefragt, wie es ihr ging, wie es ihr *geht* mit dem Wissen, dass dein Job dich irgendwann das Leben kosten könnte? Dass ihr vielleicht gar nicht so viel Zeit habt, wie du denkst?«

Milo verspürte eine ordentliche Portion schlechtes Gewissen. Tatsächlich hatte sie bisher nicht wirklich mit Valerie über den Angriff in der Waldhütte aus dem letzten Jahr gesprochen. Auch nicht darüber, was das für ihre Freundin bedeutet haben musste.

»Und wenn es nicht das Leben ist, das dich verändert, dann braucht es vielleicht einfach die richtige Person, für die du bereit bist, dich zu ändern. Oder für die dir der Rest der Welt plötzlich scheißegal ist.«

Milo zwang sich, Vince' Worte nicht mit Nachdruck von sich zu weisen, sondern den Gedanken zuzulassen, den sie seit Jahren immer wieder von sich schob. *Wollte* sie die Beziehung zu Valerie wirklich offenlegen? Hatte sie jemals vorgehabt, ihren Eltern die Wahrheit zu erzählen? Sie konnte die Frage nicht beantworten. Sie liebte Valerie. Zumindest glaubte sie das. So viele Jahre hatte ihre Freundin sich immer wieder die Mühe gemacht, Milos harte Schale Schicht für Schicht abzutragen, stets in der Hoffnung, endlich auf den weichen Kern zu stoßen, für den sich die Arbeit lohnte. Aber gab es diesen Kern? Jedes Mal, wenn Milo versuchte, sich eine Familie mit Valerie vorzustellen, Kinder, einen Hund, dann war da nur ein großer schwarzer Fleck. Bisher war sie davon ausgegangen, das würde sich ändern, wenn sie reinen Tisch gemacht hätte. Aber war es fair, auf dieses Wunder zu hoffen? Valeries Leben quasi zu pausieren und ihre Wünsche immer wieder zurückzustellen? Und welche Rolle spielte Gioia in dem Ganzen? Warum war die Vorstellung, der Kollegin nahe zu sein, seit einigen Tagen nicht mehr so abwegig wie noch vor einigen Wochen?

»Du musst mit ihr sprechen«, schloss Vince seinen Vortrag, während sie auf die Tore der Großschlachterei zufuhren. »Das bist du ihr schuldig. Ich weiß, dass sie dir viel bedeutet. Aber wenn es nicht genug ist, dann hat sie ein Recht, das zu erfahren und ihre eigenen Entscheidungen zu treffen. Und …«

Milo konnte seinen bohrenden Blick auf ihrem Gesicht spüren.

„… das hast du auch. Ihr beide verdient es, glücklich zu sein, Jagoda.«

Während Milo über die Unmöglichkeit von Glück nachdachte, öffneten sich vor ihrem Auto wie von Zauberhand die breiten Gittertore des Landglück-Geländes.

Sie saßen im selben Konferenzraum wie schon am Vortag, der gleiche schale Kaffee, der gleiche – möglicherweise sogar derselbe – fantasielose Keksteller. Nur war es diesmal nicht die Pressesprecherin, sondern der Geschäftsführer höchstpersönlich, der ihnen gegenübersaß. Wieder hatte sich Alexander von Wickersdorf überraschend kooperativ gezeigt. Ohne auf einen Anwalt warten zu wollen, war er bereit, ihnen dreißig Minuten seiner kostbaren Zeit für ihre Rückfragen zur Verfügung zu stellen. Fünf Minuten des Zeitfensters hatte er sie allein im Raum warten lassen, weitere zwei Minuten starrte er nun schon, ohne ein Wort zu sagen, auf die Kopie des *Mopo*-Artikels, respektive das Foto, das ihn mit der toten Mira Mönchshagen zeigte.

Vince war es schließlich, der das Schweigen unterbrach. »Warum haben Sie uns angelogen?«

Von Wickersdorf hob den Kopf. Seine Augen brauchten einen Moment, um sich auf den Besuch zu fokussieren. Er wirkte, als wären seine Gedanken meilenweit von diesem Ort entfernt gewesen. Verwirrt schüttelte er den Kopf. »Wie kommen Sie darauf, ich hätte Sie angelogen?«

»Nun, dieses Bild zeigt Sie neben der Toten sitzend, der Artikel beschreibt recht ausführlich, dass Sie sich länger und sehr intensiv ausgetauscht haben. Sie, Herr von Wickersdorf, wirken mir nicht wie ein Mensch, der so eine Begegnung schnell vergisst. Oder so eine Frau.« Vince lächelte jovial.

Von Wickersdorf nickte müde. »Sie haben recht, ich vergesse selten Wichtiges. Ich muss Sie in diesem Fall aber enttäuschen. Junge Frauen, die sich für das Leben von Tieren mehr interessieren als für das Leben von Menschen …«, sein Blick wanderte noch einmal über das Foto, „… mögen sie auch noch so charmant aussehen, gibt es in diesen Tagen zu oft, als dass eine von ihnen einen bleibenden Eindruck hinterlassen würde.«

So schnell gab Vince nicht auf. »Mit dieser aber haben Sie sich über zwei Stunden unterhalten.«

»Diese Art von Unterhaltung führe ich am laufenden Band«, gab Wickersdorf gelassen zurück. »Fragen Sie Bianca, Frau Geiger, sie wird Ihnen gern bestätigen, dass diese Termine mittlerweile leider einen Großteil meines Kalenders ausmachen. Ich bin mehr damit beschäftigt, unsere Arbeit nach außen zu rechtfertigen, als mich mit dieser Arbeit tatsächlich zu beschäftigen. Interview mit einer Tierschutzzeitung hier, Podiumsdiskussion da, Stellungnahme im Fernsehen, Sammelschriften, Vorwürfe, Proteste … Unsere PR-Abteilung hat ganze Kataloge an Antworten auf die immer gleichen Fragen und aktualisiert ständig die gesetzliche Basis, auf der wir völlig korrekt arbeiten. Ich bin lediglich die Marionette, die bei diesen Auftritten den Mund bewegt und unsere Botschaft nach außen trägt. Glauben Sie mir, es gibt schönere Dinge im Leben, als sich von Menschen dafür beschimpfen zu lassen, dass man ihnen das liefert, was sie zum Leben brauchen.«

Milo konnte spüren, wie sich Vince neben ihr versteifte. Sie rechnete jeden Moment mit einer Grundsatzdiskussion zwischen dem Neubekehrten und dem Altüberzeugten. Aber von Wickersdorf ließ ihn gar nicht erst zu Wort kommen.

»Zu meiner Schande muss ich gestehen, dass ich mich bei diesen Terminen mittlerweile einfach rauszoome. Ich kann jede Frage und Argumentation schlafend aufsagen und mache das natürlich auch. Also bitte erwarten Sie nicht von mir, dass ich mir jedes Gesicht und jeden Menschen, der mich leidenschaftlich für all das hasst, was ihm oder ihr in dieser Welt nicht passt, auch noch merke und mit nach Hause nehme. Ich soll ein herzloser Schlachter sein? Das wäre selbst für mich zu viel Masochismus. Gut möglich, dass ich mit dieser, wie war der Name? Mira Mönchshagen? Dass ich mit dieser Frau einen öffentlichen Auftritt absolviert habe, aber gekannt habe ich sie nicht. Und erinnern kann ich mich an dieses Event auch nicht wirklich, tut mir leid. Frau Geiger kann Ihnen dazu sicher noch einige Details raussuchen, aber für mich war das nur ein Tanz unter Tausenden. Die immer gleichen Phrasen, die immer gleichen Gäste, ausgewählt, um heiße Thesen und unlösbare Konflikte zu generieren. Völlig sinnlos für mich, sich näher damit zu beschäftigen. Ich befürchte, Sie haben den Weg hierher umsonst gemacht.«

Na, das wollen wir doch mal sehen, dachte Milo und beugte sich leicht nach vorn. »Dann wird es Sie sicher auch nicht interessieren, dass Mira Mönchshagen kurz vor ihrem Tod, bei dem man sie kopfüber an den Knöcheln aufhängte, ihren Körper aufschnitt und sie ausbluten ließ, eine Abtreibung hatte?«

Sie ließ Alexander von Wickersdorf nicht aus den Augen. Täuschte sie sich, oder hatten sich seine Pupillen unmerklich geweitet? Wenn sie sich nicht irrte, zuckte sein Mundwinkel leicht. Doch eines musste sie ihm lassen: Der Typ hatte ein Pokerface. Verdammt.

»Sie haben recht«, sagte er schließlich mit leicht belegter Stimme. »In welchen Umständen diese Person, diese ermordete Frau, war, tangiert mich persönlich tatsächlich nicht.«

Der Frust in Vince' Gesicht sprach Bände, und Milo fühlte sich genauso. Selbst wenn von Wickersdorf gelogen hatte, weil er Mira Mönchshagen eben doch gekannt hatte: Ihre Schwangerschaft schien ihn völlig kaltzulassen, die Abtreibung ebenso. Schon wieder eine Sackgasse. Und wenn sie wirklich nur eine x-beliebige Umweltschützerin war, der er auf irgendeinem Symposium oder Kongress einmal begegnet war, konnte Milo das sogar verstehen.

»Vielen Dank für Ihre Zeit«, beendete Milo mit einem Blick auf die Uhr den Termin. »Dürften wir vielleicht noch eine abschließende Runde übers Gelände drehen? Mit ein paar Mitarbeitern sprechen? Wir werden auch nicht länger als notwendig deren Zeit verschwenden, nur, um einen finalen Eindruck zu gewinnen?«

Von Wickersdorf lächelte flach und etwas gezwungen, aber er nickte. »Selbstverständlich. Frau Geiger wird Sie begleiten. Bitte haben Sie Verständnis dafür, dass wir Sie hier schon aus versicherungstechnischen Gründen nicht allein herumlaufen lassen können.«

Als hätte sie ihren Namen durch die Wände gehört, erschien im selben Moment die Pressesprecherin von Landglück mit einem ähnlich gezwungenen Lächeln im Gesicht wie ihr Chef. Von Wickersdorf verabschiedete sich mit einem festen Händedruck von Milo und Vince, dem er unnötigerweise die Hand auf die Schulter legte.

»Ich hoffe, Sie können diese schreckliche Sache schnell aufklären. Niemand sollte sein Leben umsonst geben. Nicht unter solchen Umständen. Man mag das von einem Mann wie mir nicht denken, aber ich verabscheue jede Form von Gewalt.«

Vince öffnete den Mund, wollte etwas sagen, doch er entschied sich um, presste die Lippen fest zusammen und nickte knapp.

Sie folgten Frau Geiger über den weitläufigen Hof. Ohne ein Wort zu wechseln, wussten sie beide, dass diese zweite Kontrolle sinnlos war. Die Unterlagen der Angestellten schienen in Ordnung zu sein. Und selbst wenn es ihnen gelänge, illegale Arbeiter bei Landglück zu identifizieren, würde sie das im Mord von Mönchshagen keinen Schritt weiterbringen.

»Ich würde gern noch mal die Schlachtanlage sehen«, erklärte Vince zu Milos Überraschung. Sie hatte keine Ahnung, was ihr Partner sich davon versprach. Doch Geiger nickte knapp, und so folgten sie ihr mit etwas Abstand zur Halle neben den Stallungen.

»Was soll das?«, knurrte Milo leise.

»Besser, du weißt das nicht«, gab er knapp zurück und hielt den Blick starr geradeaus gerichtet.

Milo konnte das angstvolle Quieken der Schweine im selben Moment hören, als Geiger mit ihrem Ausweis eine schwere Tür öffnete. Die Tür lag in unmittelbarer Entfernung zu dem Kontrollraum, in den sie gestern gestürmt waren. Am liebsten hätte sich Milo geweigert, auch nur einen Schritt weiter zu machen. Auf keinen Fall wollte sie sich noch einmal in diese perverse Todesmaschinerie begeben. Doch Vince schob sich energisch an ihr vorbei und ging voran.

Zu Milos Überraschung trafen sie in diesem Raum auf eine weibliche Mitarbeiterin. Bisher waren es, von der Pressesprecherin abgesehen, ausschließlich Männer mit eindeutig ausländischem Hintergrund gewesen, denen sie auf dem Gelände begegnet waren. Einer von ihnen stand jetzt vor ihnen an den Pulten, die die Anlage steuerten, während seine Kollegin gerade das Gatter eines Käfigs schloss, der in einer Art Aufzugschacht hing und in dem etwa ein Dutzend Schweine eingepfercht waren. Beide blickten überrascht, beinahe erschrocken auf, als sie die Besucher bemerkten.

»Lassen Sie sich nicht stören«, gab Geiger sofort Entwarnung. »Dies ist lediglich ein Routinebesuch, einfach weitermachen … WEITERMACHEN«, wiederholte sie betont langsam an den Mann gewandt.

Er nickte stumm. Im selben Moment nahm Milo eine Bewegung in Vince wahr. Ihr Kollege versuchte, langsam und unauffällig sein Handy aus der Tasche zu ziehen. Milo hielt die Luft an. Er hatte doch nicht vor, hier drinnen illegal zu filmen? Mit einem Schritt trat sie vor ihn, um Geigers Blick auf ihn zu verstellen.

»Ich denke, wir haben hier alles gesehen«, erklärte sie mit strenger Stimme.

»Einen Moment noch«, protestierte Vince, und der Mann am

Pult drückte den roten Hebel, der den Schweinekäfig in die Tiefe befördern sollte.

Mit einem Ruck setzte er sich in Bewegung. Vince versuchte, sich an Milo vorbeizuschieben, um ein besseres Bild zu bekommen, doch die bewegte sich parallel vor ihm, als plötzlich eines der grunzenden Schweine im Käfig Panik bekam und in Todesangst versuchte, sich an den anderen Tieren vorbei ans Gatter zu drängen. Ein entsetzliches Getöse, Gezappel und Gedränge entstand, während die Sau wild um sich biss. Erschrocken zuckte Milo zusammen. Vince hielt seine Handykamera jetzt direkt aufs Geschehen, während Frau Geiger begann, ungehalten Anweisungen zu brüllen.

Die Einzige, die beängstigend ruhig blieb, war die Frau in der Arbeitsuniform. Von der Statur konnte sie es gut und gern mit ihrem Kollegen aufnehmen. Groß, breite Schultern, wettergegerbtes, faltiges Gesicht, Ende vierzig vielleicht? Ihre graublauen Augen bohrten sich für einen Moment in Milo. Darin war nichts von der Ruhe des Körpers zu erkennen. Wut und Hass schlugen ihr daraus entgegen, so intensiv, dass Milo instinktiv auswich, als die Schlachterin einen Schritt nach vorn machte. Die Frau zückte ein Bolzenschussgerät, beugte sich über den Käfig, packte mit einem festen Griff das panische Schwein am Ohr und drückte die Waffe gegen seinen Schädel. Im Tumult und Geschrei war nicht zu hören, wie sie den Abzug betätigte, aber eine Sekunde später sackte der schwere Tierkörper in sich zusammen, und der Aufzug verschwand in die Tiefe.

Die Frau hob den Kopf, und ihr Blick traf erneut auf Milos. Diesmal war darin nichts als Ruhe zu erkennen. Eine tiefe Ruhe und etwas, das Milo einen kalten Schauer über den Rücken jagte.

»Sie dürfen hier nicht filmen!«, kreischte Geiger direkt hinter Milo, und alle Blicke richteten sich auf Vince. »Was fällt Ihnen ein?

Sie haben dazu keine Genehmigung. Ich muss darauf bestehen, dass Sie mir auf der Stelle Ihr Telefon übergeben.«

Vince grinste von einem Ohr zum anderen. »Das geht leider nicht, das ist ein Diensthandy und Eigentum der Hansestadt Hamburg.«

Er lächelte noch immer, als sie wenig später, nachdem man sie, begleitet von vier Mitarbeitern des firmeneigenen Sicherheitsdienstes, vom Gelände geführt hatte, wieder im Auto saßen.

»Das war so ziemlich gegen jede Vorschrift, die mir gerade einfällt, Vincent Frey«, knurrte Milo, umfasste das Lenkrad fest und atmete tief durch. »Und ich hoffe inständig, du hast die Aufnahmen nicht für diese Cleo oder Miras Mission gemacht, sondern für dein Privatvergnügen.«

»Ach, nun sei doch nicht so.« Dann wurde er plötzlich ernst. Es dauerte einen Augenblick, ehe Milo begriff, dass er die Miene nur aufgesetzt hatte. »Ich befürchte, ohne Anwalt und offizielle Papiere werden wir von Wickersdorf nicht mehr sehen. Aber macht nichts, ist ja ohnehin eine Sackgasse.«

»Ja, eine Sackgasse«, murmelte Milo und versuchte, nicht mehr an den kalten Blick der Schlachterin mit dem Bolzenschussgerät in der Hand zu denken.

17

7. April 2023, 16:30 Uhr, LKA Hamburg

»Was ist denn das für eine VERDAMMTE SCHEISSE?«, begrüßte sie die schrille und wütende Stimme Serpils, als Milo und Vince die Räume der Soko »Mira« betraten.

Milos Partner flüsterte leise: »Oh, oh«, aber nicht leise genug für die empfindlichen Ohren der Chefin.

»Und du? Warum stehst du hier eigentlich rum, hä?«, donnerte sie und marschierte mit ausgestrecktem Zeigefinger auf Vince zu, der einen Schritt zurückmachte und schützend die Hände hob.

»Ich … ich weiß nicht, was du meinst«, stammelte er und warf Milo einen hilflosen Blick zu.

»Da!« Serpil wirbelte herum und deutete auf den Rollstuhl, der verwaist in der Ecke stand. Der Rollstuhl, in dem Vince seit Tagen nicht mehr gesessen hatte – weder im LKA noch bei den Außeneinsätzen. »Wir haben einen Deal, Frey! Du stehst nicht aus diesem Scheißding auf, bis der Arzt dich gesundschreibt, und keinen BESCHISSENEN TAG FRÜHER!« Wieder hatte sie die Stimme erhoben, und Vince machte zwei hastige Schritte in Richtung des Rollstuhls, ließ sich hineinsinken und zog den Kopf ein.

»Sorry«, murmelte er.

Serpil folgte ihm und baute sich vor ihm auf. »Und jetzt würde ich gern mal wissen, was für einen Mist ihr da bei Landglück abgezogen habt. Ein illegales Video? Aus dem Schlachtraum?« Sie wirbelte herum und visierte Milo an. »Ist das euer verfickter Ernst?«

Milo wollte sagen, dass sie mit Vince' eigenmächtiger Handlung rein gar nichts zu tun hatte, aber die Chefin ließ sie gar nicht erst zu Wort kommen.

»Weißt du eigentlich, mit wem dieser von Wickersdorf alles bekannt ist? Der war mit dem Bürgermeister in einer Klasse, verdammt noch mal. Auf dem verkackten Internat! Die haben auf dieselben Kekse gewichst, und ihr meint jetzt also, dass ihr euch mit dem anlegen wollt?!« Sie fuhr herum und durchpflügte den Raum mit langen Schritten. »Und das, wo ich den Staatsanwalt wegen des Durchsuchungsbefehls beknien musste. Beknien!«

»Moment«, warf Milo ein, war aber offenbar unsichtbar, denn Serpil ignorierte sie einfach. Wieder wandte sich die Chefin Vince zu.

»Gib mir dein Handy!«

»Äh … nein?«

»DEIN. HANDY!«

Er zögerte nur kurz, dann zog er das Smartphone aus der Tasche und hielt es Serpil hin. Sein Gesichtsausdruck wirkte bockig.

»Du löschst jetzt dieses Video. Und zwar pronto.«

Vince setzte zu einem Einwand an, doch Serpil funkelte zornig, und sein Widerstand brach. Mit verkniffener Miene wischte er über das Display, drückte demonstrativ auf ein paar Symbole und hielt es ihr dann wieder vor die Nase. »Bitte schön. Weg ist es.«

Serpil schloss die Augen, atmete tief durch und sagte dann sehr langsam und sehr bedrohlich: »Wenn ihr noch einmal so eine Scheiße baut, sorge ich dafür, dass ihr nie wieder in eurem Leben auch nur in die Nähe des LKAs kommt, sondern den Rest euer Beamtenlaufbahn Stempelkissen befeuchtet. Habe ich mich klar und deutlich ausgedrückt?«

Sie stierte Vince an, der knapp nickte. Milo hatte eigentlich eine Menge zu sagen, entschied sich jedoch dafür, die Chefin zu einem anderen Zeitpunkt, wenn ihre Laune nicht am Siedepunkt war, darüber zu informieren, dass sie mit Vince' Aktion überhaupt nichts zu tun hatte. Obwohl sie ihren Partner damit erst recht reinreiten würde. Was ziemlich unkollegial wäre. Sie seufzte innerlich und beschloss, Serpil deswegen nicht mehr anzusprechen. Mitgehangen, mitgefangen.

»Was steht ihr hier so rum? Habt ihr nichts zu tun?«, brüllte Serpil in diesem Augenblick, und Milo setzte sich in Bewegung. Hinter ihr hörte sie das leise Klackern des Rollstuhls, den Vince keuchend in Bewegung gesetzt hatte.

»Noch was«, dröhnte Serpils Stimme hinter ihnen und ließ beide erstarren. »Die Süß hat angerufen. Uwe Kübel wurde auf dieselbe Art wie Mira Mönchshagen umgebracht. Gleiche Klinge, gleiches Werkzeug, gleiches Vorgehen. Und keine Spuren. Nichts, was auch nur ansatzweise auf den Täter verweisen würde.«

Die Chefin kam von hinten näher, musterte erst Milo, dann Vince, die es beide nicht wagten sich umzudrehen, und zischte dann beängstigend nahe an ihren Hinterköpfen: »Ich empfehle euch also, endlich eure Arbeit zu machen, statt irgendwelche Videos von Schweinen zu drehen. Na, wird's bald?«

Milo und Vince sahen zu, dass sie Land gewannen und so schnell wie möglich aus dem Sichtfeld der Chefin verschwanden.

In ihrem kleinen Büro angekommen, schloss Milo hinter ihnen die Tür und lehnte sich mit dem Rücken dagegen. »Wow«, sagte sie langsam und seufzte.

»Ja, Mann. Die hat ja voll einen an der Waffel!«, ereiferte sich Vince. »Das Video löschen, geht's noch?« Er grinste. »Ich habe es zum Glück schon auf der Fahrt zurück nach Hamburg an Cleo geschickt. Hoffentlich kann sie was damit anfangen.«

Milo traute ihren Ohren nicht. »Also hast du das Video wirklich für sie gedreht? Damit sie es für Miras Mission verwenden kann? Du hast echt einen Sockenschuss, Vince!«

»Hä? Du willst doch nicht etwa sagen, dass du auf Serpils Seite bist?«

Sie stieß sich von der Tür ab und lief unruhig im Raum auf und ab. »Es geht doch hier nicht um Seiten. Es geht darum, dass du verdammt noch mal niemals dieses Video hättest drehen dürfen. Während eines offiziellen Einsatzes? Weil du einer Tussi imponieren willst?« Sie war lauter und ausfallender geworden, als sie beabsichtigt hatte. Doch es fuchste sie, dass die Chefin sie auf dem Kieker hatte – wieder einmal, weil ihr Partner sich nicht an die Regeln hielt.

»Was ist denn mit dir los?«, wollte Vince ehrlich überrascht wissen. »Kriegst du deine Tage oder so?«

Milo blieb stehen und schlug mit der flachen Hand auf den Tisch. »Du bist schon wieder so unprofessionell, mir fehlen echt die Worte!«

»Reg dich ab«, setzte Vince an, aber Milo war schneller.

»Nein. Du hörst mir jetzt mal zu. Du hast dich schon immer über so ziemlich jede Regel hinweggesetzt, die es bei der Polizei gibt. Und immer, wirklich immer, habe ich dich geschützt.«

»Wird das jetzt eine Generalabrechnung, Milosevic?«

»Ja! Du solltest im Rollstuhl sitzen, oder noch besser, Reha machen. Stattdessen pfeifst du auf alles, was man dir sagt. Du lässt dich von Valerie therapieren, obwohl du weißt, dass sie meine Freundin ist und das eigentlich nicht geht. Du machst illegale Aufnahmen, während wir bei Landglück sind, um bei einer Zeugin, die du niemals privat treffen solltest, Eindruck zu schinden. Ist es nicht so?«

»Was unterstellst du mir denn da?«, rief Vince laut. »Ich habe mit Cleo so gut wie keinen Kontakt! Wir schreiben uns nur manchmal. Wegen der Mission.«

»Das glaubst du doch selbst nicht.« Sie wurde ernst. »Vince, das kann dich deinen Job kosten!«

»Na und? Dann bin ich den Job halt irgendwann los. Who cares?«

»Ich, verdammt noch mal!«, rief Milo laut.

»Also echt«, gab Vince zurück. »Du willst mich doch am liebsten sofort loswerden, damit Gioia deine Partnerin wird, die dich flachlegen will.«

»Sag mal, tickst du noch ganz richtig?«

Er verschränkte die Arme vor der Brust und sagte mit süffisantem Lächeln: »Sie flirtet mit dir. Und ich wette, du hast nichts dagegen, wo es mit Valerie doch gerade so bescheiden läuft.«

»Lenk jetzt bloß nicht vom Thema ab!« Milo trat zum Fenster und öffnete es. Eine milde Brise drang ins Zimmer, konnte die erhitzte Stimmung aber nicht abkühlen. »Ich versuche nur, dich zu schützen. Dich und deinen Job.«

Er lachte auf, aber es klang nicht amüsiert. »Dieser Job ist für die Tonne, Milo. Wir müssen uns ständig hinter falschen Regeln und Gesetzen verstecken, wir müssen warten, bis Frauen vergewaltigt, Kinder missbraucht und Stalker übergriffig werden, wir beschützen die Täter und verurteilen die Opfer. So sieht es aus! Cleo kann wenigstens das tun, was sie für richtig hält. Sie ist radikal, ja, aber sie lebt ihre Werte und kann wirklich etwas verändern.«

Milo schüttelte den Kopf. »Vince, wach doch mal auf. Hast du schon mal darüber nachgedacht, dass Cleo dich vielleicht nur benutzt? Dass sie durch dich an Ermittlungsdetails rankommt? Was, wenn sie doch was mit dem Mord an ihrer Chefin zu tun hat?«

Vince blinzelte, dann veränderte sich sein Gesichtsausdruck und wurde hart. »Es tut mir leid.«

Sie stutzte. »Was tut dir leid?«

»Was ich dir gleich sagen werde.« Er holte tief Luft. »Fick dich.« Dann stand er so ruckartig aus dem Rollstuhl auf, dass dieser nach hinten rollte, marschierte zur Tür, riss sie auf und donnerte sie beim Verlassen des Raums so heftig zu, dass die Scheiben wackelten.

Eine verdammte Visitenkarte. Das war alles gewesen, was ihr diese Mira in die Hand gedrückt hatte. »Schreib mir eine Mail, dann vereinbaren wir ein Treffen.«

Jördis zögerte. Sie sollte eine Mail schreiben? Aber sie standen sich doch direkt gegenüber. Warum sollten sie nicht direkt miteinander sprechen?

Sie zog den USB-Stick aus der Tasche und überreichte ihn Mira. »Schau dir das an. Es sind Aufnahmen von Landglück. Sie zeigen, was da wirklich abgeht.«

In diesem Moment veränderte sich der Gesichtsausdruck der jungen Frau, wurde abweisend, irgendwie … unfreundlich. Nach einer Sekunde griff sie nach dem USB-Stick. »Hast du die Aufnahmen gemacht?«

Jördis nickte.

»Wie viele Kopien gibt es davon?«

»Keine. Nur diese.«

»Gut.«

Mira steckte den USB-Stick ein und machte einen Schritt nach hinten. »Schreib mir.«

Und genau das hatte Jördis getan. Aber bis auf eine automatische Antwort, dass man sich zeitnah um ihr Anliegen kümmern werde, hatte sie nichts bekommen. Keine Mail. Keinen Anruf. Nichts.

Zwei Wochen war es nun her, dass Jördis Mira getroffen hatte. Zwei Wochen, in denen sie jeden Abend mit klopfendem Herzen ihren Maileingang checkte und immer wieder aufs Neue enttäuscht wurde.

Irgendwann beschloss sie, dass sie nicht länger warten wollte. Auf der Website von Miras Mission stieß sie im Impressum auf eine Handynummer, die sie kurzerhand wählte. Eine andere junge Frau meldete sich, nicht Mira, natürlich nicht. Sie stellte sich als Cleo vor, hörte Jördis kaum zu, schien abgelenkt. »Schreib uns eine Mail. Wir bekommen derzeit so viele Anfragen, dass wir nach Prioritäten sortieren müssen.«

»Ich habe Mails geschrieben. Mehrere. Und mein Video hat oberste Priorität!«, rief Jördis laut, weil ihr die Geduld verloren ging. Sollte die Initiative nicht helfen, wenn Tiere in Not sind? Was für ein Tierschutzverein reagierte nicht, wenn man ihnen von grauenhaften Missständen berichtete?

Die Frau am anderen Ende der Leitung seufzte genervt. »Ich hab jetzt leider keine Zeit mehr, wir sind mitten in einem Shooting. Schreib uns einfach, okay?« Und legte auf.

Fassungslos starrte Jördis auf das Telefon in ihrer Hand. Ob sie über Instagram einen weiteren Versuch starten sollte? Sie öffnete die App, loggte sich mit ihrem Nutzernamen ein und ging auf den Kanal von Miras Mission. Der bunte Ring um das Logo zeigte an, dass es eine neue Story gab. Jördis klickte darauf … und erstarrte.

Deswegen hatte man bei Miras Mission keine Zeit für sie? Weil Mira, das Gesicht des Vereins, gerade bei Werbeaufnahmen für ein veganes Müsli war?! »Garantiert frei von tierischen Inhaltsstoffen und regional produziert«, sagte die junge Frau in einem der kurzen Clips lachend in die Kamera und schob sich einen Löffel von dem Zeug in den Mund.

Jördis konnte es nicht fassen. Sie ging zurück auf die Website der Mission und fand neben der Handynummer eine Adresse, unter der sich offenbar die Büroräume der Initiative befanden. Sie musste Mira sehen. Sie musste mit ihr sprechen.

Am nächsten Tag, einem Freitagabend, ihre Frühschicht war seit mehreren Stunden beendet, setzte sich Jördis in ihren alten Golf und fuhr zur Adresse in der Nähe der Roten Flora. Sicher eine halbe Stunde stand sie mit dem Wagen in einer der Parkbuchten auf der gegenüberliegenden Straßenseite und starrte auf die Milchglasscheibe des Ladenlokals, in dem sich das Hauptquartier von Miras Mission befand, wie es auf der Website genannt wurde.

In dem Moment, in dem sie die Tür ihres Golfs öffnete und sich anschickte, aus dem Wagen zu steigen, ging die Tür des Ladens auf, und Mira trat heraus. Sie wirkte in Eile, aber selbst über die Distanz konnte Jördis die Energie der jungen Frau spüren. Heute würde sie sie sicher nicht abweisen.

Sie würde ihr helfen. Musste ihr helfen. Sicher gab es eine einfache Erklärung dafür, warum sich Mira noch nicht gemeldet hatte. Vielleicht waren Jördis' Mails ja auch im Spam-Ordner verloren gegangen, und diese Cleo hielt sich für wichtiger, als sie war.

Mira sah sich ein paarmal hektisch um – und lächelte plötzlich, als eine schwarze Audi-Limousine um die Ecke bog und in einigen Metern Entfernung vor dem Laden stehen blieb.

Mit angehaltenem Atem beobachtete Jördis, wie Mira sich noch einmal zu allen Seiten umdrehte, die Beifahrertür öffnete und im Auto verschwand. Kaum war die Tür geschlossen, gab der Fahrer, den Jördis nicht erkennen konnte, Gas und brauste davon.

Jördis runzelte die Stirn. Warum stieg die Gallionsfigur einer Umweltschutzbewegung in einen superschicken Wagen? Wer war der Mann am Steuer? Und warum dieses geheimnisvolle Verhalten?

Jördis startete ihren eigenen Wagen, lenkte den Golf aus der Parkbucht und nahm die Verfolgung auf. Zuerst befürchtete sie, sie hätte den Audi verloren. Dann jedoch schien ihr Fortuna hold – oder die Ampelschaltung in dieser verfluchten Stadt. Jördis ließ sich etwas zurückfallen und fuhr hinter dem Audi bis in die HafenCity. Dort stellte der Fahrer den Wagen vor einem dieser neuen, nichtssagenden Wohnhäuser ab und stieg aus dem Auto. Er war hochgewachsen, wirkte irgendwie geschniegelt, ein richtiger Lackaffe. Er war vielleicht vierzig Jahre alt, das dunkelblonde Haar pappte an seinem Kopf, er trug trotz der längst einsetzenden Dämmerung eine teuer wirkende Sonnenbrille und natürlich die obligatorischen Segelschuhe, die alle reichen Schnösel dieser Stadt trugen, sobald es mal nicht Bindfäden regnete. Der Mann trat um den Wagen, öffnete die Beifahrertür und hielt der jungen Frau die Hand hin, um ihr beim Aussteigen zu helfen.

Jördis traute ihren Augen kaum, als sie sah, wie Mira aus dem Audi stieg und sich dem Lackaffen in die Arme warf. Sie legte den Kopf in den Nacken, der Mann beugte sich nach unten und küsste sie. Der Kuss wirkte … gierig. Und sehr vertraut. Auf keinen Fall tauschten diese beiden Menschen zum ersten Mal Liebkosungen aus. Dabei wirkten sie so unterschiedlich. Wie zwei Wesen von völlig unterschiedlichen Planeten. Die junge, attraktive Umweltschützerin. Und der Schnösel mit der verspiegelten Sonnenbrille.

Jördis kniff die Augen zusammen. Wo hatte sie den Mann schon einmal gesehen? Er kam ihr bekannt vor. War er Politiker? Ging eine Umweltschützerin mit einem Politiker ins Bett? Oder war er irgend so ein Wirtschaftsfuzzi? Vögelte sie den, um Unterstützung für ihre Mission zu bekommen?

Und dann fiel es ihr wieder ein. Sie kannte ihn. Und wie sie den Mistkerl kannte. Seine grinsende Visage prangte auf einem der Flyer, den man ihr bei Vertragsunterzeichnung ausgehändigt hatte. Auf dem Deckblatt sah man eine grüne Wiese mit Blumen darauf und jede Menge glücklicher Bauern, die gesunde kleine Ferkel im Arm hielten. Und im Innenteil griente eine Unternehmerfamilie.

Sie meinte, ein Geräusch in sich wahrzunehmen. Wie ein unmerkliches, hauchzartes Klicken. Ein Schalter, der sich umlegte. Und dann wurde es in ihr plötzlich eiskalt. Ihre Finger wurden taub. Sie spürte die Beine nicht mehr, und beinahe kam es ihr vor, als würde die Hand, die den Gang einlegte und das Lenkrad mit weißen Knöcheln umfasste, nicht zu ihr gehören. Sie war ein weiteres Mal verraten worden. Gab es überhaupt noch jemanden auf diesem Planeten, dem man Glauben schenken konnte?

Wenn jetzt schon die Guten mit den Bösen ins Bett gingen, durfte sie sich nicht wundern, wenn sich niemand bei ihr meldete. Wenn ihr keiner half. Wenn sie auf sich allein gestellt war. Wenn nur sie sah, was es zu tun galt.

Sie war die Einzige, die etwas ausrichten, das Gleichgewicht wiederherstellen konnte. All jenen, die sie ignoriert, verlacht, bestohlen hatten, würde sie zeigen, wozu sie imstande war. Nie wieder würde sich jemand über sie stellen. Nie wieder würde sie betteln müssen.

Die Zeit der Rache war gekommen. Bald schon würde sie es sein, die über Tod und Leben entschied.

Sie drückte das Gaspedal und fuhr davon. Und in ihrem Kopf begannen die Rädchen sich zu drehen.

18

8. April 2023, 9.30 Uhr, Eimsbüttel

»Du hast … Frühstück gemacht?« Valerie stand im Bademantel im Türrahmen, die Arme vor der Brust verschränkt, und starrte Milo an. »Erwartest du jemanden?«

Milo ließ den Pfannenwender sinken, mit dem sie das Rührei umgerührt hatte. Sie wusste genau, dass es jetzt nur einer blöden Reaktion von ihr bedurfte, um die Situation wieder eskalieren zu lassen. In sich drin spürte sie bereits das Glimmen, das die Zündschnur binnen weniger Wimpernschläge entzünden würde. Tief durchatmen. Lächeln. Das half doch eigentlich immer.

»Nur dich. Ich dachte, wir könnten es uns mal wieder zu Hause gemütlich machen? Zumindest heute Vormittag?«

Valerie sah sie aus ihren blauen Augen lange an. Dann schien sie sich einen Ruck zu geben. »Okay. Eigentlich bin ich heute mit Lena verabredet. Zum Bummeln in der Schanze. Aber vielleicht kann ich das verschieben.« Sie angelte nach ihrem Handy, das auf der Arbeitsfläche lag. »Wenn meine Freundin ausnahmsweise mal an einem Wochenendtag Zeit hat, möchte ich nicht die Spielverderberin sein.«

Schon wieder eine Spitze. Milo atmete den aufkeimenden Ärger weg und kleisterte sich ein noch breiteres Lächeln ins Gesicht. »Möchtest du einen Kaffee?«

»Gern.« Valerie nahm am gedeckten Tisch Platz und tippte auf dem Handy herum. Dann legte sie das Gerät weg und schaute Milo erwartungsvoll an. »Und? Wie läuft's?«

»Beschissen, aber nicht aussichtslos«, erwiderte Milo und gab Valerie Rührei auf den Teller. Anschließend goss sie ihr Kaffee in die Tasse. »Aber ich will nicht über den aktuellen Fall sprechen.«

»Okay.« Valerie nickte. »Wie geht es Vincent?«

Milo hielt inne und entschied sich für eine Notlüge. »Gut.«

»Aha. Nur gut?«

Sie schnaufte. »Wir hatten gestern eine kleine … Auseinandersetzung unter Kollegen. Das ist aber kein Thema für heute Morgen.«

Valerie nickte langsam, trank von ihrem Kaffee. »Also wenn wir nicht über deinen Fall und auch nicht über deinen Partner sprechen, bleibt ja eigentlich nicht mehr viel …«, sie sah Milo provozierend an, „… worüber du ansonsten sprechen willst. Nicht wahr?«

Milo spürte, wie der Ärger sich nun doch Bahn brach. »Valerie, lass gut sein. Ich will nicht streiten.«

»Oh, streiten will ich auch nicht. Ich hätte gern Lösungen. Für unser Problem.«

»Unser Problem?«

Valerie stellte die Tasse ab und lachte auf. »Nun mach dich mal nicht dümmer, als du bist. Du weißt genau, wovon ich rede. Wie lange willst du mich eigentlich noch hinhalten?«

Milo sprang vom Stuhl auf und stellte sich an die Spüle. Jede Faser in ihrem Körper wollte fliehen, alles in ihr schrie danach, die Wohnung zu verlassen und so weit wegzurennen, wie es ihr möglich war. Wann war Valerie eigentlich eine so dermaßen blöde Kuh geworden? Aber das war nicht das Gefühl, das sie haben, geschweige denn ihrer Freundin vermitteln wollte. Also rief sie sich zur Räson, atmete noch einmal tief durch und drehte sich dann zum Tisch um.

»Valerie, es tut mir leid. Ich verstehe, warum du wütend auf mich bist. Ich entziehe mich dir und deinen Fragen, ich stürze mich in die Arbeit, um nicht darüber nachdenken zu müssen, was ich wirklich will. Das ist nicht fair. Dir gegenüber. Und irgendwie auch nicht mir selbst gegenüber.«

Valerie starrte Milo einen Moment lang fassungslos an, dann stand sie auf und warf sich in Milos Arme.

»Es tut mir so leid«, schluchzte sie, während sie Küsse auf Milos Haar und ihren Hals niederregnen ließ. »Ich kann so ein Ekel sein, und dabei will ich dir doch nur die ganze Zeit über sagen, dass ich dich liebe und mit dir leben will. Ich kann mir alles mit dir vorstellen, alles …« Sie nahm Milos Gesicht in ihre Hände und sah sie eindringlich an. »Ich liebe dich. Ich liebe dich mehr …«

Die Türklingel unterbrach die Liebeserklärung.

»Erwartest du doch Besuch?«, fragte Valerie verdutzt und wischte sich mit der Hand über das verheulte Gesicht.

»Nein. Das kann eigentlich nur mein nerviger Partner sein. Hoffentlich will der sich auch entschuldigen«, scherzte Milo, gab Valerie einen Kuss auf den Mund und eilte zur Tür.

Da die Gegensprechanlage immer noch kaputt war, drückte sie, in Gedanken noch bei Valeries plötzlichem Ausbruch, einfach auf den Summer, ohne vorher einen Blick aus dem Wohnzimmerfenster zu werfen. Vielleicht kam ja ein Paket an, für Valerie vielleicht.

Sie öffnete die Wohnungstür und hörte, wie die Haustür aufschwang. Dann lugte sie um die Ecke in den Flur – und erstarrte.

»Sestrica!«, rief eine Stimme, die ihr bekannt vorkam. Viel zu bekannt.

»Branko?« Milo schob sich in den Flur und schloss hastig die Wohnungstür hinter sich. »Was machst du denn hier?«

Ihr Bruder, sechs Jahre älter als sie, aber keinen Deut erwachsener, breitete die Arme aus und zog sie an sich. »Na, ich besuche dich!«

»Ohne Ankündigung?!« Milos Stimme klang selbst in ihren Ohren schrill. Was zur Hölle hatte ihr verkorkster Bruder hier zu suchen? Was wollte er in Eimsbüttel? Sie scannte hastig sein Outfit. Wieder mal einer dieser vermaledeiten Trainingsanzüge, dieses Mal in Azurblau mit weißen Rennstreifen an der Seite. Auf dem Kopf trug er eine Kappe, an den Füßen teuer aussehende Sneaker. Woher hatte ihr Bruder, der stets mit einem Bein im Knast war und noch nie in seinem Leben einem geregelten Job nachgegangen war, die Kohle, um sich solche Schuhe zu leisten? »Brauchst du Geld?«, fragte sie hastig. »Steckst du in Schwierigkeiten?«

»Sestrica!«, rief Branko. »Was ist denn los mit dir? Ich wollte dich einfach nur besuchen. Hier wohnst du also.« Er hob die Hand und klopfte an der Tür. »Hübsche Hütte!«

Ehe Milo etwas tun konnte, ging die Wohnungstür auf und Valerie im weißen Bademantel erschien. »Oh«, sagte sie bloß, dann wanderte ihr Blick zu Milo.

»Das ist …« Milo suchte nach Worten.

»Ihr Lieblingsbruder. Branko.« Er machte einen Ausfallschritt in die Wohnung und zog Valerie in eine stürmische Umarmung. Valerie, die eigentlich eher norddeutsch distanziert war, musste überrascht auflachen und klopfte Branko auf den Rücken. »Nett, dich kennenzulernen.«

»Ja, aber hallo.« Er ließ seinen Blick viel zu offensichtlich über Valeries Körper wandern. »Bist du eine Freundin von Jagoda?«

Milo spürte den Blick Valeries auf sich. *Bitte,* flehte sie still, *bitte oute mich jetzt nicht vor meinem Idiotenbruder! Nicht vor ihm. Wenn es sein muss, dann wenigstens vor Drago – aber nicht Branko! Der kann seine Klappe nie halten.*

»Kann man so sagen«, erlöste Valerie sie schließlich.

»Nice.« Branko schnupperte. »Frühstückt ihr gerade? Da sag ich nicht Nein.« Ohne auf eine Einladung zu warten, drängte Milos Bruder in die Wohnung und gab sich selbst eine kleine Führung. Er bewunderte den Stuck an der Decke. »Jagoda, Täubchen, du hast es ja richtig zu was gebracht. Kein Wunder, dass du uns nie in deinen Palast einlädst … Wenn Cousin Zlatan hierherkommt, lässt er glatt die Silberlöffel mitgehen!«

Branko lachte, Valerie fiel mit ein, und Milo kam sich vor wie im falschen Film. Einem ohne Happy End, in dem am Ende alle Hauptdarsteller starben.

»Magst du mit uns frühstücken?«, fragte Valerie in diesem Moment und lotste Branko in die Küche.

»Aber natürlich, ich bin Serbe! Ich kann immer essen.«

Valerie lachte erneut, Branko ließ sich auf Milos Platz nieder und begann, ihr Rührei in sich reinzustopfen. Dann fing er an, von Billstedt zu erzählen, wie es ihren Eltern ging, dass Milos Vater vielleicht ein neues Hüftgelenk brauchte, dass Drago Angst hatte, Peggy könnte noch ein weiteres Kind wollen … Er plapperte munter vor sich hin, angeheizt von Valeries Fragen, die Milos Bruder äußerst amüsant zu finden schien.

Irgendwann sah er von seinem dritten Brötchen auf, das er sorglos in sich reinstopfte, und blickte Valerie an. »Und du? Wer bist du eigentlich? Wohnst du auch in Hamburg?«

Valerie errötete. »Nun ja. Also … ja.«

»In der Gegend?«

»Mmmhmm …« Sie verstummte, sah Milo an. Der Blick war klar: *Wenn du weiterlügen willst, bitte schön, aber ich übernehme die Aufgabe nicht für dich.*

»Valerie ist … eine …« Milo durchforstete ihr Gehirn nach einer Ausrede. »Sie ist eine Nachbarin. Aus dem Haus. Und sie hat sich ausgeschlossen.«

»Ausgeschlossen?« Branko zog eine Augenbraue hoch. »Aber das ist doch gar kein Problem.« Er holte einen Schlüsselbund aus seiner Hosentasche, an dem ein Dietrich baumelte. Wozu auch immer Branko den im tagtäglichen Leben brauchte. »Ich kann dir helfen.« Er stand von seinem Stuhl auf. »So alte Schlösser knacke ich mit links.«

»Oh, nein«, erwiderte Milo schnell. »Das wird nicht nötig sein. Wir haben schon den Schlüsseldienst gerufen.«

»Spart euch das Geld«, sagte Branko und lief in den Flur. »Oder gebt die Kohle mir!« Er lachte.

Valerie zischte Milo wutentbrannt zu: »Na, schönen Dank auch. Und in welche Wohnung unserer Hausgemeinschaft sollen wir jetzt einbrechen?!«

»Branko, das ist sinnlos«, rief Milo laut. »Das sind Sicherheitsschlösser! Setz dich wieder hin.«

Er kam zurück in die Küche, ein breites Grinsen im Gesicht. »Mach dich nicht lächerlich, Jagoda. Ein Sicherheitsschloss ist eine meiner leichtesten …«

»Setz! Dich! Hin!«, schrie Milo plötzlich laut, und schlagartig wurde es mucksmäuschenstill in der Küche.

Branko hob die Hände. »Ist ja gut. Ist ja gut. Ich wollte mich nicht aufdrängen.«

»Tust du nicht«, sagte Milo. »Aber vielleicht ist es besser, wenn du jetzt gehst.«

Brankos Augenbraue wanderte noch höher. »Ist es das?« Dann ging sein Blick zu Valerie. Zurück zu Milo. Und wieder zu Valerie, die sich peinlich berührt den Ausschnitt ihres Bademantels enger zog. Als Nächstes geschah das, was Milo unter allen Umständen hatte vermeiden wollen: Das Gesicht ihres Bruders erhellte sich. Er hatte kapiert, dass Valerie keine Nachbarin war.

Was möglicherweise auch daran liegen konnte, dass sie just in diesem Moment wieder zu ihrer Kaffeetasse griff, auf der in geschwungenen Lettern ein Name stand. *Valerie.*

Fuck.

Brankos Mund öffnete sich. Er wirkte erstaunt, aber irgendwie auch nicht. Dann grinste er.

In diesem Augenblick erklang eine Melodie. *Somewhere over the rainbow …* Milos Handy klingelte. Selten im Leben war sie glücklicher gewesen, die Nummer des LKAs auf dem Display zu erkennen.

»Ja?«, fragte sie atemlos und dachte bei sich: *Nur weg hier. Egal aus welchem Grund. Notfalls auch wegen einer neuen Leiche.*

»Philipp hier. Kannst du kommen? Ich habe etwas Interessantes bei der Auswertung der Videobänder aus der HafenCity herausgefunden.«

»Bin schon da«, seufzte Milo erleichtert, sprang aus der Küche und verließ die Wohnung. Sollte Valerie doch um Himmels willen Branko die Wahrheit gestehen. Schlimmer konnte die Situation nicht mehr werden.

19

8. April 2023, 11.00 Uhr, LKA Hamburg

Eigentlich hätte sie sich freuen sollen. Immerhin hatte sie gerade den Beweis dafür bekommen, dass Alexander von Wickersdorf sie wieder einmal angelogen hatte. Aber sie hasste es eben, wenn Vince am Ende recht behielt. *So eine Frau vergisst man nicht,* tönten ihr seine Worte noch im Ohr, und sie konnte sich sein breites Grinsen ausmalen, wenn er die Aufnahmen zu Gesicht bekommen würde.

»Der von Wickersdorf und die Mönchshagen …«, murmelte Philipp und stopfte sich ein Stück Donut in den Mund. Offensichtlich hatte er sich von Vince' unstillbarem Appetit anstecken lassen. Dann blickte er zu Milo. »Wo steckt eigentlich Frey? Hab ihn vorhin nicht erreicht.«

»Keine Ahnung«, murmelte sie ausweichend.

»Aha. Hängt der Haussegen bei euch schief?« Philipp hob die Augenbrauen. Offenbar hatte er doch einen Funken Humor abbekommen.

Milo schwieg. Sie war sauer. Und würde das auch noch eine ganze Weile bleiben. Freunde hin oder her, Kollegen durch dick und dünn, ganz egal, so konnte Vince nicht mit ihr umspringen. Nicht mal mit dem Lebensretter-Bonus. Er hatte gestern »Fick dich« zu ihr gesagt und es so gemeint. Und sich seitdem nicht mehr bei ihr gemeldet. Weder für eine Entschuldigung noch für eine Aussprache. Deswegen meldete sie sich jetzt auch nicht bei ihm. Sollte er doch bleiben, wo der Pfeffer wuchs.

»Warum treffen sich der Fleischbaron und der Tierschutzengel? Sind die nicht natürliche Feinde?«, sinnierte Philipp weiter, der heute ausgesprochen redselig zu sein schien.

»Das weiß ich noch nicht.« Milo runzelte die Stirn, während sie von Wickersdorf und Mönchshagen dabei beobachtete, wie sie im Video der Überwachungskamera das Gebäude, in dem sich das Loft der Toten befand, betraten. Dicht an dicht, sodass sich die Schultern beinahe berührten, liefen sie in Richtung Aufzug und verschwanden gemeinsam darin. In Mira Mönchshagens Gesicht war eindeutig ein Lächeln zu sehen.

»Von wann ist das?«, wollte Milo wissen.

»Das Video ist vier Tage vor dem Mord an der Mönchshagen aufgenommen worden. Wenn von Wickersdorf also nicht an einer spontanen Amnesie leidet, hat er euch einen Bären aufgebunden. Schau mal, es geht noch weiter.«

Philipp schloss die Datei und suchte ein paar Sekunden im Ordner auf seinem Monitor. Mit einem Klick öffnete er ein weiteres Video der Überwachungskameras aus demselben Gebäude, aber aus einem anderen Stockwerk – dem Penthouse. Eng umschlungen stolperte Mira Mönchshagen zusammen mit von Wickersdorf aus dem Fahrstuhl. Mehrere Sekunden dauerte es, bis sie zusammen den Weg zur Wohnungstür fanden. Was vor allem daran lag, dass sie bereits im Gehen versuchten, sich die Kleidung vom Leib zu schälen und in wildem Geknutsche ineinander verschlungen quasi blind hin und her stolperten. Milo schürzte die Lippen. »Sieh an.«

Während Mira Mönchshagen hektisch mit den Fingern den Code eintippte, um die Wohnungstür zu öffnen, liebkoste von Wickersdorf weiter ihren Körper und küsste immer wieder ihren Nacken. Für einen Moment hob er dabei den Kopf und lächelte unbewusst in die Überwachungskamera, als wollte er Milo Hallo sagen.

»Hallo, Herr von Wickersdorf …«, murmelte Milo, während sie beobachtete, wie die beiden Turteltauben in der Wohnung verschwanden.

»Meinst du, er hat was mit dem Mord zu tun?«, wollte Philipp von ihr wissen. »Sieht nicht so aus, als hätte er etwas gegen sie. Im Gegenteil, oder?«

»Liebe und Hass liegen oft nah beieinander«, kommentierte Milo und war sich der schmerzlichen Wahrheit ihrer Worte durchaus bewusst. »Alexander von Wickersdorf ist der Eigentümer von Landglück. Er ist also quasi von Beruf das, was Mönchshagen versucht hat zu zerstören. Zumindest bis vor einiger Zeit. Die Frage ist nur: Waren seine Gefühle echt, oder war das alles nur Show, um ihr nahezukommen, ihr Vertrauen zu gewinnen und sie dann aus dem Weg zu schaffen? Hat er sie am Ende getötet, weil er herausgefunden hat, dass sie von ihm schwanger war? Oder noch schlimmer: weil sie sein Kind abgetrieben hat?« Sie nagte an ihrer Unterlippe. »Möglicherweise war es aber auch genau andersherum. Hat Mira Mönchshagen ihn benutzt, um an Interna von Landglück ranzukommen? Und von Wickersdorf hat das mitbekommen und sie deshalb aus dem Weg geschafft?«

Auf dem Bildschirm war plötzlich eine Bewegung zu sehen, die Milos Aufmerksamkeit zurück zum Video lenkte. Aus dem Fahrstuhl trat eine Person, von der Milo nur schwer erkennen konnte, ob es sich um einen Mann oder eine Frau handelte. Sie trug einen grauen Arbeitsoverall und hatte eine dunkle Baseballkappe mit weißem geschwungenem Schriftzug auf der Stirnseite tief ins Gesicht gezogen. Die dunklen Haare waren zu einem kurzen Pferdeschwanz, der eher an einen Rasierpinsel erinnerte, zusammengebunden und gaben keinen Hinweis auf das Geschlecht. In der linken Hand trug die Person einen Putzeimer, unterm Arm einen Wischmopp. Den Blick fest auf den Boden gerichtet, trat sie an die Wohnungstür von Mira Mönchshagen. Dort verharrte sie mehrere Sekunden. Den Kopf unnatürlich vorgeneigt, sah es beinahe aus, als würde sie an der Tür lauschen.

»Warum putzt der nicht?«, rätselte Philipp. »Das frag ich mich schon die ganze Zeit. Er kommt, steht und geht wieder. Irgendwie seltsam, oder?«

Die Person hob die Hand. Ihre Finger verharrten einen Moment über dem digitalen Schloss, als wollte sie einen Code eingeben, dann aber überlegte sie es sich anders, machte auf dem Absatz kehrt und marschierte zurück in den Fahrstuhl.

»Vielleicht ist es nicht die Putzkraft aus dem Haus, sondern die von Mönchshagen persönlich? Sie kommt, will putzen, hört Stimmen in der Wohnung und geht wieder?«

»Vielleicht.« Philipp tippte sich nachdenklich gegen das Kinn. »Aber der hat das Putzzeug der Hausmeisterei dabei. Siehst du?« In schneller Reihenfolge spielte der Kollege drei Videos der Tage zuvor ab. Abwechselnd zeigten sie eine Frau und einen Mann in ganz normaler Straßenkleidung beim Putzen des Treppenhauses mit exakt dem Set an Eimer und Wischmopp, das die Person mit dem Cap bei sich hatte.

»Keiner von denen hat einen Overall an, und auch keine Kappe«, erklärte ihr Kollege unnötigerweise.

»Keiner von den beiden ist die Person vor der Tür«, ergänzte Milo nachdenklich. »Warum sollte eine private Reinigungskraft Geräte aus der Hausmeisterei benutzen? Mönchshagen wird doch wohl selbst einen Wischmopp und einen Eimer gehabt haben.«

Philipp zuckte mit den Schultern. »Vielleicht war es einfach jemand Neues in der Putz-Crew, die wechseln ja quasi täglich. Und der war einfach neugierig, wie die reichen Säcke in dem Luxusbunker so leben. Oder ein ganz normaler Perverser, der die beiden drinnen vögeln hören hat und ein bisschen was mitbekommen wollte? Oder der Typ hat den Code vergessen.«

Milo ging nicht auf seine Spekulationen ein. »Spul noch mal zurück.«

Sie studierte noch zwei weitere Male das Video der schwer zu erkennenden Gestalt. Die Finger über dem Zahlenschloss, das sah aus, als würde sie den Code kennen, als wollte sie ihn eintippen und dann …

Hatte Cleo nicht gesagt, ausschließlich sie und Mönchshagen hätten Zutritt zum Loft gehabt? Aber hatte Cleo Petersen nicht auch behauptet, Mira Mönchshagen habe keinen Partner? Wie verlässlich waren ihre Aussagen? Milo spürte ein ungutes Kribbeln in der Magengegend. Irgendetwas war faul an dieser Sache. Sie wusste nur noch nicht, was. Aber sie würde es herausfinden.

»Du gehst mit den Aufnahmen von dem von Wickersdorf und der Mönchshagen zu Serpil«, wies sie ihren Kollegen an. »Soll die entscheiden, ob ihr das reicht, sich mit dem Banknachbarn des Bürgermeisters anzulegen.«

»Und was machst du?«, wollte Philipp wissen.

»Ich fühle jemandem auf den Zahn.«

20

8. April 2023, 12:30 Uhr, St. Pauli

Die Gegend, in der sich Cleo Petersens Wohnung befand, unterschied sich deutlich von der schicken HafenCity, in der ihre Chefin gelebt hatte. Wie auch immer der finanzielle Deal zwischen den beiden Freundinnen ausgesehen hatte, der Pay-Gap war nicht zu leugnen. Aber vielleicht wohnt Petersen auch gern auf St. Pauli?, stellte Milo ihre eigenen Vorurteile infrage. Vielleicht gehörte es zu ihrer Überzeugung, eben nicht im schicken Marmorpalast zu hausen?

An der abgerissenen Fassade des mehrstöckigen Wohnhauses, in dem Cleo zu leben schien, checkte sie die Klingelschilder. Kaum ein Name war mehr zu lesen, die meisten abgekratzt, durchgestrichen oder so oft überklebt, dass jeder Postbote vermutlich weinend nach Hause gehen und eine Umschulung beantragen würde. Nur ein einziges Schild hatte einen lesbaren Namen, fein säuberlich aus dem Etikettier-Gerät neben dem Klingelknopf angebracht: »C. Petersen«.

Ab und an darf man auch mal Glück haben, freute sich Milo über die kleinen Dinge, genau, wie Valerie es immer predigte, und drückte den Knopf. Wartend starrte sie auf die schmalen Schlitze der Gegensprechanlage, aber es passierte nichts. Sie drückte noch mal und noch mal, vergeblich. Von unten war nicht zu hören, ob die Anlage im Haus funktionierte. Der Straßenlärm übertönte alles. Versuchshalber drückte Milo gegen die Haustür, die sofort ohne großen Widerstand nach innen aufschwang. Der Logik der Klingelordnung folgend, musste Petersen im dritten Stock wohnen. Milo würde ihr Glück noch mal an der Wohnungstür versuchen.

Der Hausflur roch modrig. Das Linoleum auf der alten Holztreppe blätterte an einigen Ecken ab und war an mehr als einer Stelle aufgeschnitten. Hinter den verschlossenen Türen war teils dumpfe Musik, teils aufgebrachtes Stimmengewirr zu hören. Milo stapfte weiter bis zur dritten Etage, wo es überraschend ruhig war. Wie vermutet fand sie auch hier das »C. Petersen«, säuberlich ausgedruckt und gut sichtbar auf Augenhöhe an der mittleren der drei Wohnungstüren angebracht.

Sie klingelte, und diesmal konnte sie das schrille, blecherne Ringen im Inneren der Wohnung hören. Für einen kurzen Moment schoss ihr der Gedanke durch den Kopf, dass es vielleicht keine gute Idee gewesen war, ohne Vince oder Gioia hier aufzutauchen, vor allem wenn es sich bei Cleo tatsächlich um die Mörderin handeln sollte.

Ihr letzter Versuch, einen Fall im Alleingang aufzuklären, war für niemanden gut ausgegangen. Aber jetzt geht es ja nur um ein paar kurze Fragen, sprach sie sich Bestätigung zu und drückte erneut die Klingel.

Hinter der Tür war nichts zu hören. Frustriert schnaubte Milo durch die Nase. Sie hasste kaum etwas mehr, als Zeit zu verschwenden. Eine Sache, für die Vince normalerweise gut war: ihre Ungeduld und ihr Temperament zu zügeln. Aber Vince war nicht da.

Sie hämmerte kurz mit der Faust gegen die Tür, dann beugte sie sich zu dem altmodischen Zeitungsschlitz herunter und hob die Klappe an, um ins Innere zu schielen. Wenn sie sonst nichts erreichen konnte mit ihrem Besuch, dann wenigstens einen Blick auf das Interior erhaschen.

Doch von der Einrichtung konnte Milo nicht viel sehen. Direkt vor dem Schlitz starrte sie auf den Stoff eines grauen Frottee-Bademantels, und im selben Moment öffnete dessen Trägerin die Tür. Etwas irritiert starrte Cleo Petersen auf Milos gebeugte Gestalt.

»Frau Milosevic?«, entfuhr es der Bewohnerin. »Ähm … Was machen Sie denn hier?« Aus ihrer Stimme war die Überraschung herauszuhören. »Kann ich Ihnen bei irgendetwas helfen?«

Milo richtete sich auf. »Ja, das könnten Sie. Ich hätte noch ein paar Fragen an Sie.«

Cleo Petersen warf einen schnellen Blick über ihre Schulter in die Wohnung. »Muss das unbedingt jetzt sein? Im Moment ist es … nicht so gut.«

Irgendetwas bereitete Petersen Sorge, das war nicht zu übersehen. Milos Bauchgefühl meldete ihr deutlich, dass die junge Frau ein schlechtes Gewissen hatte und sie am liebsten sofort wieder losgeworden wäre. Ein Grund mehr, jetzt nicht nachzugeben.

»Es ist wichtig«, hakte Milo mit fester Stimme nach. »Wir haben seit heute Morgen neue Erkenntnisse, die den Fall und ehrlich gesagt auch Ihre Aussage in ein anderes Licht rücken.«

Milo konnte die Argumentationsfalle zuschnappen sehen. Es gab wenig, das Cleo Petersen gegenhalten konnte, ohne sich selbst irgendwie verdächtig zu machen.

»Kommen Sie herein.« Petersen trat zur Seite, um im schmalen Flur Platz zu machen. Alles in dieser Wohnung stand im krassen Gegensatz zu dem weiträumigen Loft von Mira Mönchshagen. Eine winzige Kochzeile im Flur, direkt neben der Garderobe, die eigentlich nur aus einem an zwei Haken gespannten Seil bestand. Zwei Jacken, zwei paar Sneaker, eines davon in einer Größe, die unmöglich Cleo Petersen passen konnte. Ein Freund? Liebhaber?

Hatte sie in früheren Gesprächen etwas über ihren eigenen Beziehungsstatus gesagt? Milo konnte sich nicht erinnern.

»Wollen Sie etwas trinken? Wasser? Einen Kaffee? Ich wollte gerade frühstücken.«

Um halb eins am Mittag?, dachte Milo, aber irgendwann war sie auch mal jünger gewesen und hatte an den Wochenenden die Tage erst zur zweiten Hälfte begonnen.

»Nein danke, sehr freundlich«, entgegnete sie und folgte Petersen in den kleinen Raum, der gleichzeitig als Wohn- und Esszimmer diente. In der Mitte stand ein alter, runder Holztisch, an der hinteren Wand eine Couch, mit bunten Kissen und gewebten Decken überzogen. Die Tür zum Balkon, der in einen Innenhof ragte, zierte ein offenbar selbst gebastelter Perlenvorhang. An den Wänden hingen Bilder, Mandalas und diverse Poster mit politischen Aufschriften.

»Also, was haben Sie rausgefunden, das so dringend mit mir besprochen werden muss?«

Bevor Milo antworten konnte, war aus einem der beiden angrenzenden Zimmer plötzlich Duschwasser zu hören. Aha, Petersen hatte also Besuch.

»Dass Sie uns angelogen haben, zum Beispiel.« Milo ließ die junge Frau nicht eine Sekunde aus den Augen.

»Gelogen?«, gab Cleo mit ausdrucksloser Miene zurück. »Ich habe leider keine Ahnung, wovon Sie sprechen. Da müssen Sie schon konkreter werden.«

»Sie haben uns erzählt, Mira Mönchshagen sei Single gewesen. Sie habe keinen Lebenspartner gehabt.«

»Und?« Petersen zuckte mit den Schultern. »Das ist die Wahrheit. War die Wahrheit. Außer, sie hat posthum noch jemanden gedatet.«

Milo entging der Sarkasmus in der Stimme ihres Gegenübers

nicht. Von der so hilfsbereiten Zeugin war, zumindest im Moment, nicht viel zu spüren. Vielleicht lag es an dem Übernachtungsgast, der nicht wissen sollte, dass sie in einen Mordfall verwickelt war?

»Wir haben Beweise, dass Mira einen Partner hatte«, erklärte Milo und wartete auf die Antwort.

»Was für Beweise?«

»Videoaufnahmen.«

»Woher?«

»Aus dem Penthouse.«

»Und was soll darauf zu sehen sein?«

Für einen kurzen Moment überlegte Milo, ob sie diese Information wirklich mit einer möglichen Verdächtigen teilen sollte. Aber irgendwie musste sie in diesem verdammten Fall ja mal weiterkommen. Vielleicht konnte sie Cleo so aus der Reserve locken.

»Die Überwachungskameras zeigen Mira Mönchshagen zusammen mit Alexander von Wickersdorf in eindeutig intensiverer Pose als der von zwei Menschen, die sich nur einmal bei einer Veranstaltung über den Weg gelaufen sind. Und es sah nicht danach aus, als ob sie sich nur einmal getroffen hätten.«

Cleo Petersen sah sie überraschend unbeeindruckt an. Im Badezimmer war die Dusche abgestellt worden. Milo stemmte die Hände in die Seite.

»Können Sie mir das erklären?«

»Nein … Ich glaube, das könnte Ihnen nicht einmal Mira selbst erklären.« Plötzlich war von der Kampfeslust der Umweltschützerin nichts mehr zu spüren. »Das mit diesem von Wickersdorf, das war kompliziert.«

»Aha. Sie wussten also doch davon?« Milo war sich nicht sicher, ob sie sich freuen sollte oder lieber wütend werden musste. »Was ging da vor sich? Herrgott, nun spucken Sie es schon aus!«

»Ich sage doch, ich kann Ihnen das auch nicht erklären. Die

beiden habe sich vor etwa einem Jahr bei diesem Umweltkongress getroffen, den Grünen Tagen. Mira hat ihn total an die Wand geschmettert. Der war so klein mit Hut. Kein einziges Argument konnte er für seine Sache vorbringen. Peinlich, aber irgendwie hätte er einem sogar leidtun können, wenn das, womit er Geld verdient, nicht so schrecklich wäre. Nach dem Auftritt hat er Mira angesprochen. Er hat sich für das Gespräch bedankt und ihr zu ihrem tollen Part gratuliert. Richtig unangenehm war das, wie er sie dabei angeschmachtet hat. Wir haben uns den ganzen Abend über ihn lustig gemacht. Alexander von Schwein haben wir ihn sogar getauft. Mira hatte dann die Idee, sich an ihn ranzumachen, um irgendwie Zugang zu Landglück zu bekommen. Sie wollte sein Vertrauen gewinnen und im besten Fall diese ganze heuchlerische Bio-Scheiße aufdecken, von der sein PR-Team immer spricht. Ich war damals schon dagegen. Der Typ war ein echter Widerling. Sind diese Männer mit goldenem Löffel doch immer.«

Gebannt hing Milo an Cleos Lippen. »Und dann?«

»Na, dann hat sie sich ein paarmal mit ihm getroffen. Erst lief alles nach Plan. Die beiden waren essen, immer absolut geheim natürlich, damit bloß niemand Wind von der Sache bekommt. Wäre Miras sozialer Tod gewesen, wenn man sie mit dem Typ erwischt hätte, bevor sie ihre wahren Gründe kommuniziert hätte. Ich war die Einzige, die wusste, wann und wo sie sich getroffen haben. Aber irgendwann hat sie plötzlich behauptet, selbst das wäre ihr zu heikel. Falls jemand unsere Chats oder so hackt. Ich fand, dass sie übertreibt. Aber sie war die Chefin, und ich konnte sie ja schlecht zwingen, das Ganze weiterzuführen oder mich ins Vertrauen zu ziehen. Also haben wir erst mal nicht mehr darüber gesprochen.«

»Wie lang ging das zwischen den beiden?«

»Ich weiß es nicht. Ein paar Wochen? Ein paar Monate? Kann sein, dass sie sich regelmäßig verabredet haben, kann aber auch sein, dass da mal 'ne Pause war. Wie gesagt, ich hab mich dann rausgehalten. Mira hat mir sehr deutlich zu verstehen gegeben, dass ich meine Nase da nicht mehr reinstecken sollte.«

Im Badezimmer betätigte jemand die Klospülung. Milo und Cleo drehten die Köpfe und starrten einen Moment auf die geschlossene Tür. Als Petersen keine Anstalten machte, weiter auf das Geräusch und den Verursacher zu reagieren, ignorierte auch Milo die Tatsache, dass sich noch jemand in der Wohnung befand.

»Und dann?«

»Irgendwann, das war im Herbst letzten Jahres, hat Mira erzählt, dass sie umzieht. Das war kurz nachdem sie sich mit Hendrik überworfen hatte. Sie wollte raus aus der Kommune. Ich hab nicht schlecht gestaunt, als sie mir sagte, wo sie sich eine Wohnung genommen hat. Die HafenCity ist kein billiges Pflaster, und ich wusste ja, wie viel beziehungsweise wie wenig sich Mira als Gehalt auszahlte. Das hätte niemals für so einen Luxusbunker gereicht.«

»Und bestimmt auch nicht für einen Tesla.«

Cleo schüttelte traurig den Kopf. »Nein. Ich habe sie darauf angesprochen, woher sie plötzlich das Geld hat. Sie sagte etwas von einem vorzeitigen Erbe, das ihre Eltern ausgezahlt hätten. Ich fand das alles ziemlich merkwürdig. Bis dahin hat Mira eigentlich alles in die Mission gesteckt.« Die junge Frau seufzte tief. »Mira hat sich verändert in dieser Zeit. Sie wollte weniger für die Mission machen und ihre eigene Marke ausbauen. Mir gab sie den Auftrag, mehr Werbepartner zu suchen, Kooperationen einzugehen und so weiter.«

Milo nickte. »Und das haben Sie dann auch getan.«

Die andere zuckte mit den Schultern. »Wenn sich die beste Freundin verändert, ist das eine Sache. Aber sie war ja auch meine Chefin.«

»Wer wusste sonst noch von dem Loft?«

Cleo seufzte wieder. »Niemand. Zum einen, wie gesagt, aus Sicherheitsgründen. Aber ich hielt es auch für besser, wenn niemand weiß, dass die Gründerin von Miras Mission auf so großem Fuß lebt. Das lässt sich echt schlecht an die Mitglieder und Follower kommunizieren.« Man sah der jungen Frau an, wie schwer ihr das gefallen sein musste. Sie blickte zu Boden. »Dann hab ich sie und den von Schwein zusammen gesehen. Ich wollte abends noch ein paar Unterlagen zu Mira in die HafenCity bringen, die sie unterzeichnen musste. Ihr Telefon war aus, und ich hatte keine Ahnung, wo und wann ich sie erreichen würde. Also dachte ich, ich leg ihr die Sachen einfach in die Wohnung, das wäre am einfachsten. Ich wollte gerade ins Haus, da ist sie aus einem schwarzen Audi gestiegen, den ich noch nie gesehen habe. Sie ist rein, und ein paar Minuten später ist auch Wickersdorf ausgestiegen und lief ihr hinterher. Er hatte eine Reisetasche über der Schulter. Da konnte ich mir den Rest denken.«

»Dass die beiden ein Paar waren?«

Petersen schüttelte den Kopf. »Ich kann das immer noch nicht glauben. Dass sie wirklich mit diesem Schnösel zusammen gewesen sein soll.«

»Aber was denn sonst?«

Die junge Frau zuckte mit den Schultern. »Vielleicht war sie an einer richtig großen Sache dran?«

»Und deswegen schläft sie über Monate hinweg mit jemandem, den sie nicht leiden kann? Und lügt ihre beste Freundin an?« Skeptisch zog Milo die Augenbrauen nach oben. »Das Ganze scheint niemals aufgehört zu haben. Die letzten Aufzeichnungen von den Überwachungskameras wurden kurz vor Miras Tod aufgenommen. Mira und von Wickersdorf waren ein Liebespaar. Tut mir leid, Cleo.«

»Aber sie hätte unsere Sache niemals für diesen Typen aufs

Spiel gesetzt!«, begehrte Cleo auf, doch gleich darauf schien ihr etwas einzufallen. Ihr Gesichtsausdruck veränderte sich. Sie murmelte: »Es sei denn …«

Milo beobachtete die junge Frau, der in dieser Sekunde etwas zu dämmern schien.

»Was, wenn Mira von diesem von Wickersdorf schwanger war?«, sagte Cleo tonlos. »Und sie das Kind hat abtreiben lassen, weil es eben doch so war, wie ich gesagt habe … dass sie das alles nur aus Kalkül getan hat. Und dann …« In ihren Augen funkelten Tränen. »Vielleicht hat er davon Wind bekommen, und sie … Ich habe als Einzige gewusst, dass sie sich treffen. Es ist meine Schuld. Ich hätte …«

Der Rest der Worte ging in einem Schluchzen unter. Cleos Schultern begannen zu zittern. Doch bevor Milo ein beruhigendes Wort sprechen konnte, öffnete sich die Badezimmertür. Lediglich mit einem viel zu kleinen Handtuch um die Hüften geschlungen, kam ein Mann in den Flur gerannt, und ehe Milo irgendwie reagieren konnte, nahm er Cleo Petersen tröstend in die Arme.

»Hey, es wird alles gut«, flüsterte er und strich ihr über die Haare. »Du hast nichts falsch gemacht! Niemand konnte ahnen, was passiert.«

Milo starrte den Mann an. Sie konnte nicht fassen, dass er diese Grenze übertreten hatte. Und sie zu allem Überfluss angelogen. Wie oft hatte er beteuert, keinen Kontakt mit Cleo zu haben?

Vince hob den Kopf und warf Milo einen bösen Blick zu. »Es ist besser, wenn du jetzt gehst.«

21

9. April 2023, 17:30 Uhr, Eimsbüttel / LKA Hamburg

Über zwei Stunden war Milo an der Elbe entlanggelaufen, bis sie endlich nach Hause gegangen war. Doch der ausgedehnte Spaziergang hatte nicht dazu beigetragen, ihre Enttäuschung zu mildern. Was war Vince doch für ein unprofessioneller Trottel! Vögelte eine Zeugin in ihrem Mordfall, die auch eine Tatverdächtige sein könnte. Einfach unfassbar.

Sie versuchte sich zu beruhigen und ging das, was sie hatten, im Geiste durch – zum hundertsten Mal an diesem Nachmittag. Auch wenn Mira Mönchshagen nicht die einzige Leiche dieses Falles war: Sie war, dessen war Milo sich sicher, die wichtigste. Die, mit der alles seinen Anfang genommen hatte. Eine ehemals überzeugte Umweltschützerin, die eine Affäre mit dem Großschlachter begann, um ihm das blutige Handwerk zu legen – und sich in ihn verliebte. Hatte sie deshalb das Video nicht veröffentlicht, das Miras Mission zugespielt worden war? Oder war er für Mira eben doch nur Mittel zum Zweck? Von Wickersdorf durchschaute ihr Spiel und ermordete sie brutal. Nein … Er plante eine inszenierte Tötung, um den Verdacht von sich abzulenken? Oder beauftragte er jemand anderen damit, die Frau aus dem Weg zu räumen? Jemanden aus seinem Betrieb, der sich aufs Schlachten verstand? Ein Mann fürs Grobe?

Aber was hatte Uwe Kübel mit von Wickersdorf zu schaffen?

Warum war er das nächste Opfer geworden? Ein Bankberater aus Buxtehude? Philipp und Nadine waren immer noch damit beschäftigt, eine Verbindung zwischen den beiden Opfern herzustellen, bisher jedoch ohne Erfolg.

Der Profiler, den Serpil zum Fall hinzugezogen hatte, hatte davon gesprochen, dass der Täter vermutlich vor Wochen schon seinen Plan gefasst hatte und mit großer Disziplin vorging. Stiehl vermutete, dass der Mörder eine Liste hatte, auf der bewusst ausgewählte Opfer standen. Opfer, die nicht zufällig seine Wege kreuzten, sondern in einem logischen Zusammenhang zueinander standen. Und spätestens hier ergab von Wickersdorf als Täter überhaupt keinen Sinn. Denn warum hätte er bitte den Bankberater töten sollen? Doch wohl nicht, um von dem Mord an Mira Mönchshagen abzulenken.

Innerlich verfluchte Milo Vince ein weiteres Mal. Warum musste sich ihr Partner ausgerechnet jetzt wie der letzte Ochse benehmen? Mit wem sollte sie ihre Überlegungen teilen? Vince mochte in manchen Dingen dümmer sein als ein liebestoller Hammel, aber in seinem Job war er großartig. Er hätte vielleicht die richtige Eingebung gehabt, um aus dieser Sackgasse rauszufinden. Aber so musste sie eben mit jemand anderem darüber sprechen. Und zwar nicht mit Valerie, die seit Milos Heimkehr auf dem Sofa saß und sie mit Blicken durchbohrte.

Milo wählte seufzend erneut Philipps Nummer, aber wie schon bei den beiden Anrufen zuvor ging ihr Anruf ins Leere. Mailbox.

»Vielleicht machen andere Menschen am Wochenende einfach mal Wochenende.« Valeries Stimme war leise, der Vorwurf darin aber deutlich zu hören. Stumm hatte ihre Freundin die letzte halbe Stunde Milo dabei beobachtet, wie sie in der Wohnung auf und ab getigert war und dabei leise vor sich hin gemurmelt hatte.

»Mörder machen auch kein Wochenende«, antwortete Milo

knapp. Warum konnte eigentlich niemand außerhalb der Polizei verstehen, dass ihr Job nicht einfach nur ein Job war?

»Und Tote werden trotzdem nicht mehr lebendig«, gab Valerie bissig zurück. »Vielleicht solltest du langsam mal damit anfangen, dich mehr für die Lebenden zu interessieren als für die Toten. Da, wo du wirklich gebraucht wirst und tatsächlich einen Unterschied machen könntest.«

Ihre Worte standen wie eine Mauer zwischen ihnen. Milo spürte bittere Galle im Hals aufsteigen. Wollte Valerie sie nicht verstehen, oder konnte sie es einfach nicht? Wie gern hätte Milo sich mit Angela Kaltenbach unterhalten, ihrer alten Mentorin. Die war zeit ihres Lebens allein geblieben, auch weil sie wusste, wie schwer der Beruf mit einem einigermaßen intakten Privatleben zu vereinbaren war. Was hätte Angela ihr geraten? Milo schloss die Augen. Sie vermisste die Kommissarin a. D., die immer noch im Krankenhaus lag und ihren Bruch auskurierte. Seit dem letzten Besuch war Milo nicht mehr dort gewesen. Verdammt.

»Und übrigens«, setzte ihre Freundin nach, »ist das nicht nur meine Meinung. Dein Bruder denkt das auch. Dass du deinen Job viel zu ernst nimmst, sogar wichtiger als deine Familie, und dass du langsam mal über die Prioritäten nachdenken solltest. Vor allem, wenn du nicht für den Rest deines Lebens allein bleiben möchtest.«

Branko. Milo schauderte unwillkürlich. Zu ihrem großen Glück hatte Valerie, auch wenn sie nichts von ihrer Heimlichtuerei hielt, dichtgehalten und Milos Bruder glaubwürdig vorgemacht, die Nachbarin zu sein. Glücklich schien sie darüber aber nicht zu sein.

»Dein Bruder ist nicht von gestern. Du solltest endlich reinen Tisch machen, Jagoda. Deine Familie liebt dich, dein Bruder liebt dich. Er will dich einfach glücklich sehen.«

Das allerdings stellte Milo deutlich infrage. Die einzige Person, die Branko glücklich sehen wollte, war Branko.

»Ich wäre deutlich glücklicher, wenn ihr mich meine Arbeit machen lassen würdet«, antwortete sie knapp und kälter als beabsichtigt. »Wenn mich nicht jeder andauernd für sein eigenes Glück verantwortlich machen würde.«

Valeries Augenbrauen wanderten bis zum Haaransatz hoch, und ihr Gesicht wurde hart. Sie presste die Lippen fest aufeinander, und ihr Blick bohrte sich eisig in Milo. »So siehst du das also? Gut zu wissen. Naiv, wie ich war, dachte ich immer, Partnerschaften seien dazu da, um gemeinsam glücklich zu sein. Nun gut. Mein Fehler! Ich habe nicht gesehen, dass du ja schon eine Partnerschaft hast, die dich glücklich macht.« Sie schnaubte. »Wenn es das ist, was du willst, dann bitte. Dann lass ich dich deinen Job machen und hoffe, ihr werdet glücklich zusammen. Mich brauchst du dafür nicht, und ich brauche dich dafür auch nicht in meinem Leben.« Valerie stand energisch vom Sofa auf. Das Kissen, das sie sich vor den Bauch gehalten hatte, warf sie wütend zur Seite. »Denn glücklich gemacht, Jagoda, hast du mich schon eine ganze Weile nicht mehr!«

Milo spürte einen Kloß im Hals. Valerie hatte recht. Ihre Arbeit war eben kein normaler Job. Und ja, sich für das Gute einzusetzen, machte sie glücklich. Glücklicher als die Vorstellung, die Ehefrau zu sein, die ihre Freundin in naher Zukunft in ihr sehen wollte. Vor allem aber machte es Milo glücklicher als die Vorstellung, in einem regulären Beruf jeden Abend um fünf Uhr den Stift fallen zu lassen. Die Mordkommission war, was sie immer gewollt hatte. Sie war ein Teil von ihr.

»Gut«, war alles, was sie Valerie antworten konnte.

»Gut«, gab ihre Freundin brüsk zurück und stürmte aus dem

Wohnzimmer, die Tür ließ sie bei ihrem Abgang krachend ins Schloss fallen.

Die Stimmung raubte Milo den letzten Nerv. Sie musste raus, weg. Ohne ein weiteres Wort griff sie nach ihrer Jacke und dem Autoschlüssel und verließ die Wohnung. Es gab nur einen Ort, an dem sie heute etwas Ruhe finden würde.

Mutterseelenallein stand Milo zwanzig Minuten später vor der Pinnwand »Mira« und studierte die Porträts aller Beteiligten. Sie atmete tief ein und genoss für einen Moment die Stille im sonst so geschäftigen Großraumbüro. Valeries Worte kamen ihr in den Sinn, und sie musste ihrer Freundin recht geben. Das Kommissariat fühlte sich – wenigstens in diesem Moment – deutlich mehr nach einem Zuhause an als ihre Wohnung. Und zu ihren Kollegen war sie meist ehrlicher und direkter als zu ihrer Familie oder Valerie.

Aber daran wollte sie jetzt nicht denken. Sie war nicht hierhergekommen, um weiter in ihren Problemen herumzustochern. Das musste warten, wieder einmal. Milo war hier, um sich in aller Ruhe dem Fall zu widmen. Denn auch wenn die Toten nicht mehr lebendig werden würden: Wenn sie es mit einer Serie zu tun hatten, war es ihre Pflicht, alles in ihrer Macht Stehende zu tun, um weitere Leben zu retten.

Milo konzentrierte sich auf die Pinnwand vor ihr. Die Überlegung, Cleo Petersen könnte etwas mit dem Mord an ihrer Chefin zu tun haben, kam ihr plötzlich sehr unwahrscheinlich vor. Sie konnte sich nicht mehr vorstellen, dass Cleo Mira wirklich beneidet hatte. Vielmehr klang es so, als hätten die Freundinnen sich langsam entzweit. Das war tragisch, reichte aber nicht als Motiv für einen derart brutalen Mord aus. Nicht an Mira Mönchshagen, und erst recht nicht an Uwe Kübel.

Milo starrte auf das Pressefoto an der Pinnwand, das Alexander von Wickersdorf zeigte. Er ließ täglich Tausende von Schweinen töten. Konnte er selbst nicht nur einen Menschen, sondern zwei kaltblütig ermordet haben? Oder hatte er die Drecksarbeit wirklich einem Handlanger überlassen? Genau wie bei den Schweinen?

Wer hätte noch einen Grund gehabt, Mira Mönchshagen und Uwe Kübel zu töten? Hendrik Fenner hatte Milo mittlerweile von ihrer Liste gestrichen. Er hatte definitiv kein Interesse daran gehabt, seine Ex-Freundin und wichtigste Geldgeberin der Kommune zu töten, vom Banker aus Buxtehude mal abgesehen.

Doch wer kam dann infrage? Wen übersahen sie?

»Na so was, Jagoda. Du hier? Kein Wochenende für dich?«

Erschrocken fuhr Milo herum. Sie war so in Gedanken versunken gewesen, dass ihr nicht aufgefallen war, dass jemand das Flurlicht betätigt hatte. Beladen mit einem Pizzakarton und einer Flasche Wein stand, über beide Ohren grinsend, Gioia in der Tür. Ohne es verhindern zu können, machte Milos Herz einen kleinen Sprung.

»Für dich offensichtlich auch nicht.« Sie nickte in Richtung der Pizza und des Weins. »Oder stehst du drauf, deinen Sonntagabend im Büro zu verbringen?«

Die Augen der Kollegin begannen zu funkeln. »Du interessierst dich dafür, worauf ich stehe?«

Milo spürte, wie ihr die Hitze ins Gesicht stieg, und ein paar ganz offensichtlich verirrte Schmetterlinge in ihrem Bauch anfingen zu flattern. Sie fühlte sich wie ein sechzehnjähriges Teenagermädchen und schämte sich fürchterlich.

»Deine Meinung zu diesem Fall würde mich mehr interessieren«, antwortete sie kühler als beabsichtigt, um sich aus der Situation zu befreien.

Sofort wechselte Gioia in einen professionellen Modus. Sie

stellte Essen und Trinken auf einem der verlassenen Schreibtische ab und trat neben Milo an die Pinnwand. »Schieß los.«

Selbst durch die Jacke hindurch konnte Milo Gioias Nähe spüren. Als würde eine unsichtbare Hitze von der anderen Frau ausgehen, die ausschließlich für sie bestimmt war. Ihr Herz klopfte, gleichzeitig machte sich eine angenehme Ruhe in ihr breit. Gioia verstand sie. Wusste, warum Milo sich das Wochenende im LKA um die Ohren schlug. Bei ihr musste sie sich nicht erklären, nicht rechtfertigen. Mehr noch, sie konnte alles mit ihr besprechen und die Verantwortung, den Täter so schnell wie möglich zu finden, mit jemandem teilen. Sie fühlte sich nicht mehr einsam.

»Du bist hinter von Wickersdorf her, richtig? Philipp hat mir von den Videos erzählt. Er hatte was mit der Tierschützerin am Laufen?«

Milo nickte. »Ihre Assistentin Cleo meint, Mönchshagen hätte ihn nur benutzt, um ihn am Ende auflaufen zu lassen. Aber ich bin mir nicht sicher, dafür ging das zu lange und sah, zumindest auf den Bildern, ganz schön echt aus.«

Gioia studierte das Bild aus der *Mopo* vom gemeinsamen Auftritt von Mira und dem Landglück-Chef, während Milo Gioias Profil betrachtete. Sie meinte zu spüren, was ihre Kollegin dachte. Ein schönes Gefühl.

»Aber manchmal kann man auch gute Vorsätze haben, und plötzlich verändert sich alles«, fuhr Gioia fort, und ihr Blick wanderte von der Wand zu Milo. »Meist wenn echte Gefühle im Spiel sind. Dann ist der Rest plötzlich egal. Auch das, was man sich vorgenommen hat.« Ihre grünen Augen bohrten sich in Milos, der plötzlich ebenfalls alles egal war. Alles außer diesen Augen, diesen Lippen, diesen schwarzen, glänzenden Haaren und dem dunklen Pony, der Gioia wie immer tief in die Stirn hing.

»Allerdings gibt es da ein Problem.« Gioia schmunzelte, und

der Bann war gebrochen. Milo blinzelte verwirrt. »Sollte von Wickersdorf Mönchshagen ermordet haben, passt der Banker nicht ins Bild. Habt ihr überprüft, ob es da überhaupt eine Verbindung gibt? Einen zweiten Ritualmord nachzustellen, um vom ersten abzulenken, das wäre extrem ungewöhnlich.« Gioia sprach aus, was Milo die ganze Zeit durch den Kopf spukte. »Also …«

»Also entweder, er war es nicht und wir tappen noch immer im Dunkeln«, griff Milo den Gedanken auf, »oder er ist die berühmte Ausnahme von der Regel, und wir befinden uns im extrem ungewöhnlichen Bereich, den man aber niemals ausschließen sollte.« Sie seufzte tief. Dann fiel ihr Blick auf den Schreibtisch. »Wein? Damit denkt es sich zwar nicht besser, aber leichter.«

Ohne eine Antwort abzuwarten, zog Gioia ein Taschenmesser aus der Hose und entkorkte die Flasche. Sie schnappte sich zwei Kaffeetassen und goss Rotwein für sie beide ein. Ihre Pizza, Margherita mit Artischocken, teilte sie in gleichmäßige Achtel und stellte den Karton zwischen ihnen auf den Boden. »Ist nicht der Sterne-Italiener, den ein Date mit dir verdient hätte, aber besser als nichts. Salute.«

Einladend lächelnd ließ Gioia sich im Schneidersitz auf dem Teppich nieder und klopfte mit der Hand neben sich auf den Boden. Als Antwort begann Milos Magen zu knurren. Sie hatte seit dem Morgen nichts mehr gegessen.

»Warum wirkt das Leben eigentlich immer so leicht bei euch Italienern?«, fragte sie und setzte sich neben Gioia, die ihr ein Stück Pizza reichte.

»Weil es eigentlich sehr leicht *ist*«, lachte die. »Du musst es nur zulassen.«

»Zulassen? Ich hatte immer das Gefühl, die Leichtigkeit ist die härteste Arbeit.«

»Das liegt daran, weil du Deutsche bist, wenn wir hier schon mit Länderklischees um uns werfen wollen«, grinste Gioia und leerte ihre Weintasse in einem Zug.

»Ich bin Serbin«, antwortete Milo, und Gioia warf ihr einen schelmischen Blick zu.

»Ich weiß. Noch schlimmer«, antwortete sie, und beide begannen zu lachen. »Jetzt mal im Ernst, Milo. In unserem Beruf ist es nicht leicht. Wir sehen schlimme Dinge, treffen schreckliche Menschen, müssen fürchterliche Schicksale miterleben. Das ist nicht normal. Nicht für uns und schon gar nicht für die Menschen in unserem Leben, die das nicht selbst jeden Tag auf dem Teller liegen haben. Polizeiarbeit ist einsam und hart. Und wenn man nicht aufpasst, dann wird man das selbst.«

Die Worte hallten in Milos Kopf nach, und sie sah Angela Kaltenbach vor ihrem inneren Auge. Ein Bild ihres Lebens. Einsam und allein hatte die alte Mentorin ihre Tage im Heim gefristet. Keine Freunde, keine Familie. Und nicht mal Milo selbst war regelmäßig bei ihr vorbeigekommen, und sie war immerhin so was wie Kaltenbachs Ziehtochter. Jetzt lag Kaltenbach im Krankenhaus, und wieder besuchte sie niemand. Das schlechte Gewissen klatschte ihr mit voller Breitseite ins Gesicht. War das auch ihre Zukunft? Und eine späte Rache des Lebens dafür, dass Milo sich so wenig um ihre Mentorin kümmerte? So lange war Angela Milos Vorbild gewesen. Stellte sie sich unbewusst bereits auf ein gleiches Schicksal ein?

»Die Entscheidung liegt bei dir«, erklärte Gioia, als könnte sie in Milos Kopf sehen. »Du kannst bestimmen, wie schwer oder leicht du dir das Leben machst, wen du an dich ranlässt und wen nicht. Mit wem du deine Ängste und Sorgen, aber auch deine Freuden teilen willst. Nur weil wir schreckliche Dinge erleben, muss unser Leben nicht auch schrecklich sein.«

Gioia lächelte sie an, ihre Augen funkelten, und Milo wusste, die Kollegin meinte jedes Wort ernst. Eine angenehme Wärme breitete sich in ihrem Bauch aus.

Vorsichtig, als würde sie einen scheuen Vogel streicheln wollen, streckte Gioia die Hand nach Milo aus. Die warmen Finger berührten ihre Wange, und sie schloss die Augen.

Im nächsten Moment spürte sie weiche Lippen auf ihren eigenen. Ein Kuss, so sanft, dass sie sich erst nicht sicher war, ob er tatsächlich stattfand. Sie seufzte. Der Druck wurde fester, instinktiv öffneten sich ihre Lippen, und ihre Zunge fand Gioias.

Die Wärme, die sie vorher verspürt hatte, war kein Vergleich zu dem Feuer, das jetzt in ihr hochstieg. Als hätte eine fremde Macht von ihr Besitz ergriffen und würde ihren Körper lenken, schlang sie die Arme um den Hals der anderen und zog sie zu sich heran. Mit dem Ellbogen stieß sie gegen einen Bürostuhl, der gegen einen Schreibtisch rollte, während sie beide hektisch ihre Kleidung abstreiften, aber es war ihr egal. Alles war ihr gerade egal.

Sie beobachtete, wie die Frau aus dem Auto stieg, es abschloss und die Beifahrertür und die hinteren Wagentüren kontrollierte, bevor sie ins Haus ging.

Jördis atmete ruhig ein und aus. Wie bei den letzten beiden Malen spürte sie die Gewissheit, dass sie das Richtige tat, dass nichts schiefgehen konnte. Dass es ihre Bestimmung war, heute das Leben dieser Frau zu beenden.

Sie war ihr an den Nachmittagen, an denen sie in der Frühschicht arbeitete, gefolgt, hatte studiert, was sie nach Feierabend tat, mit wem sie sich traf, wann sie das letzte Mal das Haus verließ. Man könnte meinen, Menschen mit einem hohen Sicherheitsbewusstsein wären schwerer zu töten als andere, aber das war nicht richtig. Menschen, die sich gegen jede Gefahr absichern wollten, hatten penible Routinen. Nichts machte es leichter, jemanden in einem schutzlosen Moment abzupassen, als Routinen. Das war ein bisschen wie beim Schlachten der Schweine. Wenn man wusste, wann das Tier zum Fressen kam, welcher Nahrung es nicht widerstehen konnte, war es ein Leichtes, im richtigen Moment das Bolzenschussgerät anzusetzen. Und wenn man wusste, dass Sabine Meier jeden Abend pünktlich um 23:15 Uhr nach den Tagesthemen das hintere Gartentor kontrollierte und sich versicherte, dass es auch wirklich verschlossen war, konnte man einfach dort zwischen Hecke und Gartenhaus auf sie warten.

Nachdem ein paar Minuten verstrichen waren, gingen wie jeden Abend in der Küche die Lichter an. Jördis lehnte sich im Sitz zurück und lauschte Mira Mönchshagens Stimme. Ihre Lippen bewegten sich stumm zu den Worten aus den Lautsprechern. Sie hatte den Podcast der jungen Frau in den letzten Wochen immer und immer wieder gehört. Sie konnte ihn im Schlaf aufsagen. Mira war tot. Aber ihre Botschaft begleitete Jördis jeden Abend auf ihrer eigenen Mission: »Wenn du die Welt verändern willst, musst du selbst aktiv werden. Du allein triffst die Entscheidung, wie es morgen weitergeht. Dein Leben, deine Verantwortung. Lass dich von nichts und niemandem aufhalten.«

Warum hatte Mira ihr nicht helfen wollen? Der Tod ihrer Heldin machte sie immer noch traurig. Niemals würde sie die heißen Tränen vergessen, die ihr über die Wangen gelaufen waren, als sie das Bolzenschussgerät an das schöne Gesicht gedrückt hatte. Die Augen mit dem unwiderstehlichen Feuer darin, im Schlaf geschlossen. Und die Gewissheit, dass sie, Jördis, der Grund dafür war, dass man es niemals mehr sehen würde.

Aber sie hatte abgedrückt, und am Ende war es doch ganz einfach gewesen, weil sie gewusst hatte, dass es die richtige Entscheidung war. Mira selbst hatte es immer und immer wieder gepredigt: Lass dich nicht aufhalten, lass dich nicht blenden.

Aber Jördis hatte sich blenden lassen. Von Miras Licht, das nicht mehr als eine Illusion war, eine Fassade, eine Falle. Sie hatte die Frau beseitigen müssen, vor allen anderen, um sich frei zu machen, um die Kraft zu finden, ihr eigenes Vorbild zu werden.

Und es hatte sich gut angefühlt. Wegen der Tränen, wegen des Schmerzes. Als das Blut über das Gesicht der jungen Frau und über Jördis' Hände gelaufen war, hatte sie gewusst, dass sie das Richtige getan hatte, dass sie im Sterben von Mira neugeboren wurde. Dass dies ihr Weg war.

Der Mann von der Bank, der Mann, der ihr und ihrem Vater den Kredit verweigert und damit das Ende ihres Erbes, ihres Lebens besiegelt hatte, hatte nicht die gleichen Gefühle in ihr ausgelöst. Sein Tod hatte ihr vielmehr eine tiefe Genugtuung gebracht, für die sie sich beinahe etwas geschämt hatte. Ihn hatte sie nicht im Schlaf getötet. Sie hatte seine Angst genossen. Die Minuten, in denen er ihr ausgeliefert gewesen war, in denen er selbst die Machtlosigkeit gespürt hatte, die sie in seinem Büro erlebt hatte. Aber dort wie hier war sie durchflutet gewesen von diesem Wissen, im Sinne einer höheren Macht zu handeln.

Auch Sabine Meier würde heute Nacht sterben, und es war richtig so, es musste so sein. Wie vielen kleinen Bauern würde die Beamtin der Landwirtschaftskammer mit ihren Entscheidungen sonst noch die Existenzgrundlage rauben? Menschen wie sie machten den Weg für Großschlachtereien wie

Landglück frei, stellten Profit über Tier- und Menschenwohl. Sie war ein kleines Zahnrad in der großen Maschine, das doch so viel anrichten konnte, wenn niemand den Mut besaß, es zu entfernen. Es auszuradieren, zu zerstören. Diese Aufgabe würde Jördis übernehmen. Denn es brauchte jemanden, der sich für die Drecksarbeit nicht zu schade war.

Der Podcast war zu Ende. Mira Mönchshagen forderte mit gut gelaunter Stimme dazu auf, nächste Woche unbedingt wieder einzuschalten und reinzuhören, nicht wissend, dass sie die nächste Woche nicht mehr erleben würde, nicht wissend, dass es die letzte Folge von Miras Mission gewesen war.

Jördis stieg aus dem Auto, zog sich den Baseball-Cap auf den Kopf und die schwarzen Lederhandschuhe über die Hände. Aus dem Kofferraum holte sie den Rucksack. Darin war alles, was sie brauchte. Das Bolzenschussgerät und die Fleischerhaken, das lange Messer. Eine Flasche Desinfektionsmittel, falls sie Spuren beseitigen musste. Sabine Meier würde die Nächste, aber nicht die Letzte sein. Denn die nächsten Opfer standen schon fest. Hendrik Fenner, der nutzlose Öko aus der Kommune Neuland, der die Menschen in seiner Untätigkeit mehr davon abhielt zu helfen, anstatt seinen Beitrag zu leisten. Und natürlich der Schlimmste von allen, der Teufel in Menschengestalt. Alexander von Wickersdorf.

Ein Schauer der Freude lief Jördis über den Rücken. Für ihn hatte sie sich etwas ganz Besonderes ausgedacht.

22

10. April 2023, 8:30 Uhr, Buchholz in der Nordheide

Eisiger hätte die Stimmung zwischen Milo und Vince an diesem Montagmorgen nicht sein können. Bis auf ein knappes Kopfnicken, nachdem sie aus ihren Autos ausgestiegen waren, hatten sie noch kein Wort gewechselt. Noch nie zuvor waren sie getrennt voneinander zu einem Tatort gefahren. Und noch nie zuvor hatte so viel Ungesagtes und gefühlt Unüberwindbares zwischen ihnen gestanden.

Vince machte keinerlei Anstalten, sich zu seinem Schäferstündchen zu äußern oder gar zu rechtfertigen. Und Milo, deren eigenes Schäferstündchen auf dem ausgetretenen Teppich in ihrem Büro noch keine zehn Stunden zurücklag, hatte genug mit sich selbst zu tun.

Schweigend stapften sie durch die noch kühle Morgenluft in Richtung der Adresse, die Serpil ihnen zugeschickt hatte, zusammen mit der Ansage: »Frauenleiche in Buchholz. Eindeutig unser Mann. Ich will schnellstmöglich von euch hören!!!«

Serpils Ausrufezeichen duldeten keinen Widerspruch, das wussten sie beide.

»Was ist euch denn für eine Laus über die Leber gelaufen?«

Überraschend gut gelaunt kam ihnen Susanne Süß auf halbem Weg entgegen. Je grausamer eine Tat, desto aufgeregter wurde die Gerichtsmedizinerin.

»Drei Leichen in sieben Tagen, reicht das nicht?«, pampte Vince, und der jungen Gerichtsmedizinerin entgleisten beinahe die Gesichtszüge. Normalerweise war Vince Zucker, wenn er sich mit der Kollegin unterhielt.

»Sorry«, entschuldigte sich Dr. Süß mit großen Augen, und Milo hätte sie am liebsten darüber aufgeklärt, dass es nicht ihre Taktlosigkeit war, die Vince zusetzte, sondern andere Dinge. »Das ist eine schlimme Sache. Ich wollte es nicht runterspielen.«

»War es unser Täter?«, fragte Milo, um sich weiteren Small Talk zu ersparen.

Dr. Süß nickte. »Soweit ich das jetzt schon sagen kann, ja. Aber ich bin mir ziemlich sicher, dass auch weitere Untersuchungen nichts anderes ergeben werden. Kommt mit. Hier entlang. Schaut es euch an.«

Sie führte Vince und Milo durch ein Gartentor in einen von hohen Hecken umgebenen, sehr gepflegten Hinterhofgarten. Ein paar Blumenbeete, ein alter Apfelbaum, eine Terrasse aus hellem Stein, von der eine Glastür ins Innere des Hauses führte. Direkt neben dem Gartentor befand sich auf der linken Seite ein kleiner Geräteschuppen, der rundherum mit Polizeiabsperrband umgeben war und aus dem gerade zwei komplett in weiße Schutzkleidung gehüllte Kollegen der Spurensicherung traten. Eine von ihnen schüttelte betreten den Kopf. Der andere sah aus, als müsste er sich jeden Augenblick übergeben.

»Schön ist es nicht«, kommentierte Dr. Süß unnötigerweise.

Sie wussten alle, was sie im Inneren der Hütte erwartete. Milo atmete noch einmal tief durch, dachte an den Geruch von Frühling auf Gioias Haut und betrat dann das Dunkel des Schuppens.

Wie die beiden Toten zuvor hing auch diese Leiche an gefesselten Füßen kopfüber von der Decke. Die Frau war splitterfasernackt. Ein etwa fünf Zentimeter langer Schlitz am Hals, von getrocknetem Blut umrahmt, war die einzige Wunde, die auf den ersten Blick zu sehen war. Beinahe der komplette Boden war voller Blut, das mit seinem unverkennbaren Eisengeruch sofort Milos Nase und Lungen füllte, als sie den Atem nicht länger anhalten konnte. Aus dem geöffneten Mund der Toten hing die bereits dunkel angelaufene Zunge, die Augen waren nach hinten in den Kopf gerollt.

»Ich habe genug gesehen«, erklärte Milo und schob sich vorbei an Vince aus der Hütte, wo sie ein paarmal tief ein- und wieder ausatmete.

Eine Hand legte sich auf ihre Schulter. »Alles gut bei dir?«, fragte Vince. Seine Stimme war überraschend warm und etwas besorgt.

Milo konnte sich nicht dazu durchringen, länger wütend auf ihren Kollegen zu sein. So schrecklich der Tod auch war, eine positive Begleiterscheinung war, dass er die Dinge ins rechte Licht rückte und Unwichtiges wirklich unwichtig werden ließ.

Sie nickte. »Alles okay«, erklärte sie und wollte gerade zu einer versöhnlichen Antwort ausholen, als sich ein Mann quer durch den Garten auf sie zubewegte. Keiner der anwesenden Polizisten machte Anstalten ihn aufzuhalten.

»Da sind Sie ja.«

»Herr Stiehl«, begrüßte ihn Milo und tauschte einen Blick mit Vince. Hatte er davon gewusst, dass der Profiler am Tatort auftauchen würde? Aber ihr Partner wirkte ebenso überrascht wie Milo selbst. Sie waren nach Serpils Anruf sofort nach Buchholz gefahren. Wie konnte es sein, dass Stiehl vor ihnen am Tatort angekommen war?

Milo konnte sich nicht davon abhalten, seine Anwesenheit zu kommentieren. »Ich wusste gar nicht, dass Sie den Fall noch betreuen.«

»Na, das soll uns nicht weiter stören. Darum sind wir ja hier. Hn, hn, hn.« Er stieß ein seltsam nasales Lachen aus der Kehle und zwinkerte dabei. Dann sagte er: »Sabine Meier. Achtunddreißig, alleinstehend, arbeitete bei der Landwirtschaftskammer Niedersachsen. Beamtengrad 2. Mutter wohnt ebenfalls hier im Ort. Zwei Straßen weiter. Vater ist vor drei Jahren an Krebs gestorben. Laut Mutter kaum Freunde, die Tochter war eine Einzelgängerin. Sorgfältig, akribisch, pflichtbewusst.«

»Hm«, machte Milo und war ein wenig genervt davon, sich von Stiehl über den aktuellen Fall aufklären lassen zu müssen. Sollte es nicht eigentlich umgekehrt sein?

Der Profiler fuhr fort. »Es gibt zu diesem Zeitpunkt keine für uns sichtbare Verbindung zwischen Sabine Meier, Uwe Kübel und Mira Mönchshagen.«

Milo zog die Augenbrauen zusammen. »Haben Sie nicht vor ein paar Tagen erst gesagt, dass der Mörder eine Todesliste hat? Wie passt das zu Ihrer Aussage jetzt, dass es keine Verbindung zwischen den Opfern gibt?«

Er schnaufte. »Ausreden lassen!«

Milo verdrehte innerlich die Augen.

»Nur weil wir die Verbindung noch nicht gefunden haben, heißt das nicht, dass es keine gibt«, erklärte Stiehl. »Mag sein, dass die Opfer sich untereinander niemals gesehen haben und in keinerlei Beziehung standen, aber mit Sicherheit gibt es genau eine Person, die zu allen dreien Kontakt hatte.«

»Unser Mörder.«

Stiehl nickte. »Exakt, unser Mörder. In der Regel ist es ein Rachemotiv, wenn die Opfer sowohl in Bezug auf das Geschlecht als auch das Alter und den sozialen Hintergrund sehr verschieden sind. Das, was sie gemein haben, ist vermutlich, dass sie dem Täter in irgendeiner Art und Weise geschadet und deshalb in seinen Augen ihr Leben verwirkt haben.«

Milo nickte langsam. »Okay.«

»Das größte Problem ist, dass dieser Tätertypus sehr diszipliniert und strategisch vorgeht. Erst wenn er von seinem Plan abweicht, improvisiert oder in einer Situation die Kontrolle verliert, macht er einen Fehler – und dann schlagen wir zu.«

Zu Milos Überraschung machte Stiehl, bevor sie etwas dazu sagen konnte, auf dem Absatz kehrt und stiefelte davon.

»Was für ein Typ. Und ich dachte, du hast schlechte Manieren«, kommentierte Vince trocken.

Milo sah ihn an. »Ich hoffe, du hast heute nicht mehr allzu viel vor und kannst alle anstehenden Verabredungen absagen«, wobei sie das Wort Verabredung besonders betonte.

»Ähm, okay. Warum?«

»Weil wir jede helfende Hand und jeden klaren Kopf brauchen, um rauszufinden, wer die eine Person ist, die Grund hatte, wütend auf Mira Mönchshagen, Uwe Kübel und Sabine Meier zu sein. Und vor allem, auf wen diese Person noch wütend ist, bevor die nächste Leiche von der Decke baumelt.«

23

10. April 2023, 16:30 Uhr, LKA Hamburg

Es war ein bizarres und unwirkliches Gefühl, zwischen den Kolleginnen und Kollegen an genau dem Tisch zu sitzen, auf dem Milo erst wenige Stunden zuvor den heißesten und leider auch verbotensten Sex ihres Lebens gehabt hatte. Dass sogar die Pizza, die Serpil ihrer Mannschaft als sehr spätes Mittag- oder sehr frühes Abendessen spendiert hatte, vom selben Italiener war wie die, die sie sich am Abend mit Gioia geteilt hatte, trug nicht gerade zu ihrer inneren Gelassenheit bei. Die in roten Strichen auf den Kartondeckel gemalte Karikatur eines Pizzabäckers hob zum Salute das Glas und zwinkerte ihr dabei zu, als wollte sie sagen: Ich weiß alles, du kleines Luder. Jedes Mal, wenn Milo den Kopf hob, blickte sie über den Tisch direkt zu Gioia, und die Hitze stieg ihr ins Gesicht. Was war nur los mit ihr? Schlimm genug, dass sie Valerie betrogen hatte. Aber noch mehr als das, wartete sie immer noch vergebens auf das schlechte Gewissen und die große Reue. Sie war ein schrecklicher Mensch.

Vielleicht bin ich dir einfach nicht wichtig genug, hörte sie Valeries Worte aus einem der vielen Streits der letzten Wochen sagen. *Hast du darüber schon mal nachgedacht? Kein Mensch kann sich gegen Gefühle wehren. Vielleicht hast du die Frau, für die du alles andere stehen und liegen lässt, einfach noch nicht gefunden.*

Selbstverständlich hatte Milo Valerie damals absolut überzogene Hysterie vorgeworfen und dass das alles totaler Quatsch sei. Aber war es das?

Sie beobachtete Vince, der immer wieder verstohlen unter dem Tisch auf sein Handy lugte. Sie hätte auf die nächste Pizza für die Abteilung gewettet, dass er sicher nicht weiter nach möglichen Verbindungen zwischen den Opfern suchte. Vielmehr vermutete sie, dass er Kontakt zu einer ihnen beiden bekannten Tierschützerin suchte.

Im selben Moment hob Vince den Kopf, und ihre Blicke trafen sich. Er runzelte die Stirn. In seinen Augen lag Sorge. Milos hochgezogene Augenbraue erwiderte er nicht. Stattdessen entschuldigte er sich für einen Moment und verließ, das Handy bereits ans Ohr gepresst, das Büro.

Milo spürte, dass sie selbst beobachtet wurde, und ihr Kopf drehte sich zu Gioia, die sie im Gegensatz zu ihrem Partner anstrahlte. Milo konnte nicht anders, als zurückzulächeln. Sie spürte diese neue, ungewohnte Wärme in ihrem Bauch aufsteigen, und gleichzeitig war da plötzlich auch eine tiefe Beklemmung, die sich wie ein Schatten über alles andere legte. Wie sollte das denn weitergehen? Sie würde mit Valerie sprechen müssen. Sie war nicht die Person, die ihre Partnerin betrog, um ihr das anschließend zu verschweigen. Eigentlich. Denn bis gestern hätte sie sich auch nicht für eine Person gehalten, die ihre Partnerin betrog. Oder die sich, nachdem sie Sex mit einer anderen gehabt hatte, am Abend in die gemeinsame Wohnung schlich, rasch unter die Dusche sprang und sich schließlich neben ihre Freundin ins Bett legte, die zum Glück schon schlief. Was nun? Würden Valerie und sie sich trennen? Ein schmerzhaftes Stechen in der Brust machte ihr bewusst, wie wenig sie sich ein Leben ohne Valerie vorstellen konnte.

Und Gioia? Sie kannten sich im Grunde doch kaum. Noch dazu war sie eine Kollegin. Hätte eine Beziehung im Anschluss an die lange Partnerschaft mit Valerie überhaupt eine Chance? Wollte Gioia das? Und wollte Milo das? Konnte das denn funktionieren in diesem Umfeld … in dem zudem keiner außer Vince wusste, dass Milo auf Frauen stand? Bisher war sie davon ausgegangen, ein gemeinsames Verständnis für ihre Arbeit wäre ein Vorteil. Aber die Vorstellung, die Welten könnten sich zu sehr vermischen, etwas könnte sie von ihrer eigentlichen Aufgabe ablenken, machte ihr mit einem Mal Angst. Allein der Gedanke, Gioia wäre in einem Einsatz, und sie, Milo, könnte die Gefahren dieses Einsatzes abschätzen … Plötzlich wurde ihr bewusst, wie es Valerie gehen musste, wenn Milo auf Verbrecherjagd ging und ihr Leben riskierte.

Sie schüttelte sich unwillkürlich. Das war völliger Schwachsinn, was sie da gerade in Betracht zog! Wie unprofessionell konnte man eigentlich sein? Never fuck the company, Herrgott noch mal! Angela hätte so etwas niemals getan. Nackt auf dem Büroteppich herumzurollen wie ein liebestolles Teenagermädchen. Den einen Menschen zu hintergehen, der ihr immer den Rücken frei gehalten hatte, der akzeptiert hatte, dass Milo noch nicht so weit war, der ihre Lüge mitgetragen hatte.

Sie spürte erneut Hitze in ihrem Gesicht, doch diesmal vor Scham. Was hatte sie sich nur dabei gedacht? Die Sache mit Gioia war ein Fehler, der nicht noch einmal passieren würde. Energisch klappte sie den Pizzakarton zu und rückte mit dem Stuhl vom Tisch ab.

»Wenn dann jetzt endlich alle fertig gegessen haben, könnten wir ja wieder weiterarbeiten, oder?«, blaffte sie in die überraschte Runde und marschierte zurück an ihren Schreibtisch, in der Hoffnung, irgendwo im Netz oder in den Telefonrechnungen, Kreditkartenabrechnungen, Kontaktdaten eine Verbindung zwischen Mönchshagen, Kübler und Meier zu finden.

»Alles in Ordnung mit dir? Oder … mit uns?«

Gioia, die im geschäftigen Treiben des Nachmittags bisher kaum mit Milo gesprochen hatte, trat zwei Stunden später zu ihr an den Schreibtisch.

Milo nickte, obwohl im Grunde rein gar nichts in Ordnung war und allein Gioias Nähe einen Wirbelsturm an Gefühlen in ihr auslöste.

»Wir sollten reden?«

Eine Frage? Vielleicht auch eine Bitte. Milo konnte es nicht genau einschätzen. Sie zögerte. Doch bevor sie etwas erwidern konnte, kam Vince in langen Schritten und mit einem unguten Ausdruck im Gesicht auf Milo zu.

»Hast du eine Minute?«

Ihr Blick wanderte zwischen den beiden Kollegen hin und her.

»Bitte.«

Sie kannte diesen Tonfall. Er brauchte sie wirklich.

»Entschuldige uns einen Moment«, bat sie Gioia. »Wir sprechen später, okay?«

Gioia nickte, und Milo folgte Vince auf den verwaisten Flur vor dem Großraumbüro.

»Was ist los?«, wollte sie von ihm wissen.

»Ich weiß, du findest das alles richtig scheiße zwischen Cleo und mir, und vermutlich nimmst du es auch nicht ernst. Kann man dir auch nicht verdenken. Ich war sicher nicht immer der … Beziehungstyp.«

Milo schnaubte zustimmend durch die Nase und verschränkte die Arme vor der Brust.

»Aber das ist anders. Glaub mir. Cleo ist anders. Das ist etwas Ernstes.«

»Das ist vor allem etwas Verbotenes.«

»Milo …« Sein Blick war beinahe flehend.

»Ich werde dich nicht verpfeifen. Was denkst du von mir? Du bist mein Partner …« Sie zögerte kurz. »Mein Freund. Vielleicht mein bester. Ich würde dich nie verraten. Das heißt nicht, dass ich das gut finden muss, wenn du mit einer Zeugin ins Bett gehst. Aber es heißt, dass ich für dich da bin, wenn du mich brauchst.«

Vince' Gesicht wurde plötzlich weich, seine Schultern sackten nach unten, als würde eine schwere Last von ihm abfallen. Mit einem Schritt war er bei Milo und umarmte sie so fest, dass ihr die Luft wegblieb.

»Danke, Milosevic«, erklärte er, dann wurde sein Gesicht wieder besorgt. »Sie meldet sich nicht«, erklärte er knapp. »Cleo geht nicht ans Telefon und liest ihre Nachrichten nicht.«

Milo seufzte. »Kein Grund, sich Sorgen zu machen. Vielleicht hat sie ihr Handy irgendwo vergessen? Oder macht Digital Detox. Wann hast du zuletzt von ihr gehört?«

»Wir haben gestern Abend das letzte Mal gesprochen. Sie wollte noch ein paar Videos schneiden und Bilder sortieren, um die Social-Media-Kanäle wieder anzukurbeln. In den letzten Tagen hat Miras Mission mehrere Tausend Follower verloren. Sie meinte, Miras Tod darf nicht das Ende von Miras Mission sein. Um 20:30 Uhr hat sie das gepostet … und seitdem habe ich nichts mehr von ihr gehört.«

Vince hielt Milo sein Handy unter die Nase. Es war ein altes Bild von Mira und Cleo zusammen. Arm in Arm auf einer Demo, beide mit strahlenden Gesichtern. Im Text darunter stellte sich Cleo in einer kurzen Biografie als beste Freundin und rechte Hand von Mira vor und kündigte an, ab jetzt den Kanal in der gewohnten Frequenz zu bespielen. Sie schrieb: *Wenn ihr an Mira geglaubt habt, habt ihr auch an mich geglaubt. Wir können zusammen weiter die Welt verändern.* Der Post hatte über Nacht bereits 10.000 Likes und viele Hundert Kommentare gesammelt, der Großteil bestätigte Cleo in ihrem Vorhaben. Nur ab und an fanden sich die üblichen Hass-Kommentare.

»Ich war vorhin kurz bei ihr zu Hause, aber sie hat nicht aufgemacht. Milo, ich dreh hier echt durch. Was, wenn ihr etwas passiert ist? Es ist total ungewöhnlich, dass sie sich nicht meldet!«

»Mach dir nicht zu viele Sorgen. Es gibt sicher eine einfache Erklärung …«

Im selben Moment öffnete sich die Bürotür, und Nadja-Nadine steckte den Kopf in den Flur. »Hier seid ihr. Was macht ihr hier? Wir warten da drin auf euch!«

»Gibt es etwas Neues?«, wollte Milo wissen.

»Allerdings. Wir haben einen Treffer.«

Die Ruhe in ihr hatte diesmal nicht lange angehalten. Schon am nächsten Morgen in der Schlachterei war mit dem Geschrei der Schweine auch die Wut zurückgekehrt. Es war hart gewesen, sich durch den Tag zu zwingen, ohne auf einen ihrer Kollegen loszugehen. Sie spürte, wie sie sich danach sehnte, den nächsten Namen von der Liste zu streichen. Aber es war zu früh, das Risiko, einen Fehler zu machen, zu groß. Sie musste warten, geduldig sein.

Der Podcast mit Mira war ihre Droge, er hatte bisher noch immer geholfen. Sie öffnete den Streamingaccount, um die Folge ein weiteres Mal zu hören. Im ersten Moment dachte sie, ihre Augen würden ihr einen Streich spielen. Eine neue Folge stand zum Streaming bereit. Veröffentlicht: vor einer halben Stunde. Wie konnte das sein? Mira war tot, sie konnte keine Podcastfolge aufgenommen haben! Mit klopfendem Herzen steckte Jördis sich die Kopfhörer in die Ohren und drückte den Play-Button.

Eine Frauenstimme, nicht die von Mira Mönchshagen, aber ähnlich in Betonung und Zungenschlag, erklärte, dass sie über Jahre die andere Hälfte von Miras Mission gewesen sei, dass sie es als ihre Aufgabe, ja ihre Pflicht verstehe, die Mission weiterzuführen. Diese Folge sei der Anfang, ein Interview mit einem Abgeordneten der Grünen im EU-Parlament, das Mira im letzten Jahr geführt habe, bisher unveröffentlicht. Und das mehr kommen werde, mehr unveröffentlichte Aufzeichnungen von Mira, aber auch neue Inhalte, und dass die Fans bitte weiter unterstützen, helfen und zuhören sollten, um gemeinsam das Erbe von Mira Mönchshagen aufrechtzuerhalten.

In dunklen Wellen schlug die Wut über Jördis zusammen. Voller Zorn schleuderte sie ihr Telefon gegen die Wand. Sie hörte einen animalischen Schrei und stellte fest, dass es ihre eigene Stimme war.

Was bildete sich diese Frau ein? Die andere Hälfte von Miras Mission? Die andere Hälfte von Mira? Sie, Jördis, war die andere Hälfte! Ihre Aufgabe war es, Miras Mission fortzuführen, und zwar kompromisslos, mit echten

Konsequenzen. Was die Welt nicht brauchte, war eine weitere Witzfigur, die sich für die Drecksarbeit zu schade war.

Jördis schmeckte Blut im Mund. Vor Wut hatte sie sich auf die Zunge gebissen, und ein roter Schleier legte sich vor ihre Augen. Es gab nur eine Möglichkeit, mit dieser Situation umzugehen.

In Windeseile zog sie sich ihren Arbeitsoverall an und holte aus einer Kiste in ihrem Schlafzimmer alles, was sie brauchte. Das Bolzenschussgerät, Haken, ihr langes Messer. Sie packte den Rucksack, schlüpfte in die schweren Arbeitsschuhe ihres Vaters, eine Nummer zu groß, aber im Falle einer Unaufmerksamkeit gut, um keinen Verdacht zu wecken, und marschierte zum Auto. Das Display ihres Handys war gesplittert, aber sie konnte es noch benutzen, öffnete die Suchmaschine. Mit zitternden Fingern tippte sie ein, wonach sie suchte: Cleo Petersen.

Keinen Gedanken verschwendete sie mehr an Vorbereitungen. An Planungen, an Beobachtungen, an Routinen. Sie würde es beenden. Ein für alle Mal.

24

10. April 2023, 19:00 Uhr, LKA Hamburg

Sechs Köpfe beugten sich über den Computerbildschirm und starrten auf die vielen Zahlenreihen, die die Kollegin in Aufregung versetzt hatten. Vince, der sein Handy immer noch fest umklammert hielt, als könnte er es mit reiner Willenskraft dazu bringen, zu klingeln, war der Erste, der die Geduld verlor.

»Nadine, könntest du uns bitte erklären, was das hier ist? Ich für meinen Teil sehe nichts außer irgendwelche Banktransfers.«

»Exakt«, gab die Kollegin zurück. »Aber der Reihe nach. Wir suchen nun schon seit einer Weile nach einer Verbindung zwischen den Opfern. Jetzt sind wir endlich auf etwas gestoßen.«

Milo warf Vince einen flüchtigen Blick zu. Er knabberte an seiner Unterlippe und starrte unbewegt auf den Monitor.

Nadine tippte auf den Bildschirm. »Diese Zahlen aus der Buchhaltung von Landglück zeigen, was in den letzten Monaten rein- und rausgegangen ist.«

Gioia pfiff durch die Zähne. »Schlachten lohnt sich also.«

»Das tut es«, sagte Nadine. »Philipp und ich sind alle Ein- und Ausgänge durchgegangen. Hat uns nicht nur eine schlaflose Nacht gekostet. Aber wir haben etwas gefunden.« Sie deutete auf eine Zeile. »Hier, Anfang Februar. Seht ihr das?«

»Siebzigtausend Euro. Überwiesen an einen gewissen Jochen Hahnbüchen.«

Nadine nickte. »Den Namen solltet ihr euch merken. Er taucht nämlich auch im Kalender des Bankberaters auf, wenige Tage vorher. Das wissen wir zwar schon, seitdem wir Zugriff auf Kübels Handy haben, konnten den Namen aber bislang nicht zuordnen.«

Milo spürte ein altbekanntes Kribbeln in sich aufsteigen. Da war sie, die Spur, nach der sie nun seit Tagen suchten.

»Das ist aber noch nicht alles. Hahnbüchen hatte auch einen Termin bei Sabine Meier, die, wie wir wissen, bei der Landwirtschaftskammer Niedersachsen arbeitete. Das war im Januar.«

»Wie kann es sein, dass wir das erst jetzt herausgefunden haben?«, wollte Milo fassungslos wissen.

Nadine funkelte sie an. »Es ist nicht so, dass man nur zwei Excel-Listen miteinander vergleichen muss, wenn man so was überprüft. Wenn man weiß, wonach man sucht, ist es leicht, den Eintrag ›J.H.‹ in Meiers Organizer zuzuordnen und sich danach von einer Kollegin in der Landwirtschaftskammer bestätigen zu lassen, dass Hahnbüchen einen Termin hatte.«

»Hahnbüchen ist unser Mann!«, rief Vince aufgeregt.

Nadine legte den Kopf schief. »Leider gibt es da ein Problem. Jochen Hahnbüchen lebt nicht mehr.«

Milo blinzelte. »Wie ist das möglich? Wann ist er gestorben?«

»Am 6. Februar. Am selben Tag, an dem er seinen Hof an Landglück verkauft hat.«

Milo richtete sich auf. Die Puzzlesteine in ihrem Kopf fielen langsam auf ihren Platz. »Das kann doch kein Zufall sein.«

»Ist es auch nicht. Glauben wir zumindest.«

»Aber ein Toter kann doch nicht unser Mörder sein.«

Nadine lächelte knapp. »Hahnbüchen hat eine Tochter. Jördis. Sie war es auch, die bei Meier und Kübel in der Landwirtschaftskammer und der Bank auftauchte.«

»Nein!« Vince schlug mit der Faust auf den Tisch.

»Und wie ihr hier seht«, Nadine öffnete ein anderes Fenster, auf dem Gehaltsabrechnungen zu sehen waren, »arbeitet sie seit dem Verkauf des Hofes bei Landglück in der Schlachtanlage.«

»Yes!«, rief Vince direkt neben Milos Ohr und hob siegessicher die Faust. »Mittel, Motiv und Gelegenheit! Sie hatte alles.«

Milo schloss für einen Moment die Augen und fügte die neuen Informationen im Kopf zu einem Bild zusammen: Ein alter Landwirt, der seinen Hof an einen übermächtigen Großkonzern verkaufte. Eine Tochter, die damit nicht einverstanden war. Die bei der Landwirtschaftskammer und der Bank um Hilfe bat. Und der schließlich alles genommen wurde und die auf Rache sann.

Konnte es so gewesen sein? Aber wie passte Mira Mönchshagen da ins Bild? Man sollte denken, sie und diese Jördis stünden auf derselben Seite?

»Auf jeden Fall weiß Jördis Hahnbüchen, wie man schlachtet. Sie hatte Zugang zum notwendigen Werkzeug. Und ein Motiv könnte sein, dass sie den Hof verkaufen mussten«, fasste Nadine noch einmal zusammen.

»Wir brauchen sofort ein SEK und einen Haftbefehl, bevor sie weiteres Unheil anrichten kann«, sagte Vince aufgeregt.

»Nicht so schnell«, unterbrach eine ruhige Stimme, bevor die Truppe sich in Bewegung setzen konnte. Es war die von Stiehl, dem Profiler. »Eine Frau als Täterin? Halte ich für einen Schuss ins Blaue.«

Milo starrte den Mann an. »Ein Schuss ins Blaue? Das ist die heißeste Spur, die wir bislang haben.«

Er legte den Kopf schief und machte ein schnarrendes Geräusch. »Meinen Analysen zufolge ist der Täter ein Mann.«

Vince schnaubte. »Analysen sind nichts als Statistiken vergangener Taten. Was, wenn diese Mörderin vom Schema abweicht? Lassen wir sie dann laufen, weil *Sie* falsch analysiert haben?«

Er war laut geworden, und jeder im Raum starrte ihn an. Milo trat einen winzigen Schritt hinter ihn, wie um ihm zu zeigen: Dreh jetzt nicht durch. Wir haben das im Griff.

»Vincent«, zischte Serpil kurz und entsandte einen wütenden Blick in seine Richtung. Dann wandte sich die Chefin an den Profiler. »Es stimmt, die Wahrscheinlichkeit, dass der Täter eine Frau ist, ist gering – aber nicht ausgeschlossen. Erinnern Sie sich, Stiehl, Sie haben es vor einigen Tagen selbst gesagt. Es ist möglich.«

Er legte den Kopf schief, sah sie an. Blinzelte hinter den Brillengläsern, verzog das Gesicht – und nickte. »Ja. Möglich ist es.«

»Dann schnappen wir uns die Frau!«, rief Vince, und Milo konnte seine Anspannung spüren.

»Moment.« Wieder war es Stiehls Stimme, die die Euphorie ausbremste, bevor sie entstehen konnte. »Wir sollten überprüfen, ob es auch eine Verbindung zwischen dieser … wie war der Name?« Er schaute in Richtung der Kommissionsassistentin.

»Jördis Hahnbüchen«, erwiderte Nadine schnell.

„… dieser Jördis Hahnbüchen und Mira Mönchshagen gab, bevor wir sie festnehmen. Sollten wir falschliegen, verlieren wir unnötig Zeit mit Verhören. Dann haben wir gar nichts.«

»Cleo könnte helfen«, sagte Vince und biss sich gleich darauf auf die Lippen. Das Gefühlsgewitter, das in ihm tobte, stand ihm deutlich ins Gesicht geschrieben. »Vielleicht hat sie Kontakt zu dieser Frau gehabt. Aber … dafür müssten wir wissen, wo Cleo steckt.«

»Was soll das heißen?«, wollte Serpil verwirrt wissen und schaute von Vince zu Milo und wieder zurück. »Cleo, ist das nicht die Assistentin des ersten Opfers?«

»Genau. Sie heißt Cleo Petersen und ist …« Milo zögerte. Was sollte sie sagen? Petersen war eine erwachsene Frau, die seit ein paar Stunden nicht erreichbar war – von ihrem neuen Freund, der blöderweise in der Mordkommission arbeitete, die den Tod an ihrer Chefin aufzuklären versuchte. »Sie ist im Moment nicht aufzufinden«, sagte Milo und legte Vince sanft die Hand auf den Arm. »Wir können sie seit gestern nicht erreichen. Sie hat den Social-Media-Account von Mira Mönchshagen wieder aktiviert, und wir befürchten, sie könnte sich damit ins Visier des Täters ... der Täterin gebracht haben. Philipp, prüf bitte mal, ob Jördis Hahnbüchen irgendwo auf dem Account von Miras Mission auftaucht. Followerin, Abonnentin, Kommentare, egal was.«

»Alles klar, wird gemacht.« Der Kollege verschwand an seinen Schreibtisch und machte sich sofort an die Arbeit.

Vince blickte Milo dankbar an, die Sorge war trotzdem nicht aus seinem Gesicht verschwunden.

»Wenn wir es tatsächlich mit einer Frau zu tun haben, macht das die Sache nicht unbedingt leichter«, meldete sich Dietmar Stiehl erneut zu Wort, und die Sorgenfalten auf Vince' Stirn wurden noch tiefer.

»Warum?«, presste er zwischen den Zähnen hervor.

»Es ist tatsächlich äußerst selten, dass hinter Tötungsdelikten von solcher Brutalität Frauen stecken. In der Regel sind so aufwendig inszenierte Ritualmorde sexuell motiviert, da dem Täter bereits die Vorbereitung auf die Durchführung Lust verschafft. Eine Art Vorspiel, wenn man so will. Das hat zur Folge, dass er sich Zeit lässt, alles auskostet und im besten Fall aber irgendwann nachlässig wird und einen Fehler macht. Frauen tun das, wenn sie mit diesem Aufwand töten, den Statistiken nach nur, wenn sie ein intensives Rachegefühl verspüren. Mit dem durchgeführten Mord beziehungsweise der erlebten Genugtuung kommt meist ein Gefühl der Ernüchterung auf, oder auch Katharsis und Reue, was in manchen Fällen sogar dazu führt, dass die Täterin sich selbst stellt. Wenn das nicht der Fall ist, dann ...«

»Dann was?!« Vince war offensichtlich kurz davor, den Profiler zu schütteln, um die Antwort aus ihm herauszubekommen.

»… dann reden wir hier von einem sogenannten ›göttlichen Auftrag‹ oder einer Mission. Wovon ich in diesem Fall tatsächlich ausgehe.«

»Was bedeutet das?«, wollte Milo wissen, und ihr Blick sprang zwischen Stiehl und Vince hin und her.

»Das bedeutet, dass Jördis Hahnbüchen davon überzeugt sein könnte, im Sinne einer höheren Macht zu handeln. Das kann göttlich oder kirchlich verstanden werden, aber auch einem individuellen Moralkompass folgend, den nur sie selbst kennt und für sich individuell interpretiert.«

»Im Klartext, was sie für richtig hält, ist gut?«, fasste Milo zusammen.

»Exakt«, erwiderte Stiehl trocken.

»Aber das ist doch bei so gut wie allen Mördern so«, ereiferte sich Vince. »Inwiefern soll uns das in diesem Fall die Sache schwerer machen?«

Stiehl sah ihn einen Moment lang an und knurrte: »Wie ich bereits erklärt habe, wird Jördis Hahnbüchen vermutlich keine Reue empfinden und sich demnach auch nicht stellen oder von ihrem Plan abbringen lassen. Sie ist aller Wahrscheinlichkeit nach bereit, es bis zum bitteren Ende durchzuziehen. Koste es, was es wolle.«

Vince schluckte schwer, Milo fuhr sich mit der Hand übers Gesicht. Das waren großartige Aussichten.

Serpil nickte entschieden. »Nadine, du suchst mir die Adresse von diesem Hof raus, schick sie Milo aufs Handy. Sie und Vince fahren jetzt dahin.«

»Wir gehen rein«, entgegnete Milo und wollte sich schon zum Gehen wenden.

»Nein«, entschied Serpil. »Nicht ohne Unterstützung.«

Sie funkelte Milo an, die dem Blick für eine Sekunde standhielt und dann kurz nickte – ohne es so zu meinen. Wenn Cleo Petersen wirklich von der Täterin gefangen gehalten wurde, würden sie garantiert nicht im Wagen warten und Däumchen drehen. Das wusste sie, und das wusste im Grunde auch Serpil.

»Philipp, du organisierst ein SEK. Wir anderen bereiten den Haftbefehl vor und leiten alles in die Wege. Keine Solotouren! Haben das alle verstanden?«

Die Anwesenden im Raum nickten, dann wirbelten Milo und Vince herum und rannten aus dem Büro und den langen Gang entlang in Richtung Ausgang. Ihr Partner legte dabei ein Tempo vor, das eindeutig sagte: Die Zeiten des Rollstuhls waren vorbei.

Es war so einfach gewesen. Wie immer. Weil sie das Richtige tat, spielte ihr das Schicksal in die Karten.

Sie hatte sich diesmal kaum vorbereiten können. Derjenige, der eigentlich auf ihrer Liste gestanden hatte, spielte für das große Ganze eine viel zu kleine Rolle. Deshalb hatte sie ihre Pläne geändert. Sollte dieser Ökofuzzi doch ficken, mit wem er wollte. Er war unwichtig. Ein Nichtsnutz, der es nicht wert war, sich noch länger mit ihm zu beschäftigen.

Stattdessen war sie der inneren Stimme gefolgt und zur Wohnung der jungen Frau gefahren, deren Adresse sie unglaublicherweise über ein altes Bild auf dem Facebook-Account ihres Opfers und eine kurze Internetrecherche hatte herausfinden können. Wie unfassbar leichtsinnig die Menschen doch waren, vor allem die jungen Leute, die offensichtlich keinen besonderen Wert auf den Schutz ihrer sensibelsten Daten legten. Ein Selfie am Tag des Einzugs in die Wohnung, aufgenommen vor der Haustür irgendwo in St. Pauli. Darauf, leicht angeschnitten, aber immer noch gut zu erkennen, das Schaufenster und das Logo eines Coffeeshops im Nebenhaus. Die Suchmaschine hatte Jördis die Adresse des Ladens in weniger als einer Sekunde ausgespuckt, danach war es ein Kinderspiel gewesen. Streetview, Adresse herausfinden, gegenchecken mit den neueren Fotos der jungen Frau. Sie wohnte immer noch in der Bude, das konnte Jördis dank der zahlreichen Bilder auf dem öffentlichen Account leicht verifizieren. Nur fünf Minuten, nachdem sie ihre Suche gestartet hatte, stieg sie ins Auto und ließ den Motor an.

Es war beinahe zu leicht. Das Tor zum Innenhof des Wohnhauses stand offen, und Jördis konnte den Wagen dort abstellen. Die Haustür war nicht abgesperrt. Im dritten Stock hatte ihr Opfer dankenswerterweise ein gut sichtbares Namensschild angebracht. Jördis musste nur einmal klingeln, und die junge Frau öffnete. Sie sank ohnmächtig zu Boden, bevor sie wirklich verstand, was gerade geschah.

So viele Tausend Male hatte Jördis in ihrem Leben das Moment der

Überraschung genutzt, um einer Sau mit einem gezielten Schlag auf den Kopf das Bewusstsein zu nehmen. Es war fast zu einfach gewesen, diesen zierlichen Körper außer Gefecht zu setzen. In aller Ruhe knebelte und fesselte sie den bewusstlosen Körper vor sich. Zur Sicherheit spritzte sie ihr einen Rest Stresnil. Das Betäubungsmittel, das sie bei Landglück für die Schweine benutzten, hatte an diesem Tag bereits einmal hervorragende Dienste geleistet, um ihr anderes Opfer ruhigzustellen. Noch eine Stunde bis Sonnenuntergang. Sobald das Mittel vollständig Wirkung zeigte, würde sie die Frau im Schutz der Dunkelheit nach unten tragen und in den Kastenwagen einladen, den sie vor ein paar Tagen für das große Finale angemietet hatte.

Vielleicht kannten sich die beiden sogar? Vielleicht reichte der Anblick des anderen, um ihr Schicksal zu begreifen? In jedem Fall konnten sie die Todesangst im Anhänger auf der Fahrt zu ihrem letzten Ziel teilen. Wie die Schweine auf dem Weg zur Schlachterei, die dicht gedrängt die Panik der anderen bis zum bitteren Ende vor Augen hatten.

25

10. April 2023, 20:15 Uhr, Jork, Altes Land

Die Sonne war gerade untergegangen, als Milo und Vince auf das Gelände des alten Bauernhofs einbogen. Unheilvoll hüllte das Abendlicht die verlassenen Stallungen und das Wohnhaus in einen blutroten Mantel. Milo hatte den Motor noch nicht abgestellt, da war Vince schon aus dem Wagen gesprungen und eilte mit großen Schritten auf die Eingangstür zu. Milo checkte erneut ihr Handy. Keine Nachricht von Serpil, wann das SEK eintreffen würde. Ihr Kollege schlug währenddessen mit der Faust gegen die schwere Holztür.

»Aufmachen, sofort öffnen«, brüllte er. »Polizei!«

Mit routiniertem Blick scannte Milo die Fenster und den Grund hinter dem Haus. Man konnte nie wissen, wen oder was so ein Gebrüll auf- und verscheuchen würde. Aber alles blieb ruhig. Soweit sie erkennen konnte, befand sich keine Menschenseele in der Nähe.

»Öffnen Sie, sofort!« Er schlug noch zweimal gegen die Tür, dann ließ er von seinem unbeeindruckten Gegner ab. »Hier ist niemand!« Seine Stimme klang verzweifelt, während er zurück zum Auto kam.

»Das prüfen wir lieber zweimal«, antwortete Milo und stieg aus dem Wagen. Sie spürte Unruhe in sich aufsteigen. So hatte sie ihren Kollegen noch nie erlebt.

Nachdem auch sie sich davon überzeugt hatte, dass die Tür fest verschlossen war, zog sie ihre Dienstwaffe aus dem Halfter und schlug kurz entschlossen mit dem Griff eine der Fensterscheiben im Erdgeschoss ein. Fehlender Haftbefehl, Ansage der Chefin, Erfahrungen aus dem letzten Fall hin oder her – sie konnte sich nicht an die geltenden Vorschriften halten. Nicht nach allem, was Vince für sie getan hatte, vor Monaten in der alten Hütte im Wald. Er wäre für sie beinahe gestorben. Da konnte sie ihm jetzt, wo es um etwas ging, das ihm anscheinend lieb und teuer war, doch nicht mit dem Polizeihandbuch kommen!

Die Hand sicher im Ärmel ihrer Jacke versteckt, griff sie durch das gesplitterte Glas und öffnete von innen das Fenster. »Nach Ihnen, Kommissar Frey«, forderte sie Vince mit einer einladenden Handbewegung auf, ins Haus zu klettern.

Der ließ sich nicht zweimal bitten. So schnell er konnte, hievte er sich ins Innere und streckte gleich darauf Milo die Hand durchs Fenster. Angespannt bis in den letzten Muskel kletterte sie hinterher, das Herz schlug ihr bis zum Hals, und sie musste ein Frösteln unterdrücken.

Abgestandene Luft und feuchter Moder drangen ihr in die Nase, während ihre Augen sich ans Dunkel gewöhnten. Vince betätigte den Lichtschalter neben der Tür, aber nichts passierte. Ein Blick nach oben an die verstaubte Deckenlampe ließ Milo ahnen, dass das Licht hier schon vor langer Zeit erloschen war. Trotz der Düsternis ließ sie den Blick durch den Raum schweifen. Eine spartanische Essküche konnte sie erkennen, an der Wand ein kleiner Herd, darauf eine alte, gusseiserne Pfanne. Eine Eckbank, ein Tisch, zwei Stühle, alles deutlich in die Jahre gekommen und vermutlich selbst gezimmert. Eine altmodische Tischdecke. Ein paar Spinnweben schimmerten in den Ecken.

»Wer wohnt denn *hier*?« Aus Vince' Stimme war jegliche Hoffnung verschwunden. Hilfe suchend blickte er Milo an.

»Lass uns den Rest des Hauses checken. Vielleicht finden wir irgendeinen Hinweis. Hat Cleo sich gemeldet?«

Vince blickte auf sein Telefon und schüttelte dann verzagt den Kopf. »Nein.«

Milo zwang sich, sich ihre eigene Sorge, die mittlerweile deutlich zugenommen hatte, nicht anmerken zu lassen. »Komm, wir schauen uns um«, forderte sie ihren Partner auf und verließ die Küche.

Das gesamte Erdgeschoss wirkte vernachlässigt. Renovierungsarbeiten hatten seit langer Zeit nicht mehr stattgefunden, und offenbar kümmerte es die Bewohnerin des Hauses nicht. Auf fast allen Möbeln in dem spärlich möblierten Wohnzimmer lag eine dünne Staubschicht. Sie fanden eine beinahe völlig leer geräumte Abstellkammer, ein Vorratsraum, in dem ein paar vergessene Weckgläser voll mit undefinierbarem Eingelegten vor sich hin moderten. Kaum persönliche Gegenstände waren zu finden, vor allem nichts, was irgendeinen Rückschluss auf Mira Mönchshagen oder eine der anderen toten Personen zugelassen hätte.

Und von Jördis Hahnbüchen fehlte jede Spur.

Der Keller stellte sich als ebenso enttäuschend heraus. Zwar hätte er gut und gern als Kulisse für einen Horrorfilm taugen können: rostige Fleischerhaken, alte Eisengatter, mit denen man vermutlich Schweinekoben abgetrennt hatte, als der Hof noch genutzt worden war. Ein paar Säcke Mastfutter und zwei zerschlissene Arbeitskittel. Doch zu Milos Erleichterung gab es weder Protagonisten noch Statisten in dem klammen Verlies. Keine Leichenteile, keine festgeketteten Umweltschützerinnen, keine verdächtigen Hinweise. Nicht einmal Blutspuren.

Vielleicht waren sie doch auf der falschen Fährte, und das Haus war einfach nur das, was es auch von außen vorgab zu sein: die traurige Konsequenz der Industrialisierung von Tierhaltung. Verarmte Kleinbauern, die irgendwann dem Preisdruck nicht mehr standhalten konnten und alles aufgeben mussten. Die Wut auf Konzerne wie Landglück konnte Milo sehr gut nachvollziehen, als sie über eine alte knarzende Holztreppe in das Obergeschoss stiegen. Doch warum hatte Jördis Hahnbüchen dann ausgerechnet bei Landglück angefangen zu arbeiten? Dem Schlachtbetrieb, der ihr den Hof genommen hatte?

Vielleicht war das auch schon Teil ihrer Rache gewesen.

In ihrem Kopf formierte sich ein Gedanke. Das Haus der Hahnbüchens sah alt und heruntergekommen aus, was die Vermutung zuließ, dass der Hof nicht mehr viel abgeworfen hatte. Möglicherweise war es genau so, wie Milo es sich vorhin schon einmal ausgemalt hatte. Die Tochter hatte versucht, einen Kredit zu bekommen – bei Uwe Kübel. Auch bei der Landwirtschaftskammer war sie gewesen, um Hilfe zu erhalten, doch genau wie der Bankberater hatte Sabine Meier Jördis Hahnbüchen nicht helfen können oder helfen wollen. Und so war aus dem Gefühl der Enttäuschung der Wunsch nach Rache geworden.

Aber wie passte die Tierschutzorganisation da rein? Hatte die Täterin auch von Miras Mission keine Hilfe erhalten? War die Influencerin deshalb auf die Todesliste der Frau geraten? Sinn würde es ergeben. Genau wie die Tatsache, dass Cleo Petersen seit mehreren Stunden verschwunden war. Und mit großer Wahrscheinlichkeit in der Gewalt der Mörderin.

Sie wollte ihren tödlichen Plan zu Ende bringen. Ihre Mission, wie Stiehl es genannt hatte. Milo war sich sicher, Jördis Hahnbüchen würde keine Gnade walten lassen.

Sie lief weiter, das mulmige Gefühl im Bauch schob sie weg. Sie musste sich auf die Durchsuchung konzentrieren, denn möglicherweise fanden sie etwas, das ihnen einen Hinweis auf den Aufenthaltsort der Mörderin gab. Nur einen kurzen Blick warf sie in das Schlafzimmer zur linken Seite. Ein Doppelbett, verhüllt unter einem fleckigen Überwurf, die geblümten Vorhänge zugezogen, ein alter Schrank, ein Schemel, ein Flickenteppich, dessen Farben kaum mehr zu erkennen waren.

»Milo!« Vince' Stimme schnitt durch die Stille des Hauses. Mit dem Rücken zu ihr stand er im Türrahmen des gegenüberliegenden Zimmers. Er drehte sich nicht um, selbst als sie direkt hinter ihm stand, so gebannt war er von dem, was er entdeckt hatte.

Sie schob sich an ihm vorbei in den Raum und erstarrte im selben Moment an Vince' Seite. Das letzte Zimmer des Geisterhofs war eindeutig bewohnt. Ein schmales Bett, das mit alter, aber sauberer Bettwäsche bezogen war. Ein Nachttisch, auf dem eine Flasche Wasser und ein sauberes Glas standen. Im geöffneten Kleiderschrank hingen unscheinbare, aber funktionstüchtige Hosen, Shirts und Pullover, daneben, fein säuberlich geordnet, drei Paar Schuhe. Ein aufgeschlagenes Buch lag vor dem Bett auf dem Boden. Milo konnte den Titel gut erkennen, George Orwells *Farm der Tiere*. Doch das, was Vince dermaßen in Alarmbereitschaft versetzt hatte, dass er sich immer noch keinen Millimeter bewegte, war nicht die Tatsache, dass sie Jördis Hahnbüchens Zuhause gefunden hatten. Es war die Tatsache, dass sie im Unterschlupf einer Psychopathin standen: Um sie herum waren alle Wände bis unter die Decke und auf den letzten Millimeter mit Bildern von Mira Mönchshagen und ihrer Mission beklebt. Zeitungsausschnitte, Fotos, Instagram-Posts in schlechter Qualität um ein Vielfaches vergrößert ausgedruckt. Poster, die man in ihrem Online-Shop erwerben konnte, und Autogrammkarten, wie die Influencerin sie auf verschiedenen Veranstaltungen verteilt hatte. Manche der Bilder waren mit Herzen bemalt, auf anderen hatte die Bewohnerin des Hauses ihrem Idol die Augen ausgeschnitten und mit einem dicken schwarzen Stift »Lügnerin« quer über das Bild geschmiert.

»Verdammte Scheiße«, fluchte Milo und blickte in Vince' kreidebleiches Gesicht. Sie hatte recht behalten. Mira Mönchshagen war in das Visier der Mörderin geraten, weil sie Jördis Hahnbüchen wie alle anderen vor ihr enttäuscht hatte.

Milo riss das Handy aus der Tasche und wählte Philipps Nummer, das tutende Leerzeichen stellte sie für Vince auf Lautsprecher.

»Sie ist es!«, rief sie in den Hörer, kaum dass der Kollege in der Leitung war. »Wir brauchen sofort Verstärkung, schickt her, wen immer ihr habt, und pack mir auch gleich die Spusi dazu. Und besorg mir diesen verdammten Haftbefehl und eine landesweite Fahndung! Es besteht Lebensgefahr für Cleo Petersen. Hahnbüchen hat sie vermutlich in ihrer Gewalt und …« Ihr Blick blieb an Vince' versteinerter Miene hängen. »Was, wenn sie noch bei Cleo in der Wohnung ist? Und dir deswegen heute Mittag niemand die Tür geöffnet hat? Dann weiß sie, dass wir ihr auf der Spur sind!«

Er wurde aschfahl. »Fuck!«

Am liebsten hätte Milo die Stirn gegen eine der plakatierten Wände geschlagen. Wieso waren sie nicht früher darauf gekommen? Warum hatten sie niemanden nach St. Pauli geschickt, der die Tür zur Wohnung notfalls aufbrach?

»Wir haben den Haftbefehl«, sagte der Kollege am anderen Ende der Leitung. »Die Fahndung läuft bereits. Aber Milo …«

»Ja?«

»Alexander von Wickersdorf wurde offensichtlich gestern Abend aus seinem Haus entführt. Seine Assistentin hat ihn eben als vermisst gemeldet, sie hat ihn seit gestern nicht mehr erreicht, sein Telefon ist aus. Stiehl vermutet, dass er ebenfalls auf der Todesliste von Hahnbüchen stehen könnte.«

»Sie will es zu Ende bringen«, flüsterte Vince tonlos, und die blanke Panik stand ihm ins Gesicht geschrieben. Er machte auf dem Absatz kehrt und stürmte die Treppe hinunter.

Milo folgte ihm auf dem Fuß.

»Deine Schlüssel!«, rief er hektisch. »Ich brauche deine Autoschlüssel.«

»Was hast du vor?«

»Na, was wohl? Ich fahre natürlich zu Cleo nach Hause. Und du bleibst hier!«

Milo wusste, dass es gegen jede Vorschrift war, ihren Partner allein ziehen zu lassen. Und auch, wie gefährlich es unter Umständen für ihn oder aber sie selbst werden könnte, je nachdem wer von ihnen beiden zuerst und allein auf die Mörderin traf. Trotzdem zog sie den Autoschlüssel aus der Jackentasche. Der eine Mensch, den sie in dieser Situation nicht hängen lassen würde, war Vince.

Gerade als sie eine letzte Warnung aussprechen wollte, bog eine Streife auf den Hof. Eine junge Polizistin parkte den Wagen, und Milo und Vince rannten auf sie zu.

»Wir waren gerade in der Nähe, als wir den Funkspruch vom LKA gehört haben«, erklärte die Streifenpolizistin, die vermutlich gerade frisch aus der Ausbildung kam. »Helene Wiebel.«

»Warum sind Sie allein?«, wollte Milo entgeistert wissen.

»Mein Kollege Heiner Stumpf ist …«, sie zögerte einen Moment und blickte verlegen zu Boden, »verhindert.«

Milo hoffte für den Kollegen, dass er mit einer schweren Magen-Darm-Grippe im Bett lag und nicht aus reiner Faulheit eine junge, unerfahrene Polizistin allein Streife fahren ließ. Aber sie hatten im Moment deutlich andere Sorgen, als die Eigeninterpretation von Polizeiregeln in der Pampa zu ahnden.

»Wiebel, Sie fahren meinen Kollegen zurück nach Hamburg. Wir suchen eine vermisste Frau, ihr Name ist Cleo Petersen. Sie unterstützen ihn bitte, fahren Sie mit ihm in die Wohnung der Vermissten. Ich halte derweil hier die Stellung.«

So konnte sie zwei der Fliegen, die um diesen riesigen Berg

Scheiße summten, mit einer Klappe schlagen. Sollte Hahnbüchen tatsächlich Cleo Petersen entführt haben oder noch in deren Wohnung sein, würde Vincent, der offiziell immer noch angeschlagen war, nicht allein auf sie treffen. Die junge Polizistin wäre ebenfalls unter Aufsicht.

Vince warf ihr einen Blick zu, der deutlich sagte: *Wir haben uns schon mal in einem Einsatz getrennt, Milo, und wir beide wissen, wie das ausgegangen ist.* Aber er sagte nichts, nickte nur dankbar und drückte ihr die Autoschlüssel wieder in die Hand. »Gut. Wir fahren.« Er marschierte mit Wiebel zum Streifenwagen. Dann drehte er sich noch einmal um. »Milo?«

»Was?«

»Pass auf dich auf.«

Sie nickte und beobachtete, wie Vince den Streifenwagen mit quietschenden Reifen vom Hof fuhr. Für einen Moment schnürte die Angst um ihren Partner ihr die Kehle zu. Wurde sie langsam zu alt oder zu weich für diesen Job? Sie hatte nicht das Gefühl, abzuhärten – ganz im Gegenteil.

Das Telefon in ihrer Hand spielte *Somewhere over the rainbow.* Eine unbekannte Nummer aus Hamburg.

»Ja?«

»Guten Tag, Frau Milosevic«, erklang eine Frauenstimme. »Ich hoffe, ich störe Sie nicht.«

Milo schluckte die Antwort herunter, die ihr auf der Zunge lag. »Machen Sie es kurz, bitte.«

»Ich bin Dr. Mang aus dem Albertinen-Krankenhaus. Wir haben bereits miteinander gesprochen, Frau Milosevic. Ich bin die betreuende Ärztin von Angela Kaltenbach. Erinnern Sie sich?«

Milo atmete tief ein und schloss die Augen. Sie versuchte sich auf alles, wirklich alles gefasst zu machen, was nun folgen könnte.

»Leider haben sich nach Frau Kaltenbachs Operation, die eigentlich sehr gut verlaufen ist, Komplikationen ergeben. Es tut mir sehr leid, aber die Patientin hat eine Lungenembolie erlitten. Selbstverständlich haben wir alles getan, was uns möglich war, aber es sieht nicht gut aus.«

Milo schluckte. Ihr medizinisches Fachwissen beschränkte sich hauptsächlich auf das, was in der Pathologie interessant war. Dann, wenn die Menschen auf dem Tisch bereits tot waren.

»Was bedeutet das?«, fragte sie mit leiser Stimme.

»Frau Milosevic, Sie sollten kommen«, formulierte die Ärztin vorsichtig. »Ich kann Ihnen nicht sagen, wie lange die Patientin noch bei uns ist.«

»Mit ›bei uns‹ meinen Sie ›am Leben‹?«

Ein kurzes Schweigen in der Leitung war Antwort genug. »Frau Kaltenbach hat nur noch wenige wache Momente, aber in diesen hat sie mehrfach nach Ihnen gefragt.«

Milo ließ das Telefon sinken. Angela hatte nach ihr gefragt. Die Augenblicke, in denen ihre Mentorin klar denken konnte, waren in den letzten Monaten immer seltener geworden. Und nun waren es vermutlich die letzten. Es war die letzte Chance, noch einmal mit ihr zu sprechen, ihr noch einmal zu danken.

Um wen sollte sie sich zuerst kümmern? Zwei Menschen in Lebensgefahr. Eine junge Frau, die ihr nicht viel bedeutete, aber ihrem Partner offenbar eine Menge. Und eine alte Frau, deren Tage gezählt waren, die für Milo aber wichtiger als einige Mitglieder ihrer eigenen Familie war.

Es wäre ein Dienstvergehen, ihren Standort zu verlassen und ins Krankenhaus zu fahren. Aber es wäre eine moralische Bankrotterklärung, wenn sie bleiben und Angela Kaltenbach allein sterben lassen würde.

Sie warf einen Blick auf das verlassene Haus, dann auf die Uhr. Wie lange würde es noch dauern, bis die Kollegen aus Hamburg eintrafen? Sie fluchte, tippte eine Nachricht an Philipp: *Privater Notfall. Melde dich, sobald ihr gelandet seid. Erster Stock. Schlafzimmer.*

Kaum dass sie die Nachricht abgeschickt hatte, rannte sie zu ihrem Auto, startete den Motor und bog, bevor sie es sich noch einmal anders überlegen konnte, auf die Straße Richtung Hamburg ein. Sie knirschte mit den Zähnen und ignorierte standhaft das ungute Gefühl in ihrem Magen. Sie wusste, es war eine dieser Situationen, in denen jede Entscheidung, die sie hätte treffen können, die falsche war.

Damit würde sie leben müssen.

26

10. April 2023, 21:30 Uhr, Altes Land

Sie drückte das Gaspedal durch, bis sie an den Anschlag kam. Der Wagen nahm Geschwindigkeit auf, die Landschaft vor dem Fenster raste an ihr vorbei. Milo umgriff das Lenkrad mit beiden Händen und konzentrierte sich auf die Straße. Links und rechts waren Waldstücke bereits in die Dunkelheit eingetaucht, der Mond, der gerade durch eine große Wolke verdeckt wurde, vermochte es nicht, die dicht stehenden Bäume zu erleuchten, die aussahen, als wäre ein Fass Tinte über ihnen ausgeschüttet worden.

Wenn jetzt ein Reh aus dem Wald auf die Straße rennt und du ausweichen musst, war's das, Milosevic, sagte sie sich selbst und verringerte ein wenig das Tempo. Sie atmete tief durch. Es war sinnlos, das eigene Leben zu riskieren, um schneller zu Angela ins Krankenhaus zu kommen. Möglicherweise war sie sowieso schon zu spät dran, möglicherweise machte ihre Mentorin in dieser Sekunde die letzten Atemzüge …

Oder Cleo Petersen.

Milo blies die Wangen auf und atmete die Luft aus. Normalerweise, in einer anderen Situation, hätte sie ein Bauchgefühl gehabt, das ihr zuverlässig gesagt hätte, ob sie richtig handelte. Doch ihr Körper war so vollgepumpt mit Adrenalin, dass sie nichts spürte – keine Intuition, keine innere Stimme drang zu ihr durch.

Während sie den Wagen mit immer noch deutlich überhöhter

Geschwindigkeit in die Kurven lenkte, dachte sie an die Täterin. Jördis Hahnbüchen hatte allem Anschein nach eine Obsession entwickelt. Mira Mönchshagen war ihr Idol gewesen, bis sie sich eines Tages in das ultimative Feindbild verwandelt hatte. Aber warum? Milo vermutete, die Antwort zu kennen: Hahnbüchen musste irgendwie Wind von der Affäre zwischen Mönchshagen und von Wickersdorf bekommen haben. Ob die aus echter Zuneigung bestand oder nicht, dürfte ihr dabei wohl egal gewesen sein. Die Tierschützerin und der Chef der Großschlachterei – da war aus der Verehrung Hass geworden. Die, an der all ihre Hoffnungen gehangen hatten, ließ sich mit dem Teufel ein. Und dafür hatte sie bezahlen müssen.

War es so gewesen? War das genug, um einen Menschen … durchdrehen zu lassen? Vermutlich nicht. Bestimmt hatte es noch mehr gebraucht, um Jördis Hahnbüchen in ihren Wahnvorstellungen zu bestärken.

Ein Geräusch drang in ihre Gedanken ein, eine altbekannte Melodie. Milo warf einen Blick auf den Bordcomputer. Vince.

»Ja?«

»Sie ist nicht in ihrer Wohnung, Milo!«, rief er laut. »Ich wiederhole, sie ist nicht in ihrer Wohnung!«

In Milos Kopf wirbelten die Gedanken. »Bleib ruhig. Kannst du Einbruchspuren erkennen?«

»Ich …« Seine Stimme brach. »Ich weiß nicht. Vielleicht … ich …« Er bekam kaum ein Wort heraus.

»Gib mir die Kollegin.«

»Was?«

»Lass mich mit der Polizistin sprechen, dieser Weibel oder wie sie heißt!«, forderte Milo entschieden.

»Helene Wiebel?«, erklang kurz darauf die hohe Stimme der Streifenpolizistin.

»Hören Sie mir genau zu. Ich stelle Ihnen jetzt Fragen, und ich möchte, dass Sie mir diese so gut es geht beantworten. Verstanden?«

»Verstanden«, erwiderte die junge Frau knapp.

»Stand die Haustür offen, als Sie ankamen?«

Ein kurzer Moment der Stille folgte. »Ja. Ich glaube schon.«

»Glauben Sie oder wissen Sie?«, fauchte Milo.

»Ich weiß es. Die Haustür war nur angelehnt.«

Verdammte Scheiße.

»Und die Wohnungstür?«

»War zu, aber nicht abgeschlossen.«

»Einbruchspuren?«

»Keine.«

Milo dachte daran, dass es Hahnbüchen auch gelungen war, sich bei Mönchshagen Zutritt zu verschaffen. Das Gebäude in der HafenCity war ein Hochsicherheitstrakt verglichen mit dem Haus in St. Pauli, in dem sich die Wohnung von Cleo Petersen befand.

Dann fiel ihr die Person auf dem Überwachungsvideo ein, die sie und Philipp gesehen und für einen Putzmann gehalten hatten. Die Gestalt im Overall und mit dem Cap … die an der Tür gelauscht hatte. O mein Gott. Das war Jördis Hahnbüchen gewesen! Hundert pro.

Milo wurde heiß und kalt, als sie an die Durchsuchung bei Landglück dachte. Zu diesem Zeitpunkt hatte Hahnbüchen bereits in der Schlachterei gearbeitet. Gut möglich, dass sie ihr begegnet waren.

Ein Bild schob sich in ihre Erinnerung: Der Vorfall in der Schlachtanlage während ihres Einsatzes. Die Frau, die das panische Schwein mit diesem eiskalten, ruhigen Blick und einem gezielten Schuss mit dem Bolzenschussgerät getötet hatte. Es waren die Augen einer Mörderin gewesen.

Sie waren Jördis Hahnbüchen vermutlich nicht nur einmal in ihren Ermittlungen begegnet. Und trotzdem hatten sie erst viel zu spät begriffen, dass sie die Mörderin war. So eine verdammte Scheiße.

»In der Wohnung, gibt es da Kampfspuren?«, fuhr sie fort.

»Keine. Es sieht aus, als wäre die Bewohnerin gerade erst gegangen. Auf dem Tisch steht noch ein Teller eingetrockneter Nudeln, vermutlich von gestern Abend. Spaghetti, nicht aufgegessen.«

Milo unterdrückte ein Fluchen. Das bedeutete, dass die Täterin Petersen noch in der Tür überwältigt und vermutlich betäubt hatte. Ein lebloser Mensch war viel schwerer zu transportieren, als die meisten Leute dachten, und Cleo Petersens Wohnung war nicht im Erdgeschoss. Hahnbüchen musste ihr Opfer also durch das Treppenhaus drei Etagen nach unten getragen haben – ein enormes Risiko. Doch Milo wusste nun, dass Hahnbüchen stark wie ein Mann und findig genug war, um mit dieser Herausforderung umzugehen. Sie schauderte, als sie wieder an die gehäuteten Körper dachte, die von Deckenbalken und Geländern hingen. Sie mussten außerdem davon ausgehen, dass die Frau in diesem Stadium ihrer Mission offenbar jedes Risiko einging. Ob sie geschnappt wurde oder nicht, machte doch keinen Unterschied mehr. Obgleich es nicht sein konnte, dass sie ihr Opfer auf die offene Straße getragen hatte, ohne dass es jemand mitbekam.

»Weibel?«, erhob sie wieder das Wort.

»Ich … ja?«

»Erinnere ich mich richtig, dass es einen Innenhof gibt?«

Milo hörte Schritte auf Holzdielen, dann erklang die Stimme der Polizistin. »Gibt es.«

»Ist der Innenhof groß genug, um ein Auto darin zu parken?«

»Woher wissen Sie … ja, ist er. Neben der Eingangstür ist eine Einfahrt. Sie steht offen. Da kann jeder reinfahren.«

»Und ist der Innenhof vom Hausflur aus begehbar? Durch eine Hintertür vielleicht?«

»Das muss ich überprüfen.«

Milo hörte die hektischen Schritte der Polizistin, die drei Stockwerke nach unten rannte. Dann sagte sie: »Ja. Es gibt eine Tür. Die steht ebenfalls offen.«

Milo schlug auf das Lenkrad. »Verdammt! Die Täterin hat Petersen über das Treppenhaus in den Innenhof getragen und vermutlich in ihrem Wagen weggebracht. Das darf doch alles nicht wahr sein.«

In der Ferne tauchte ein Scheinwerferpaar auf, das Milo so blendete, dass sie die Augen abschirmen musste. Reichlich spät schaltete der Fahrer des anderen Wagens das Fernlicht aus. Milo, die sich gerade wieder auf die Straße konzentrieren wollte, blinzelte, als das Auto vorbeifuhr. Nur für den Bruchteil einer Sekunde hatte sie einen Blick in das Innere des anderen Fahrzeugs werfen können. Es war ein großer, in die Jahre gekommener Kastenwagen gewesen, grün vielleicht, mit gelben Scheinwerfern, hinter dem Steuer hatte eine Person gesessen. Und auf dem Kopf ...

Sie dachte nach. Wo hatte sie die Mütze schon einmal gesehen, die der Fahrer auf dem Kopf getragen hatte? Eine Baseball-Kappe, schwarz, mit weißem Schriftzug auf der Stirnseite ...

Milo stieg so hart in die Bremsen, dass der Wagen ins Schlingern geriet. Nur unter großen Mühen konnte sie verhindern, dass das Auto ausbrach und im Graben landete. Als sie endlich zum Stehen kam, hörte sie die panische Stimme der Polizistin aus der Freisprechanlage rufen: »Was ist passiert? Hatten Sie einen Unfall?«

»Nein«, erwiderte Milo und atmete ein paarmal tief durch. »Ich habe zum ersten Mal in diesem beschissenen Fall ein Schweineglück gehabt.« Sie legte den ersten Gang ein, kurbelte das Lenkrad so weit es ging nach links und machte sich daran, das Auto auf die andere Straßenseite zu befördern und dann Gas zu geben, um dem Kastenwagen in sicherer Entfernung hinterherzufahren.

»Und das heißt?«, wollte Wiebel wissen.

»Keine Zeit. In welchem Zustand ist der Kollege Frey?«

»Er …« Die Polizistin zögerte. »Er rennt wie ein Verrückter durch die Wohnung der Vermissten und dreht jedes Blatt Papier um.«

»Hören Sie zu. Ich lege gleich auf und schicke Ihnen meinen Live-Standort über den Messenger. Es ist Freys Handy, lassen Sie es nicht aus den Augen, verstanden? Bleiben Sie, wo Sie sind, Weibel. Unter allen Umständen, verhindern Sie, dass sich Frey ins Auto setzt und zurück ins Alte Land fährt!«

»Aber … aber …«

»Haben Sie ein eigenes Handy?«

»Ja, natürlich.«

»Rufen Sie im LKA an, Serpil Özdemir, sie leitet die Mordkommission. Geben Sie ihr meinen Standort durch, sie soll das ganze Team dorthin schicken, wo ich mich aufhalte. Alle, auch das SEK. Nur nicht Vincent Frey. Der bleibt bei Ihnen. Wiederholen Sie, was ich Ihnen gesagt habe.«

»Live-Standort verfolgen. Im LKA anrufen. Serpil … Özdemir. Hierbleiben. Nicht zurückfahren.«

»Ganz genau. Nicht zurückfahren! Ist das klar?«

»Glasklar«, murmelte die Polizistin matt.

»Gut«, sagte Milo und wollte gerade die Verbindung unterbrechen, als ihr Angela Kaltenbach wieder einfiel. Mit einem schmerzhaften Ziehen im Herzen dachte sie daran, dass sie ihre Mentorin nun wohl doch allein den Weg gehen lassen würde, der jedem eines Tages bevorstand. Sie spürte einen Kloß im Hals, den sie nur mühsam hinunterschlucken konnte. Diese Frau hatte ihr so viel beigebracht. Sie gelehrt, was es hieß, eine gute Polizistin und eine noch bessere Kommissarin zu sein. Sie hatte Milo bestärkt, immer das Beste aus sich herauszuholen, gnadenlos zu sich selbst zu sein, aber gnädig zu den anderen … was Milo viel zu selten gelang, selbst heute noch. Sie nahm sich ein Herz. »Weibel? Sie machen das großartig.«

»Äh … Ich heiße Wiebel. Und danke.«

»Keine Ursache«, sagte Milo knapp und beendete das Gespräch.

Obwohl sie über hundertzwanzig Stundenkilometer fuhr und die unbeleuchtete Straße voller Kurven war, sendete sie mit einer Hand ihren Live-Standort an Vince' Nummer. Dann konzentrierte sie sich wieder auf die Fahrt. Der Kastenwagen, hinter dessen Steuer Jördis Hahnbüchen saß und in dessen Fond sich mit etwas Glück die noch lebenden Cleo Petersen und Alexander von Wickersdorf befanden, war etwa fünfhundert Meter vor ihr. Die roten Rücklichter schienen hier, in der Dunkelheit der Einöde, ohne die Lichtverschmutzung der Stadt, deutlich. Milo gab sich Mühe, nicht zu dicht aufzufahren.

Sie kamen dem Hof näher, auf dem Hahnbüchen in ihrem unheimlichen Zimmer lebte. Milo machte sich bereit, jeden Moment die roten Rücklichter links abbiegen zu sehen, und überlegte gerade, ob sie jetzt schon die Scheinwerfer ausschalten sollte, um dem Kastenwagen auf der dunklen Zufahrtsstraße unbemerkt hinterherzufahren, als sie sah, dass Hahnbüchen an der Einfahrt zum Hof vorbeiraste.

Wo wollte sie hin? Nicht zum Hof? Aber wohin dann? Milos Herz klopfte schnell, und ihre feuchten Hände legten sich noch fester um das Lenkrad.

Nach etwa zwei Kilometern war es dann so weit. Milo sah die roten Bremslichter aufleuchten, gleich danach bog der Kastenwagen in eine Schotterpiste ab und fuhr im Schritttempo weiter. Milo verlangsamte ihren Wagen, dann blieb sie mitten auf der Straße stehen. Es war eine verdammt dumme Idee, der Mörderin von drei Menschen, die zwei weitere Opfer in ihrer Gewalt hatte, allein zu folgen. Aber was blieb ihr anderes übrig?

Nichts.

Sie schaltete die Scheinwerfer des Passats aus und wartete einen Moment, bis ihre Augen sich an die Dunkelheit gewöhnt hatten. Dann legte sie den ersten Gang ein und bog mit knirschenden Reifen in den geschotterten Weg ein.

Es war beinahe vollbracht.

Sie kannte sich aus an diesem Ort, besser als irgendwo sonst. Der alte Schweinestall, in dem sie praktisch groß geworden war. In dem sie zum ersten Mal gesehen hatte, wie ein Ferkel auf die Welt kam, und in dem sie gelernt hatte, wie man ein Leben beendete.

Die Glühbirne an der Decke warf ein schummriges Licht in den Stall. Links und rechts von ihr befanden sich die verwaisten Boxen, in denen vor einigen Monaten noch ihre Tiere gelebt hatten. Es stank nach Kot und Fäulnis, seitdem die Schweine zu Landglück gebracht worden waren, hatte sich niemand mehr um den Stall gekümmert. Auf den dunklen Metallstangen, die die Boxen unterteilten, reflektierte der Glanz des Lichts.

Die ganze Nacht und den halben Tag lang hatte sie alles vorbereitet. In der Mitte des langen Gangs, in dem sie die Hälfte ihrer Kindheit und den Großteil ihres Erwachsenenlebens verbracht hatte, standen sich zwei Holzstühle gegenüber. Darauf saßen ihre beiden letzten Opfer, denen die Torturen der letzten vierundzwanzig Stunden deutlich anzusehen waren. Seit einem Tag waren sie nun in ihrer Gewalt, ohne zu wissen, welch großes Geschenk sie ihnen damit machte. Ein Tag, den sie beide noch leben durften – ein Luxus, den die anderen Opfer nicht hatten genießen dürfen. Denn die hatte Jördis im Schlaf überrascht oder auf dem letzten Kontrollgang durch den Garten kurz vor Tagesende.

Beide waren wach. Jördis hatte der Frau und dem Mann jeweils einen Knebel in den Mund geschoben und sie an Armen und Beinen gefesselt. Es wäre ihnen unmöglich, sich zu bewegen, ohne dass Jördis es bemerkte.

Sie saßen, wo Jördis sie haben wollte. Auf ihrer Schlachtbank.

In zwei Metern Entfernung stand das Stativ mit der Kamera darauf, ein langes Kabel führte vom Gerät zu einem Laptop. Dank dem Fingerabdruck dieser Cleo war es Jördis ein Leichtes gewesen, sich auf deren Smartphone in dem Instagram-Account einzuloggen und das Passwort zu ändern, damit sie die Web-Applikation öffnen konnte. Der Live-Stream war nur noch einen Klick entfernt. Und dann würde die ganze Welt ihr Werk sehen. Tausende von Menschen wären dabei, wenn sie zuerst Cleo Petersen und danach Alexander von Wickersdorf töten würde.

Ihr Werkzeug lag bereit. Noch war sie sich nicht sicher, ob sie der Assistentin die Gnade erweisen würde, ihr mit dem Bolzenschussgerät in den Kopf zu schießen, bevor sie ihr die Haut vom Körper zog und die Gedärme aus dem Leib holte. Bei von Wickersdorf war das anders. Da wusste sie, dass sie ihn so lange wie möglich am Leben lassen würde. Er sollte mitbekommen, wie es sich anfühlte, wenn man ausgeweidet wurde. Wenn sich die scharfe Klinge des Hobels unter die Hautschicht bohrte und sie vom Muskel schälte.

Vor einigen Wochen, als sie ihren Plan entworfen hatte, hatte Jördis sich vorgestellt, dass sie eine Maske tragen würde, wenn sie dem Teufel ans Leder ging. Heute war vieles anders. Sie hatte nicht ein Opfer, sie hatte zwei. Und sie rechnete nicht damit, selbst lebend aus der Sache herauszukommen. Warum auch? Ihre Mission war erfüllt, mit dem großen Finale würde sie ein Zeichen für die Ewigkeit setzen. Man würde sie in einem Atemzug mit dem Kannibalen von Rotenburg und dem Killer-Pärchen aus Höxter nennen. Nur dass sie anders war. Sie tötete nicht aus Lust – nein, das Morden bereitete ihr keinen Genuss. Sie tötete, weil sie es musste. Weil jemand, nein: sie!, die Welt wissen lassen musste, wie das Fleisch, das so vielen so wichtig war, auf ihrem Teller landete. Dass es Elend bedeutete, für die Tiere, für die Mastbauern, aber auch für diejenigen, die im Akkord die Schweine und Rinder, Hühner und Puten töteten. Dass etwas in einem selbst starb, wenn man Leben mit einem Knopfdruck beendete, wenn man nicht mehr respektierte, was die Natur einem gab.

Deswegen würde auch sie heute Abend sterben. Jördis hatte genug Patronen für das Bolzenschussgerät mitgebracht, um sich mit einem gezielten Schuss in die Stirn dorthin zu bringen, wo Mira Mönchshagen und die anderen bereits auf sie warteten. Vielleicht auch die Tiere, die Jördis im Laufe ihres Daseins selbst um das Leben gebracht hatte. Würde es ein himmlisches

Gericht geben? Möglicherweise. Es war ihr egal. Sie wusste, ihr Auftrag war größer als die Schuld, größer als der Glaube, möglicherweise sogar größer als Gott selbst.

Zärtlich strich ihre Hand über die Werkzeuge, die auf einem kleinen Tisch hinter dem Stativ standen. Dann wandte sie sich an die Kamera, drückte auf »Aufnahme« und beugte sich zum Laptop hinunter.

Ihr Finger schwebte einen Moment über der Enter-Taste. Sie war nur einen Klick vom Höhepunkt ihres Schaffens entfernt. Sie atmete noch einmal tief durch.

Dann startete sie den Live-Stream und griff nach dem Bolzenschussgerät.

27

10. April 2023, 22:30 Uhr, Altes Land

Wo blieb nur die Verstärkung? Seit einer Dreiviertelstunde kauerte Milo unter einem erblindeten Fenster des heruntergekommenen Schweinestalls und versuchte, kein Geräusch von sich zu geben. Sie hatte Hahnbüchen aus sicherer Entfernung dabei beobachtet, wie sie im alten Stall verschwunden war. Aus dem Inneren des Gebäudes sickerte mattes Licht nach draußen. Milo spitzte die Ohren, ihre Sinne waren scharf gestellt, ihre Nerven zum Zerreißen gespannt. Wie lange sollte sie warten, bevor sie in den Stall stürmte? Und was würde sie dort vorfinden? Sie konnte doch nicht hier herumstehen, bis Hahnbüchen mit dem Abschlachten der Opfer begann! Sie musste doch etwas tun.

Erneut warf sie einen Blick auf ihr Handydisplay, das sie sicherheitshalber mit der Hand abschirmte. Selbst wenn die Verstärkung gleich nach dem Anruf der Polizistin losgefahren war, würde es fast eine Stunde vom LKA bis hier heraus dauern. Auch dann, wenn sie sich alle Ampeln freischalten ließen und mit Blaulicht und achtzig Sachen durch die Stadt rasten. Sie mussten durch den Elbtunnel, und dann dauerte es immer noch viel zu lange, bis sie ihr Ziel erreichten.

Aber wie viel Zeit würde Hahnbüchen sich lassen, bevor sie mit dem Morden begann?

Milo steckte ihr Handy in die Hosentasche und griff nach der

Dienstwaffe. Sie hatte noch nicht mal eine schusssichere Weste an … was so leichtsinnig wie idiotisch war, insbesondere nach der Erfahrung im letzten Herbst. Aber sie wagte es nicht, noch einmal zum Passat zurückzugehen und die Weste anzulegen. Wenn sie dabei auf einen Stock oder Ast trat, wäre Hahnbüchen gewarnt. Und dann? Dann würde auch kein SEK mehr helfen.

Aus ihrer Ausbildung wusste Milo, dass verzweifelte Täter und Täterinnen die gefährlichsten waren. Die, die nichts mehr zu verlieren hatten, legten keinen Wert darauf, ihr eigenes Leben zu retten, im Gegenteil. Oft planten sie ihr Ableben bereits mit ein. Das war katastrophal für Opfer oder Geiseln, denn das Druck- oder Verhandlungsmittel, den Täter am Leben zu lassen, ihm vielleicht sogar eine Strafminderung in Aussicht zu stellen, entfiel vollständig.

Im Inneren des Schweinestalls erklang ein Schaben, als ob Metall über den Boden kratzte, dann vernahm Milo einen unterdrückten Laut, gefolgt von einem Wimmern. Ihr Herz setzte einen Schlag aus und fing anschließend unkontrolliert zu wummern an.

Es begann. In dieser Sekunde, das wusste sie. Und ihr blieben nur wenige Minuten, bevor Hahnbüchen ihr grausames Werk vollendet haben würde.

Sie richtete sich lautlos auf und dachte an Vince. Was würde sie ihm sagen, wenn er sie fragte, warum sie Cleo Petersen nicht gerettet hatte? Weshalb sie vor dem Stall gewartet hatte, die Täterin zu stellen? Notfalls zu erschießen? War Hahnbüchen bewaffnet? Hatte sie nur das Bolzenschussgerät und die Werkzeuge, mit denen sie die Körper ihrer Opfer bearbeitete … oder vielleicht auch eine Waffe, mit der sie Milo auf Distanz töten konnte?

Ich muss da rein, dachte sie und spürte, wie ihr Magen in die Kniekehlen sackte. Egal, was mit mir passiert. Vince zuliebe. Das bin ich ihm schuldig.

Sie entsicherte die Waffe, atmete noch einmal tief durch und duckte sich. Aber noch bevor sie den ersten Schritt in Richtung des Stalltors machen konnte, legte sich eine Hand auf ihre Schulter.

Milo erstarrte. Sie spürte nichts mehr in sich, keine Angst, keine Panik, nur die Gewissheit, dass ihr Leben in wenigen Sekunden vorbei sein würde. Hahnbüchen hatte sie entdeckt. Ergeben schloss Milo die Augen und wartete auf den Bolzen, der ihr tief in den Nacken schlug und sie sofort tötete.

Aber nichts passierte. Die Hand auf ihrer Schulter lag immer noch da, der Daumen drückte leicht in ihren angespannten Muskel. Es fühlte sich nicht unangenehm an. Auch nicht gefährlich. Langsam, in Zeitlupe, drehte Milo sich um – und schnappte nach Luft.

»Vince?«, formten ihre Lippen lautlos, doch er legte ihr die Finger auf den Mund und bedeutete ihr, ihm zu folgen. In der Rechten hielt auch er seine Dienstwaffe, und mit einem Gefühl des albernen, beinahe mütterlichen Stolzes bemerkte Milo, dass er eine schusssichere Weste trug.

Immerhin einer von ihnen.

Sie wollte ihn so viel fragen. Wie war er so schnell hierhergekommen? Wie hatte er überhaupt von ihrem Standort erfahren? Und was würde sie dieser Polizistin antun, wenn sie heute Nacht heil aus der Sache herauskam?

Das war im Moment jedoch alles nicht wichtig. Wichtig war einzig und allein, dass sie Cleo und von Wickersdorf retteten, bevor Hahnbüchen ihnen die Innereien aus dem Leib schnitt.

Vince machte eine Kopfbewegung. Milo nickte ihm kurz zu, dann folgte sie ihm. Er schlich geduckt auf das Stalltor zu, das immer noch geschlossen war. Sie hätten keine Chance, durch diesen Eingang in das Gebäude einzudringen, Hahnbüchen würde sie sofort bemerken. Vince hastete weiter, an der Längsseite des Stalles entlang und um die nächste Ecke. Und tatsächlich, vor ihnen befand sich eine weitere Tür, die sogar einen Spaltbreit offen stand.

»Ich zuerst«, flüsterte Vince. Sie waren weit genug von der Täterin entfernt, um ein paar Worte wechseln zu können.

Milo hielt ihn zurück. »Nein. Ich gehe.«

»Du trägst keine Weste, Milosevic«, knurrte er ungeduldig.

»Und du bist noch nicht mal wieder gesundgeschrieben«, hielt sie dagegen.

»Milo.« Er schnaufte. »Kannst du ein einziges Mal das tun, worum ich dich bitte?«

Sie starrten sich an, keiner wandte den Blick ab. Nach einigen Momenten gab Milo nach. Sie hatten keine Zeit für diesen Scheiß.

»Also gut. Du zuerst.«

Vince atmete hörbar aus, dann drehte er sich zur leicht offen stehenden Tür um und schob sie leise auf. Zum Glück machten die Scharniere kein Geräusch, sodass Milo und Vince geräuschlos in den Stall schlüpfen konnten. Dort schlug ihnen ein stechend scharfer Geruch entgegen. Es roch nach Ammoniak, nach Verfaultem, nach Tier. Das Licht war so gedämpft, dass es einige Sekunden dauerte, bis ihre Augen sich an die Lichtverhältnisse gewöhnt hatten. In einiger Entfernung machte sie die schemenhaften Konturen der leer stehenden Schweineboxen aus. Sie reihten sich links und rechts an den Wänden der Halle auf und waren so schmal, dass Milo allein beim Gedanken an die Tiere, die hier einst gelebt hatten, frösteln musste. Zwischen den Boxen befand sich ein breiter, schmutziger Gang. Und in der Mitte dieses Gangs hatte Hahnbüchen ihre Bühne aufgebaut.

Milo erkannte zwei Stühle, auf denen ihre Opfer saßen, offenbar gefesselt und geknebelt. Beide waren wach und schienen sich ihrer Situation sehr bewusst zu sein. Von Wickersdorf wand sich mit weit aufgerissenen Augen und gab panische Laute von sich, Cleo hatte den Kopf gesenkt und schien zu weinen.

In einigen Metern Entfernung stand ein Stativ mit einer Kamera darauf, die offenbar alles filmte. An einem kleinen Tisch daneben, den Rücken zu ihnen gewandt, erkannte sie Jördis Hahnbüchen.

Sie war eine große Frau, weit über eins achtzig, vielleicht noch größer, mit breiten Schultern und einer muskulösen Figur. Kein Wunder, dass man sie mit einem Mann verwechselte, wenn man ihr Gesicht nicht sah. Das Haar war zu einem kurzen Zopf zusammengebunden, genau wie auf dem Video aus der HafenCity. Sie trug eine blaue Arbeitshose und eine gleichfarbige derbe Jacke, auf der dunkle Flecken prangten, vermutlich Blut. Hahnbüchen hatte den Kopf gesenkt und schien die silbrig glänzenden Werkzeuge auf dem Tisch vor sich zu begutachten. Plötzlich streckte sie die Hand aus und hob einen Gegenstand hoch.

Milo sog vor Schreck die Luft ein. Das Bolzenschussgerät.

Sie wechselte einen Blick mit Vince. Irgendwie mussten sie näher kommen, und zwar unbemerkt. Ihnen blieb nur die Gasse zwischen den Boxen. Vielleicht hätten sie sich doch trennen sollen. Wenn Vince von vorn durch das große Tor eintrat, hätte Milo die Möglichkeit, Hahnbüchen von hinten …

Sie sah, wie sich die Täterin zu einem Laptop hinunterbeugte und auf eine Taste drückte. Dann richtete sie sich wieder auf und fing an zu sprechen.

»Herzlich willkommen, liebe Freunde von Miras Mission! Ihr seid live dabei, wenn ich mein Werk am heutigen Tag zu Ende bringe.«

Milo wurde eiskalt. Hahnbüchen wollte die Morde an Cleo und von Wickersdorf also tatsächlich live verüben und in den sozialen Medien streamen? Ihr wurde schlecht. Das war ein Albtraum!

Schließlich konnten Milo und Vince die Mörderin nicht vor laufenden Kameras erschießen. Gleichzeitig durften sie nicht zulassen, dass Hahnbüchen ihre Taten in die Welt trug. Miras Mission hatte fast hunderttausend Follower. Wenn auch nur ein Bruchteil an diesem Abend das Handy in der Hand hielt und den Stream verfolgte …

Milo spürte, wie die Magensäure in ihrer Speiseröhre hochstieg. Sie wollte sich nicht vorstellen, was Serpil mit ihr anstellte, wenn die Aktion aus dem Ruder lief. Wenn eine der Geiseln verletzt oder gar getötet wurde …

Bleib ruhig!, rief sie sich innerlich zur Räson. *Wenn du jetzt durchdrehst, hat niemand was davon. Also vergiss den scheiß Livestream und konzentrier dich auf das Wesentliche.*

Milo atmete tief durch und lauschte den Worten Hahnbüchens, die immer noch die unsichtbaren Zuschauer ansprach.

„… werde ich euch das Gesicht des Bösen zeigen! Was ihr sehen werdet, wird einige von euch verstören. Das ist ein Preis, den ich zu zahlen bereit bin. Denn nichts ist so wichtig, wie das Böse auszulöschen.«

Damit drehte sie sich von der Kamera weg, in die sie frontal hineingeschaut hatte, erst von Wickersdorf, dann Cleo zu.

»Viel zu lange schon profitiert ihr von dem Leiden anderer. Doch eure Zeit ist zu Ende. Ich, der Schatten aus euren Albträumen, der Geist eurer Vergeltung, stehe vor euch, um die Waage des Schicksals wieder ins Gleichgewicht zu bringen.«

Vince' Augen weiteten sich vor Schreck, und auch Milo musste bei Hahnbüchens Litanei schlucken. Die Frau war ja völlig verrückt geworden! Sie predigte mit kalter, aber leidenschaftlicher Stimme, das Bolzenschussgerät immer noch hoch erhoben, und schien völlig in ihrem Monolog versunken.

Das war ihre Chance.

Milo tippte Vince leicht an, der sich aus seiner Erstarrung löste und sich, eng an die Metallstäbe der Boxen gedrängt, mit gezückter Waffe langsam in den Gang schob.

»Ihr, die ihr gelacht habt, als mein Herz brach, als meine Träume zerschellten wie Glas«, lamentierte Hahnbüchen weiter. »Ihr, die ihr mich verspottet habt, als ich allein in der Dunkelheit weilte. Ihr, die ihr mich verraten habt, als ich euer Vertrauen suchte. Ich habe jede schlaflose Nacht gezählt, jeden Stich ins Herz, den ihr mir zugefügt habt. Die Zeit der Abrechnung ist gekommen.«

Milo folgte Vince. Auch sie hielt die Dienstwaffe vor sich und bemerkte nach einigen Metern, dass sie aus Anspannung vergessen hatte zu atmen. Sie kamen langsam voran, aber immerhin machten sie kein Geräusch dabei.

Hahnbüchens Stimme wurde lauter. Sie machte einen Schritt nach vorn und stellte sich vor den Stuhl, auf dem Cleo saß. Die hob den Kopf, und als sie das Bolzenschussgerät sah, stöhnte sie vor Entsetzen. Sie versuchte, sich aus den Fesseln zu winden, doch die Täterin schien wie schon in der Vergangenheit sehr gründlich gewesen zu sein. Hoch ragte sie vor der jungen Frau auf, das Bolzenschussgerät in der Hand.

»In euren Augen sehe ich Angst, und das ist gut so. Denn ich werde euch die gleiche Angst spüren lassen, die ihr mir beschert habt. Ich werde eure Sicherheit nehmen, wie ihr meine genommen habt. Jede Träne, die ich vergossen habe, wird mit eurem Blut bezahlt werden. Eure Schreie werden meine Musik sein, euer Flehen wird meine Freude nähren …«

Hahnbüchen verstummte plötzlich und hob den Kopf. Sie lauschte. Ihre Nasenflügel blähten sich auf, als ob sie Witterung aufnehmen würde.

Vince war stehen geblieben, auch Milo bewegte sich nicht. Wenn Hahnbüchen jetzt zu ihnen sah …

Doch sie wartete nur einen Augenblick ab, bevor sie den Kopf in den Nacken warf, das Gesicht in Richtung der Glühbirne streckte und rief: »Ihr könnt mir nicht entkommen! Ich bin die Konsequenz eurer Taten. Ihr habt mich zu dem gemacht, was ich bin, und ich werde euch zu dem machen, was ihr verdient. Die Zeit der Rache ist gekommen, und ich werde keine Gnade kennen. In euren letzten Momenten werdet ihr wissen, dass euer Schicksal besiegelt war, sobald ihr euch entschieden habt, auf meinem düsteren Pfad zu wandeln!«

Sie waren nur noch drei, vielleicht vier Meter entfernt. So nah, dass Milo die Pfütze unter Cleos Stuhl erkennen konnte. Die junge Frau hatte sich im Angesicht des unvermeidlichen Todes eingepinkelt.

Hahnbüchen stellte sich gerade hin, die Beine schulterbreit auseinander. Dann streckte sie den Arm aus, wollte Cleo das Bolzenschussgerät auf die Stirn legen, aber die junge Frau drehte den Kopf so schnell von links nach rechts, dass die Mündung abrutschte. In dieser Sekunde hob Hahnbüchen die andere Hand, holte aus und schlug Cleo hart ins Gesicht.

Vince schrie, machte einen Satz nach vorn. Er feuerte seine Waffe ab – doch die Kugel sauste an Hahnbüchen vorbei.

Die riss den Kopf herum, ihr Mund öffnete sich, und ein animalischer Schrei drang aus ihrer Kehle. Mit einem Satz war sie weg vom Stuhl, fegte Kamera und Stativ zur Seite und sprang auf Vince und Milo zu, das Bolzenschussgerät immer noch erhoben.

»Cleo!«, brüllte Vince, ohne auf die Täterin zu achten. Den Arm mit der Pistole hatte er sinken lassen.

Milo kam es vor, als ob sie alles wie in Zeitlupe sehen würde. Hahnbüchen kam mit langen Schritten auf sie zu, den Arm vor sich ausgestreckt, bereit, Vince damit in die Stirn zu treffen. Der schien an ihr vorbeizuschauen, sie gar nicht zu bemerken, sein Blick klebte an Cleo fest.

Milo entschied im Bruchteil einer Sekunde. Hinter Vince stehend, gab sie ihm einen heftigen Stoß, sodass er ins Stolpern geriet und nach vorn fiel. Er streckte die Arme aus, um sich abzufangen. Milo hielt die Waffe immer noch auf Hahnbüchen gerichtet, freie Schussbahn. Sie atmete ein, linke Schulter, da sollte die Kugel hingehen. Ihr Finger betätigte den Abzug. Ein ohrenbetäubender Knall zerriss die Luft.

Hahnbüchen brach zusammen, fiel auf den Rücken, das Gesicht vor Schmerz verzogen. Kein Laut drang über ihre Lippen, die Augen schlossen sich. Sie schien in Ohnmacht gefallen zu sein.

»Alles okay?«, wollte Milo von Vince wissen, der sich hinter ihr gerade wieder hochrappelte. Die Hand, in der sie die Waffe gehalten hatte, zitterte.

Vince funkelte sie böse an. »Darüber reden wir noch.« Dann rannte er zu den Stühlen, ging vor Cleo in die Knie und zog ihr den Knebel aus dem Mund. Liebevoll strich er ihr übers Haar, schlang die Arme um sie und begann, an den Fesseln zu zerren. Die junge Frau saß apathisch da, Tränen liefen ihr über die Wangen, und sie schluchzte leise.

Milo atmete aus. Sie steckte die Waffe in das Holster und beugte sich über den leblosen Körper von Hahnbüchen. Mit zwei ausgestreckten Fingern suchte sie einen Puls am Hals. Als sie ihn fand, bemerkte sie, wie die Anspannung langsam nachließ. Er war da. Schwach, aber regelmäßig.

Milo war dem Gesicht der Täterin ganz nah. Jördis Hahnbüchen sah ausgezehrt aus, ihre Züge wirkten verhärmt, wenn nicht gar verbittert. Welche Geschichte wohl hinter ihrer Mordserie steckte? Welches Schicksal hinter ihrer Obsession, ihrem Wahn?

Sie würden es herausfinden in den nächsten Tagen, in unzähligen, stundenlangen Verhören. So Jördis Hahnbüchen denn bereit war zu reden.

Milo wollte sich gerade abwenden, da bemerkte sie ein Zucken im Gesicht der Frau. Sie beugte sich noch ein Stück nach vorn …

In diesem Moment riss Hahnbüchen die Augen auf, das Antlitz zu einer hässlichen Fratze verzogen. Sie bäumte sich auf, streckte den Arm aus, Milo spürte Metall auf ihrem Hals. Dann machte es laut klick, und etwas Kaltes, Scharfes bohrte sich in ihre Haut. Sie taumelte zurück, drückte instinktiv die Hand auf die Stelle an ihrem Hals und spürte das heiße Blut auf ihren Fingern.

Tok. Tok. Tok.

Es pulsierte im Takt ihres Herzens.

Dann wurde es dunkel um sie herum.

28

12. April 2023, 5:30 Uhr, Hamburg UKE

Von irgendwoher drang ein Geräusch an ihr Ohr. Es kam ihr bekannt vor. Eine Melodie, die sie schon einmal gehört hatte. Nein, nicht einmal. Schon viele Male.

Somewhere over the rainbow …

Ein Gedanke formte sich in ihrem Kopf, der sich anfühlte, als wäre er mit Watte gefüllt. Sie versuchte, danach zu greifen, ihn zu fassen zu bekommen, aber er entwischte ihr sofort wieder. Die Melodie bimmelte weiter.

And the dreams that you dreamed of …

Woher kannte sie das Lied? Woher wusste sie überhaupt, was ein Lied war? Und warum erinnerte sie sich an den Text? Sie fokussierte sich auf die Frage, spürte aber schnell, dass sie keine Kraft hatte, daran festzuhalten. Wieder schlüpfte ihr der Gedanke durch die Finger, versteckte sich vor ihr, tief drin in ihrem Gehirn.

Someday I'll wish upon a star
Wake up where the clouds are far behind me …

Valerie.

Ein Gesicht erschien vor ihrem inneren Auge. Das Gesicht der Frau, die sie liebte. Die dunklen Locken umrahmten die ebenmäßigen Gesichtszüge, in den Augen lag ein Ausdruck der unendlichen Liebe und Sorge. Valerie. Milo wollte mit ihr reden. Sie wollte …

Die Melodie brach abrupt ab.

Milo versuchte, die Augen zu öffnen. Es kam ihr vor, als würde es Stunden dauern, bis es ihr endlich gelang, die Lider zumindest einen kleinen Spaltbreit aufzustemmen. Wo war sie? Sie kannte den Raum nicht. Zumindest glaubte sie das. Sie klammerte sich an ihr Bewusstsein. *Bleib hier, geh nicht wieder weg. Bleib bei mir.* Doch sosehr sie sich auch bemühte, immer wieder dämmerte sie weg, fielen ihr die Augen zu, die sich anfühlten, als würden Säcke an den Lidern hängen.

Als sie das nächste Mal auftauchte, nahm sie ihre Zunge wahr. Sie fühlte sich dick und pelzig an, wie ein totes Tier, das sich in ihren Mund verirrt hatte. Milo schluckte trocken und begann zu schmatzen. Sie hatte so einen Durst. So einen unendlichen Durst!

»Hey.« Eine Stimme erklang, dicht an ihrem Ohr. »Ich halte dir gleich einen Becher vor den Mund. Versuch zu trinken.«

Milo, die die Augen immer noch nicht offen halten konnte, tat, was die Stimme ihr gesagt hatte. Sie öffnete die Lippen und spürte einen Strohhalm, der sich dazwischenschob. Dann begann sie gierig zu saugen.

»Langsam. Verschluck dich nicht«, sagte die Stimme sanft.

»Valerie?«, krächzte Milo und tastete mit der Hand über den kühlen Stoff des Bettbezugs.

»Nein«, antwortete die Stimme, und Milo sank zurück in die Dunkelheit.

Als sie Stunden, vielleicht auch Tage später wieder erwachte, fühlte sie sich besser. Bei Weitem nicht gut – aber zumindest gehorchten ihre Lider und ihre Gedanken wieder einigermaßen.

Das Licht im Zimmer war gedimmt. Milo ließ den Blick langsam schweifen. Sie war im Krankenhaus, das stand außer Frage. Über ihrem Kopf baumelte der dreieckige Griff eines Krankenbettes, unter der Decke lugten Kabel heraus, die in irgendwelche piependen und leuchtenden Geräte neben dem Bett mündeten. Milo wollte den Kopf drehen, bemerkte aber schnell, dass sie nicht weit kam. Da war ein Widerstand an ihrem Hals. Sie versuchte es erneut, musste aber ein weiteres Mal mitten in der Bewegung abbrechen.

Sie hob die Hand und tastete mit den Fingern den Hals ab. Ein dicker Verband lag darum, fest wie eine Halskrause. Dann kam die Erinnerung. Das Bolzenschussgerät. Jördis Hahnbüchen. Und Vince …

Ruckartig richtete sie sich auf. »Wo ist Vince?«, fragte sie mit aufsteigender Panik in der Stimme.

Ein Arm drückte sie zärtlich zurück in die Kissen. »Es geht ihm gut. Er ist unverletzt und lässt ausrichten, ihr wärt jetzt quitt.«

Milo drehte den Oberkörper zur Seite und erblickte Gioia, deren Mund ein feines Schmunzeln umspielte. »Was ist passiert? Ich …« Wieder fand ihre Hand den Halsverband.

»Hahnbüchen hat dich mit dem Bolzenschussgerät angeschossen. Sie hat die Aorta gestreift. Du hattest unglaubliches Glück, Milosevic.« Gioia streckte die Hand aus und legte sie auf Milos Finger. »Die Ärzte sagen, ohne die Hilfe von Vince …« Ihre Stimme brach. »Vince hat sofort einen Druckverband angelegt, und dann kamen zum Glück auch das SEK und Sanitäter. Aber ohne ihn wärst du nicht mehr hier.«

Milo schloss die Augen und schluckte. »Was ist mit Hahnbüchen?«

»Singt wie ein Vögelchen.« Gioia schüttelte ungläubig den Kopf. »Es ist ihr anzumerken, dass sie stolz auf ihre Taten ist.«

»Erzähl mir alles.«

Die Kollegin seufzte. »Sie denkt tatsächlich, dass sie der Gesellschaft etwas Gutes getan hat, weil sie Mönchshagen, Meier und Kübel ermordet hat. Von Wickersdorf ist in ihren Augen der leibhaftige Teufel.«

Milo verzog das Gesicht, als wollte sie sagen: Kann ich irgendwie verstehen.

»Genau«, erwiderte Gioia. »Hahnbüchen hat frei heraus erzählt, dass eigentlich Hendrik Fenner der Nächste auf ihrer Liste gewesen wäre und von Wickersdorf den krönenden Abschluss dargestellt hätte. Da Cleo aber die sozialen Kanäle von Miras Mission bespielt hat, ist sie in den Fokus von Hahnbüchen gerückt.«

»Also war sie gar kein geplantes Opfer?«

»Nein. Hahnbüchen wurde so wütend darüber, dass der Account von Miras Mission weitergeführt wurde, dass sie Cleo ins Visier genommen hat. Fenner musste sie fallen lassen.«

»Warum der Zeitdruck?«, wollte Milo wissen.

Gioia seufzte. »Wir kamen ihr langsam näher. Hahnbüchen hat alles auf eine Karte gesetzt. Und verloren.«

»Zum Glück hat sie sich für ihr großes Finale fast einen Tag Zeit gelassen«, murmelte Milo. »Stell dir vor, sie hätte am Sonntagabend schon losgelegt, gleich nachdem sie Cleo und von Wickersdorf entführt hat. Wir hätten sie niemals rechtzeitig gefunden.«

Gioia nickte. »Oder du wärst am Hof der Hahnbüchens geblieben. Oder du hättest sie nicht erkannt in dem grünen Lieferwagen …«

»Stimmt, wo kam sie denn eigentlich her?«

Gioia lächelte knapp. »Ironie des Schicksals. Sie hatte keine Patronen für das Bolzenschussgerät mehr und musste bei Landglück welche holen gehen. Oder eher: klauen. Ich glaube aber nicht, dass von Wickersdorf das noch zur Anzeige bringt.«

Milo lachte trocken auf. »Dafür kriegt man doch höchstens eine Abmahnung.«

Dann schwiegen sie für einen Moment. Dann erhob Gioia wieder die Stimme.

»Das Video, das Miras Mission zugespielt wurde?«

Milo nickte matt. »Hahnbüchen?«

»Exakt. Sie wollte die Organisation auf Landglück und natürlich auch auf ihr eigenes Schicksal aufmerksam machen. Dass Mira die Sache nicht weiter verfolgt hat, weil sie mit von Wickersdorf ins Bett gegangen ist und das Unternehmen deshalb schützen wollte, war der Tropfen, der das Fass zum Überlaufen gebracht hat.«

»Fuck«, murmelte Milo leise.

»Ja. Im Grunde kann man sagen, dass Jördis Hahnbüchen unentwegt nach Hilfe geschrien hat, aber keiner hat sie gehört. Nicht Sabine Meier, die Frau von der Landwirtschaftskammer, nicht Uwe Kübel, der ihr einen weiteren Kredit verwehrte, und nicht Mira. Ich will nichts entschuldigen, vor allem nicht Hahnbüchens bestialische Taten. Aber ein kleiner Teil von mir kann verstehen, wie sie die Kontrolle verlieren konnte. Ihr Geständnis liegt vor, die Beweise sind eindeutig. Sie wird nie wieder in Freiheit kommen. Der Staatsanwalt möchte nach der Haft eine Sicherheitsverwahrung beantragen. Ach ja …« Gioia zögerte.

»Was?«

»Sie hat einen weiteren Mord gestanden.«

»Wie bitte?« Milo versuchte, sich aufzurichten, aber die Schmerzen drückten sie zurück ins Bett. »Wie haben wir den übersehen können?«

»Nicht nur wir. Auch der Amtsarzt.« Gioia fuhr sich mit der Hand übers Gesicht. »Als Hahnbüchens Vater seiner Tochter erzählte, er habe den Hof an Landglück verkauft, ohne mit ihr vorher darüber zu sprechen, ist sie ausgerastet. Sie hat ihn so heftig geschubst, dass er sich beim Sturz das Genick gebrochen hat.«

»Und das ist niemandem aufgefallen?« Milo konnte es kaum glauben.

»Auf dem Land, da kennt man sich. Alle wussten, dass Hahnbüchens Vater zu Depressionen neigte. Man fand ihn in der Scheune, aufgeknüpft an einem Seil, hielt es für Selbstmord. Niemand stellte Fragen. Und bei der Obduktion muss jemand richtig geschlampt haben.«

»Unglaublich«, flüsterte Milo und spürte eine übermächtige Müdigkeit in sich. »Wie lange war ich bewusstlos?«

»Mehr als vierundzwanzig Stunden. Du hast Bluttransfusionen bekommen. Im Krankenhaus musst du trotzdem noch ein paar Tage bleiben.«

Milo nickte stumm. Sie fühlte sich wie runtergeschluckt und wieder hochgewürgt. Ihr Körper war schwach, selbst das Heben des Arms erforderte ein unendliches Maß an Kraft.

»Was ist mit dem Live-Stream? Wurde alles übertragen?«

Gioia schüttelte den Kopf. »Der Anfang schon, vor allem dieses wirre Gefasel der Täterin, und es haben viele, viele Menschen zugesehen. Aber in dem Handgemenge fiel Gott sei Dank die Kamera samt Stativ um. Man konnte von dem Moment an nur noch die Tonspur hören. Als die Verstärkung kam, haben sie den Stream beendet.«

»Von Wickersdorf?«

»Wohlauf. Zumindest so, wie man es sein kann, wenn man entführt und beinahe ermordet worden wäre. Wir haben ihn in der Befragung noch einmal auf Miras Schwangerschaft und die Abtreibung angesprochen. Er beteuert, nichts davon gewusst zu haben.«

»Klar«, seufzte Milo.

»Aber er hat wohl tatsächlich etwas für sie empfunden«, sprach Gioia weiter. »Zumindest ist er in Tränen ausgebrochen, als er über das ungeborene Kind gesprochen hat. Den Tesla und das Loft? Hat er bezahlt, beides. Er sagt, dass es Liebe war, zwischen ihm und Mira. Ob das stimmt, also von ihrer Seite aus, werden wir wohl nie erfahren.«

Und auch nicht, ob sich Mira Mönchshagen für ihr Schweigen in Bezug auf Landglück hat bezahlen lassen, dachte Milo.

»Mira hat ihrer besten Freundin monatelang vorgemacht, die Affäre sei beendet. Ich glaube, das hat sie getan, weil sie wirklich etwas für von Wickersdorf empfand. Möglicherweise hatte sie keine Lust mehr, die Gallionsfigur des Tierschutzes zu sein, sich für jeden einzelnen Post aufs Übelste beschimpfen zu lassen. Und natürlich ist es auch einfach denkbar, dass sie sich an den Luxus, den von Wickersdorf ihr bot, allzu schnell gewöhnt hat.«

Milo spürte, dass das Reden sie anstrengte. Sie schloss die Augen und dachte an Vince. Die Liebe ging manchmal sehr verschlungene und merkwürdige Wege. Mira und der Fleischbaron. Vince und Cleo. Sie hatte ihm nicht geglaubt, als er ihr gesagt hatte, er sei in die junge Frau verliebt. Jetzt wünschte sie sich nichts mehr, als dass er mit ihr das Glück finden würde.

»Wie geht es Cleo?«

»Es geht. Sie ist ziemlich traumatisiert. Kein Wunder. Erst wird die Chefin und beste Freundin abgeschlachtet. Dann wird sie entführt und fast selbst getötet. Aber Vince ist bei ihr. Er hat sich für ein paar Tage freistellen lassen und weicht ihr nicht von der Seite.«

»Ist das der Grund, warum du …« Milo wagte nicht, den Satz zu Ende zu sprechen.

»Auch«, erwiderte Gioia mit einem Lächeln und schlug die Augen nieder. »Da ist noch was«, fuhr sie einen Augenblick später fort. »Während du geschlafen hast, hat mehrfach eine Nummer angerufen. Ich habe sie notiert und herausgefunden, dass sie aus dem Albertinen-Krankenhaus kommt. Und da dachte ich, es könnte wichtig sein, und bin drangegangen.« Sie machte ein schuldbewusstes Gesicht. »Es tut mir leid.«

Milo spürte, wie sich eine kalte Hand um ihr Herz legte und zupackte. »Das ist in Ordnung«, sagte sie dennoch gefasst. »Ich nehme an, es geht um Angela Kaltenbach.«

Gioia nickte traurig. »Es tut mir so unendlich leid, Milo. Sie ist gestorben, während du geschlafen hast.«

Milo wartete auf ein Gefühl. Irgendeine Reaktion, eine Empfindung. Aber da war nichts. »Wann?«

»In den Morgenstunden von Montag auf Dienstag.«

Milo drehte den Kopf und sah aus dem Fenster. Die Morgendämmerung brach gerade herein. Es würde ein schöner Tag werden, am Himmel war keine Wolke zu sehen. Ironie des Lebens.

Gioia räusperte sich. »Es hat noch jemand angerufen. Aber diesen Anruf habe ich nicht entgegengenommen.«

Milo wusste sofort, wen sie meinte. »Valerie.«

Gioia nickte. »Ich wusste nicht … ich wollte nicht …« Entschuldigend zuckte sie mit den Schultern.

»Ist vielleicht besser so gewesen.«

In diesem Moment begann erneut Milos Handy zu klingeln. *Somewhere over the rainbow* … Es war wieder Valerie.

Gioia erhob sich. »Ich lass dich mal allein.«

Doch Milo hielt ihre Hand fest. »Bleib. Bitte.«

Überraschung erhellte Gioias Gesicht, und sie ließ sich wieder auf den Stuhl sinken.

Milo drückte auf das grüne Hörersymbol. »Hallo?«

»Endlich! Milo, ich hab mir solche Sorgen gemacht! Vince hat mich angerufen und mir alles erzählt«, sprudelte es aus ihr heraus. »Wie geht es dir? Ist alles okay? Sie haben gesagt, es war knapp.«

»Unkraut vergeht nicht«, versuchte sich Milo an einem blöden Spruch.

Valerie ging nicht darauf ein. Sie schwieg. Beharrlich.

»Warum bist du nicht hier?«, wollte Milo wissen, während sie Gioias Hand musterte, die auf ihren Fingern lag.

Valerie schnaubte. »*Warum?* Stellst du mir diese Frage wirklich?«

»Doch nicht wegen unseres Streits.«

»Milo, ich *darf* nicht ins Krankenhaus zu dir, weil wir weder verwandt noch verheiratet sind!«

»Aber …« Milos Blick fiel auf Gioia. Die zog erklärend ihre Marke aus der Tasche und schlug die Augen nieder. »Scheiße.«

»Ja, das ist eine richtig große Scheiße!«, nahm ihr Valerie das Wort aus dem Mund. Ihre Stimme wurde wacklig. »Du kämpfst um dein Leben, und ich sitze hier und darf nichts, aber auch gar nichts machen! Weißt du eigentlich, wie sich das anfühlt, Milo? Hast du irgendeine Ahnung, wie schrecklich das für mich ist?« Sie weinte. »Ich liebe dich, ich will mit dir zusammen sein, aber du lässt mich nicht! Und ich kann das so nicht länger. Ich halte das nicht mehr aus.«

Milo umklammerte das Handy fester. »Was willst du damit sagen?«

»Dass ich …« Valerie suchte nach Worten. »Ich weiß, der Zeitpunkt ist beschissen. Du bist gerade erst wieder bei Bewusstsein. Aber ich halte es nicht länger aus.« Sie holte tief Luft. »Entweder wir machen unsere Beziehung endlich offiziell …«

»Oder?«

»Oder wir sind geschiedene Leute.«

Milo suchte nach Worten, konnte aber nichts sagen. Ihr Kopf war wie leer gefegt. Im Grunde wusste sie, dass Valeries Ultimatum nur die logische Konsequenz der Streitereien der letzten Wochen war. Gleichzeitig war ihr bewusst, dass sie ihre Freundin nicht ewig hinhalten konnte. Und wollte. Es war unfair, sie in einer Beziehung festzuhalten, von der sie nicht wusste, ob sie sie jemals offiziell machen würde.

Noch gemeiner war es, einem anderen Menschen Hoffnung zu geben, wenn man nicht wusste, ob man nur in ihn allein verliebt war.

»Lass uns darüber reden, wenn ich hier raus bin«, sagte Milo matt.

»In Ordnung.« Valerie klang genauso müde, wie Milo sich fühlte. »Komm bald wieder nach Hause. Ich vermisse dich.«

»Ich … dich auch.«

Milo beendete das Gespräch und ließ das Handy auf die Bettdecke sinken. Gioias Hand lag immer noch auf ihrer.

»Es tut mir leid, dass du das mit angehört hast«, sagte sie müde.

Gioia lächelte sanft. »Das muss es nicht.« Dann beugte sie sich vor und küsste Milo auf die Lippen. »Ich bin da«, flüsterte Gioia, schlug die Augen auf und blickte sie zärtlich an. »Solange du eben brauchst.«

Mord für Mord ein neues Meisterwerk

Winter, 1989: Detective Sergeant Benjamin Chambers wird an einen Tatort im Londoner Hyde Park gerufen. Auf einer Säule sitzt, in der Pose von Rodins Denker, ein Mann, tot. Bald darauf, ein weiterer Leichenfund: Mutter und Sohn, zur Schau gestellt wie Michelangelos Pieta. Chambers und sein Kollege Adam Winter vermuten einen Serienmörder hinter den Taten, aber ihre Ermittlungen werden jäh unterbunden, weil ein Obdachloser die Morde gesteht und Chambers bei einem Einsatz im Museum lebensgefährlich verletzt wird. Sieben Jahre später rollt die junge Polizistin Jordan Marshall den Fall wieder auf. Doch sie ahnt nicht, dass sie damit auch den Killer wieder weckt. Und der will sein Werk nun vollenden.

Daniel Cole

Die Muse

In Schönheit sollst Du sterben

Aus dem Englischen von Sybille Uplegger
Taschenbuch
Auch als E-Book erhältlich
www.ullstein.de

ullstein

Der Mentor sprach: Töte!

Zwei Frauenleichen, regelrecht abgeschlachtet und im Wald verscharrt. Im Nacken tragen sie eingeritzt die Zahlen I und III. Von Leiche Nummer II fehlt jede Spur. Für den Heidelberger Kommissar Jakob Krohn eine absolute Ausnahmesituation. Hilfe verspricht er sich von einer Sondereinheit des LKA München, doch Fallanalytikerin Nova Winter ermittelt am liebsten im Alleingang. Die beiden müssen sich zusammenraufen, denn die Spur führt zu einem studentischen Geheimbund und einem grausamen Antagonisten, der gerade erst mit dem Töten begonnen hat …

Svenja Diel
Der Mentor
Thriller

Taschenbuch
Auch als E-Book erhältlich
www.ullstein.de

ullstein